講談社文庫

サイレント　黙認

神津凛子

JN046750

講談社

目次

サイレント

黙認

序章　絶望

絶体絶命のピンチで間一髪助かるのは映画や小説の世界だけ――。そう言ったのはだれだった？

じゃあこれは？「日本は夜道でも女一人で歩ける治安のよい国」だれの言葉？そんな無責任なこと、だれが言ったの？　きっとその〝だれか〟は安全なはずのこの国で、見知らぬ男に襲われたことがないのだろう。口を塞《ふさ》がれ、手足を縛られ、車の荷室に押し込められたこともないはずだ。日本のどこかでは自宅前で攫《さら》われる人間がいるのに。

だいたい、なんでこんなことに？　私は家に帰ろうとしていただけ。罰が当たった？　なにをしても見限られることはないと高をくくって、好き放題してお父さんを傷つけたせい？　謝ろうとしていたのに？　遅すぎたの？
見えていた。家へ入ろうとするお父さんの後ろ姿が見えていた。駆け寄ろうとした矢先、襲われて――。
塞がれた口から漏れるのは言葉にならない呻《うめ》きだけ。それでも叫《さけ》び続ける。だってそうしなきゃ、どうやってここから出るの？　だからお願い、どうか届いて。

たすけて、お父さん！

車内にかかっていた音楽が音量を増す。ここがコンサートホールだったら最前列並みの迫力あるクラシック。「叫んでも無駄だ」そう言われているよう。叫ぶのをやめて視線を走らせる。なにか情報を。窓から見えるのは鈍色《にびいろ》の空だけ。車は曲がりくねった坂道を走っているようで、身体が左右に激しく揺れる。速度を落とさず急カーブを曲がったのか、足元に置かれていたらしいバッグの中身が飛び出す。私のバッグ？　そうだ、間違いない。この感触はリップ。無造作にバッグに入れていたリップだ。命がかかった状況にもかかわらず――だからこそ――笑いが込み上げる。「ポーチに入れておかないと、また失くすわよ」親友に何度注意されても悪癖は直せなかった。「一日に何度も塗《ぬ》るのに、いちいちめんどくさい」こんなくだらないやり取りができるなら、百本だってちゃんとポーチに入れるのに。彼女ともう一度話せるなら。どうして何年もケンカしたまま放っておいてしまったんだろう？　あんなに意固地になったのはなんで？　この馬鹿みたいな状況を抜け出したら、きっと会いに行こう。彼女はわかってくれる。辛かったねって一緒に泣いてくれるはず。

中指が、固く小さな丸みを捉《とら》える。彼女がくれたストラップ。それを抓《つま》み、慎重に手繰《たぐ》り寄せると、生存への唯一の希望が手の中に納まった。後ろ手に縛られた体勢で操作しようと試みるけれど焦りが邪魔をしてうまくいかない。早く。早く。

脱出を阻《はば》んでいた鉄の塊《かたまり》が開く。愉悦《ゆえつ》の笑みを浮かべていた男の顔が硬直する。取って代わって現れたのは怒りだ。男は憤怒の形相で私の手から希望を奪った。

抵抗する。無茶苦茶に抵抗する。バッグや紙袋が車から転がり落ちる。男が後退したことで糸ほどの希望が差し込む。このまま抵抗を続ければ、もしかしたら。

淡《あわ》い希望が拳《こぶし》で打ち砕かれる。目の前に星が飛ぶ。脇の下に腕を差し込まれ、乱暴に車から降ろされる。男に踏まれてぐちゃぐちゃになった紙袋。お父さんへのプレゼント。

建物へ引きずられていく最中、足元に咲く黄色い花を滅茶苦茶にし、キッチンのカウンターにあったコーヒーメーカーを叩き落とすほど身を捩《よじ》り、男から逃れようとした。でもそれは、拳を振るわれるさらなる要因となっただけで、脱出の糸口にはならなかった。

そして——。冷たい感触を素肌に受けながら、散々殴られて塞がりかけた瞼《まぶた》を開ける。ギザギザした刃の向こうに好奇に輝く男の顔が見えた。刃が首に押し当てられると、プツ——という音と共に温かい血液がタイルと肌の間に流れ込む。

お父さん。

あの時、振り返ってくれたなら。

「こんなことあり得ない」

「またこの映画？」

どうしてこんなことを思い出すのだろう？

お父さんが好きなサスペンス映画。何度も同じものを観させられて私は飽き飽きしているけれど、一緒に過ごす時間は悪くないと思ってる。でも、天邪鬼《あまのじゃく》な私はその想いを悟られたくない。

だから、結末は知ってるくせに前のめりになるお父さんに憎まれ口をたたく。

「こんなことあり得ない」

そうだった。

あれは私が言ったこと。

「絶体絶命のピンチで間一髪助かるのは映画や小説の世界だけよ」

※

絶体絶命のピンチで間一髪助かるのは映画や小説の世界だけだ。実際、これまで助かったものはいない。それに、不用品がなくなったところでだれも気にかけない。

この通り、攫った女を車に押し込めていても、だれも気付かない。

信号待ちの最中、隣の車の運転手が怪訝な視線を送って来る。こっちの車体が揺れているからか。

サングラスのテンプルに手をやり、口の端を上げる。窓は閉め切ってあるから女の呻き声は聞こえないはずだが念のために音楽のボリュームを上げる。

信号が変わる。運転手は、不審気な一瞥《いちべつ》を投げ行ってしまう。だれもが皆、厄介《やっかい》ごとには関わり合いたくないのだ。

パラダイスのように見えるこの場所は不用品の処理場だ。

処理の方法はさまざま。個体に合ったやり方を見つけるのがなによりの愉しみだ。個体差が大きいから、やってみないとわからないことも多い。

今回の対象は活きがよく、車から降ろす際に思わぬ抵抗を受けた。しかも、バッグから転がり出たらしいスマホまで握っている。手の中のものをひったくると短い紐《くく》が切れ、小さなストラップが足元に転がった。拾い上げ、上体を起こしたところで括っ《くく》た女の足が飛び出してくる。あやうく顎《あご》に強烈な一撃を喰らうところだった。スマホを確認するとある人物に発信する直前だった。

女を引きずっていく。建物に入るまで、女は滅茶苦茶に抵抗し、庭の花をいくつもだめにした。あまりの激しい抵抗に何度も女の顔を殴りつけてしまう。最後に写真を撮るから、顔に傷はつけたくなかったのに。女の顔が見る見る腫《は》れ上がる。こうなったら首を刎《は》ねるしかないか。

最期の時、対象が口にする言葉がある。大抵、「死にたくない」か「お母さん」だ。だが、今回の対象は、助けを求めようとした人物を口にした。

「お父さん」

絶体絶命のピンチで間一髪助かるのは映画や小説の世界だけ。実際、処分した女たちがここにいることにだれも気付かない。なにをしようが、なにを晒そうが、だれも気に留めない。

そう。だれにもわかりっこないのだ。

五ヵ月前、あと一歩のところで助けを呼べなかった女が死へのドライブをしていた山道を、黒いＳＵＶが颯爽《さっそう》と駆け抜ける。運転しているのは自分が世界一の幸せ者だと思っている男だ。後部座席で眠りこけているのは彼の婚約者。ルームミラー越しに見える安らかな寝顔に、彼は狂おしいほどの愛情を感じる。

ハンドルを切った彼は、砂利道の振動で彼女を起こしてしまわないか心配になる。低速で車を進める間も彼女の様子に気を配る。重ねた手を頬の横に置いて眠る彼女はまるで少女のようだ。

目的地に停車する。

運転席から降りると、彼はまず庭を眺めた。そこは夢のように美しい。足元に咲く黄色い花々。ガーデンアーチに巻き付く真っ赤なバラが頸《くび》を傾《かし》げ、こちらを見ている。朝露を纏《まと》った植物たちは輝き、生命力に溢《あふ》れている。

彼はそっと彼女を抱き上げた。彼女は目を開けようとするが、すぐに瞼を閉じてしまう。その瞼に、彼は口づけを落とす。

リビングのソファーに彼女を寝かせると、彼は傍《かたわ》らで彼女が目を覚ますのをじっと待った。

やがて目を覚ました彼女は、リビングからの眺望に声を上げる。潤《うる》んだ瞳に映るのは色とりどりに輝く庭だ。中央に走る、控えめな色をしたレンガの小路。両脇には自然美を生かしたイングリッシュガーデンが広がり、その奥には山々がそそり立つ。

彼は彼女の前に跪《ひざまず》く。

「僕と結婚してくれますか」

小さな湿った手で口元を覆い、彼女はわっと泣き出した。返事を待つ間、彼は彼女との出会いを思い返していた。

第一章　勝人

1

勝人《かつと》は、特別旨《うま》いコーヒーを飲もうと思っていたわけではなかった。仕事をする場所を確保できれば味など二の次だったのだが、初めて入ったこの店のコーヒーは席料以上の価値があった。それは喉を潤すだけでなく、彼の舌をも満足させるに充分な味だった。

そこは仕事を進めるのに最適な場所だった。ノートパソコンとコーヒーを置くために作られたかのような大きさのテーブルに脚の高いスツール。丁度いい高さに足掛けがついていて、ビジネスシューズの踵《かかと》を引っ掛けるのに具合がよかった。周りを気にすることなく仕事に集中できる店内空間。一番の恩恵は暑さから逃れられたことだ。

連日最高気温は三十度を超え、テレビではさかんに「こまめな水分補給を」と訴えている。通りに面した席に着いて五分もすると、ほどよく効いた空調が首や腕回りに張り付いたシャツを肌から解放し、勝人に涼を与えてくれた。

勝人はガラス張りの店内から外を眺めた。およそ六月の信州《しんしゅう》らしからぬ天候に人々は困惑し、暑さで苛立《いらだ》っているように見える。長野駅前に位置するこのコーヒーショップからは人々の流れがよく見えた。少しでも涼を得ようというのか、広めに開けたワイシャツの胸元が目立つ中年サラリーマン。彼は険《けわ》しい顔つきで石でも蹴飛ばすような歩き方をしている。チラシを配っていた女性も彼の前には差し出さない。勝人は、今にも周囲に当たり散らしそうな顔をしている彼に声をかけたい気がした。ここで一息入れませんか、と。サラリーマンが目の前にさしかかる。

彼は一瞥もくれず勝人の前を通り過ぎて行く。結局、多くの人にとって目的地以外は背景に過ぎないのだ。来る日も来る日も同じことを繰り返しているであろう彼の足元に、勝人は轍《わだち》が見えるような気がした。

白いセーラーシャツを着た女子高生の集団。中央の二人は弾《はじ》けるような笑顔だ。若さは永遠に続き、立場も力関係も、ずっと変わらないと信じて疑わないような笑顔。半袖から伸びる腕は、望みさえすれば手に入れられないものはないと言うように友人の肩に置かれている。腕を置かれた友人は、一目でわかる愛想笑いを顔面に張り付かせている。勝人は彼女の気持ちがわかる気がした。社会に出れば、それまで当たり前に通用していた強さや立場はなんの意味も持たなくなる。それまでは己《おのれ》の心の平安のために仮面を被《かぶ》る。

学生時代、いつかは思い通りに生きられる日が来る。そんな風に思いながら——時に切望しながら——過ごしていた勝人は、当時から親しい友人もおらず敵も作らないように仮面をつけていた。思い返すと自然と笑みがこぼれるような思い出もない。産声を上げてから二十七年も経つと、過去と未来は一本の道で繋がっているのではないということがわかる。記憶は一続きだが、道はどんどん枝分かれしていくのだ。

感傷に浸《ひた》るつもりなどなかったのに、気付けば胸の古びた絆創膏《ばんそうこう》を剝《は》がしかけていた。勝人はテーブルに両肘をつくと、三本の指先を使い、閉じた瞼を軽く押した。ここ最近の仕事はきつかった。目の奥に居座る重みを完全に取り去ろうと思ったら仕事をやめるしかないが、そんなことは現実的ではない。結局は続けるしかないのだ。先ほどのサラリーマンと自分はなに一つ変わらない。瞼から指を離すと、わずかではあるが目の重みが取れたような気がした。仕事を再開するにはその程度で充分だ。残りのアイスコーヒーを飲み干すと、今日のノルマをこなすために勝人は気合を入れた。

勝人が席を立ったのはそれから三十分後。空のグラスを机上に置いて居座るには限界の時間だったし、丁度ノルマを果たし終えたところだった。

自動ドアの手前で勝人は思わず立ち止まった。表から走って来る女性が見えたからだ。ついこの間まで学生だったように見える女性は白いTシャツにタイトなパンツ姿だ。斜めにかけた布製のバッグと、右耳の後ろで束ねた髪が弾んでいる。彼女はローカットのスニーカーで急ブレーキをかけると、じれったそうに自動ドアを見つめた。開き始めたドアの隙間から横歩きで身体を通らせると、急ぎ足で店内に入って来る。彼女の目が勝人を捉える。その目が大きく見開かれ、ぱっと輝く。どうやら、ドアを潜《くぐ》る順番を譲ってくれた人物がいたと気付いたようだ。彼女は慌てた様子で、

「すみません、ありがとうございます」

深々と腰を折った。顔を上げた彼女の両頬に、愛らしい笑窪《えくぼ》があるのに勝人は気付いた。彼女が通り過ぎた後、甘い匂いが漂った。柔軟剤だろうか――。

「お疲れさまです！　すみません、すぐ支度します。あ！　西《にし》さん、すみません、わたしの仕事まで。ありがとうございます！」

一言に、なんてたくさんの挨拶をつめ込むんだろう。純粋に感心の想いが込み上

げ、勝人は自動ドアの手前に立ったまま彼女を見つめた。

「今日もお母さんのところから来たの？」

西と呼ばれた男性スタッフの問いに、なぜか申し訳なさそうに彼女は頷く。

「ご苦労さん。トイシさんも苦労するね」

労《ねぎら》いの言葉をかけられ、彼女は曖昧《あいまい》な笑みを浮かべた。

「痩《や》せた？　最近ちょっとやつれたみたいだけど」

西は心配そうな顔つきをしているが、その目は彼女のバストラインを這っている。胸の渓谷をしっかりと強調したバッグの紐《ひも》に気付いたらしい彼女は、そっと紐に手をかけ、さりげなく胸元を隠した。西という男はとんでもないナメクジ野郎のようだ。

セクハラまがいの発言に、彼女はわずかに背中を丸めながら、

「そんなことありませんよ。元気だけがわたしの取り柄ですから」

うっすら浮かぶ笑窪に、勝人は彼女の健気さを見る思いがした。

「でも、一人でしょい込むことないのになあ。一緒に暮らしてないんでしょ？　だったら弟さんが──」

「はなちゃん」

奥にいた女性スタッフがたまりかねたように声をかける。

「支度して、こっち手伝って」

「わかりました」

彼女はナメクジ男に頭を下げると、奥の扉に向かった。

自動ドアを潜ると、ぬるく湿った空気が勝人を迎えた。一雨きそうだな。低く垂れ込めた鉛色の雲を見上げ、勝人は思った。通り過ぎる人の残り香に目がチカチカするほどの人工臭を嗅ぎ取り、「はな」と呼ばれた女性から漂った香りに思い至る。

あれは花の匂いだ。

勝人は自分でも気付かぬうちに微笑んでいた。彼女に相応《ふさわ》しい名前じゃないか。

それが、勝人と華《はな》の出会いだった。

2

「はな」は一万円札がざっと五十枚は入っている勝人の財布に目を丸くしている。

環境の整ったコーヒーショップに、勝人は翌日も訪れた。

ぽかんと口を開けたままの彼女に「現金主義なんだ」と言い、続けて、「ある程度持っていないと不安で」と、訊かれてもいないのに勝人は言いわけのように答えた。

彼女はまだ財布に目を向けている。キャッシュレスの時代に膨《ふく》らんだ財布を持つ人間は珍しいのだろう。勝人は財布から抜き取った一万円札をカウンターに置いた。

「もう一度注文を繰り返したほうがいいかな？」

「はな」がびっくりしたように顔を上げる。

「あ、あの、すみません……アイスコーヒーですね」

あたふたとレジ作業を始める彼女の胸元を勝人は見つめた。胸に留められたネームには「砥石《といし》華」とある。「花」ではなく「華」だということにかすかな驚きと意外性を感じていた。

華は勝人に確認させるようにおつりの札を数え、手渡した。小銭を渡した後は、再び勝人の手元に視線を向ける。それをまったく不快に感じないのは、向けられている華の目が欲で粘ついた妬《ねた》みの視線ではなく、好奇心の為せる色をしているせいだった。まとまった札を初めて見るような、純粋な驚きの表情。むしろそれは、彼女への好ましささえ感じさせた。

勝人がレジ前に立っているわずかな間にも、ナメクジ西は作業の手を休め、何度もじめついた目つきで華を眺めている。華の周りに塩を置いてくれた女性スタッフの姿はない。華と入れ替わりなのかもしれない。そうだとしたら、華はこの男と過ごさねばならない勤務時間を、いったいどんな想いでこなすのだろう。彼女が作った薄い笑窪を思い出すといいたたまれない気持ちになった。

華がカウンターにアイスコーヒーの入ったグラスを置く。背を向けられたのをいいことに、西は撫《な》でまわすように華の後ろ姿を見ている。華がそれに気付く様子はない。なぜなら、彼女の意識は勝人のスラックスの後ろポケットにしまわれた財布に集中しているからだ。

勝人は昨日と同じ窓際の席に座った。鞄からノートパソコンを取り出す。画面越しにカウンターを見ると、まだこちらを見ている華と目が合った。華は財布ではなく勝人の顔を見つめていたが、ハッとしたように顔を背けた。

勝人は、自分の容姿が特別優れているとは思わない。背は高い方だが、中学生の頃は「骸骨《がいこつ》」と呼ばれるくらい痩せていた。今でも痩せ気味だが、仕事内容によっては身体を使うこともあり筋肉もついた。顔は小振りだが少しエラが張っていたし、笑うと八重歯が目立った。目立つ存在ではないし、一目惚《ひとめぼ》れされるタイプでもない。だから、華に見られる理由が勝人にはわからなかった。

自動ドアが開き、新規の客がやって来た。そっと華の様子をうかがう。彼女は愛らしい例の笑窪で客を迎えている。客がカウンターに目を落とす。メニュー表を見ているようだ。つられるように俯《うつむ》いていた彼女がためらいがちに顔を上げる。目が合った途端彼女は弾かれたように目を逸《そ》らした。華は、なぜか接客が終わってからも何度かこちらに目を向けた。

パソコンをたたいていた手を休め、勝人は窓の外に目を向けた。昨日より時間が遅いためか帰路に就く人々の数はまばらだ。轍のサラリーマンも女子高生の集団もいない。昨日と同じなのはチラシを配っている女性だ。勝人は思う。昨日、あのサラリーマンにチラシを差し出さなかったのは正解だった、彼はひどく機嫌が悪そうだったから。

彼女が動く度に耳元で長いピアスが揺れる。夕日のかけらを受けたピアスが反射し、勝人は目を眇《すが》めた。再び目を見開いた時、彼女の前に子どもが立っていた。低学年だろうか、黒いランドセルがやけに大きく見える。目深に被った帽子のせいで顔は見えないが、少年は女性を見上げている。彼女は少年に目もくれず、大人ばかりにチラシを差し出す。ランドセルを背負った子どもはしばらくそうしていたが、女性が足元のバッグを持ち上げたタイミングで歩き出す。チラシをもらいたがるなんて、子どものすることはわからない――。

突如、子どもと女性が「破裂」した。びちゃっという破裂音と共に、粘液質な茶色の塊と化した。その瞬間、勝人は本気でそう思い込んだ。心拍数が急上昇する。塊の隅から女性が現れ、変わらずチラシを手にしている姿を目にしてやっと、これはなにか別のものだと気付く。勝人は、窓ガラスにつけられた歪《いびつ》な丸を震える人差し指でなぞった。液体が滴《したた》る塊、黒が混じって、細い肢《あし》と真っ黒な目と。

それが窓から剝がれ落下した時、音こそ聞こえなかったものの、勝人は衝撃に備えるために思わず目を閉じた。とはいえ、地面に落下する以前に――窓に直撃した時点で――すでにそれは息絶えていたはずだ。ガラス一枚隔《へだ》てた、直ぐそばの足元に転がる昆虫を見つめる。カブトムシだろうか、それとも――。吐き気が込み上げ、勝人は上体を折った。

視界の隅で、店から慌ただしく飛び出して行く人物があった。身体を起こすと、ガラスの向こうでショックも露《あら》わな顔で立っている華が見えた。死んでしまった昆虫を前に思わずというように手を合わせている。目を閉じ、小さなものへ祈りを捧《ささ》げる華の姿は勝人の胸を打った。華は、腰巻き型のエプロンから大判の紙を取り出すと、死骸の上にそっと被せた。それから店内に戻り、店の奥から清掃用具を取って来ると、窓の掃除を始めた。粘液質の茶色の汚れを丁寧に拭《ぬぐ》う。華が掃除を進めるごとに、勝人は彼女との距離が近くなるような気がした。クリアになる視界。勝人は無意識に手を伸ばしていた。五本の指先が、ガラスのツルツルした感触を捉える。

向かいにいる華が、真っすぐに勝人を見つめる。その目に戸惑いはない。空いている手をゆっくりと伸ばし、指先をガラスに押し付けた。指先から華の温もりが伝わってくるような気がした。二人の手と目が、こうなることはずっと前から知っていたとでもいうようにぴたりと合わさる。二人を隔てていた透明な物体が姿を消し、華と直接触れ合っているような感覚を覚える。今、世界には二人だけ。勝人にはその時間が永遠にも感じられた。彼女とは、出逢うべくして出逢ったように感じた。

世界が動き出したのは、華が目を逸らしたからだった。勝人は思わず立ち上がり、窓に手のひらを押し付けた。華はすでに勝人から離れ、出入り口を見やっている。

出て来たのは眉を吊り上げた西だった。華は、まず足元を指さし、その後、窓へ手のひらを向け、円を描くような動作をした。逢瀬の最中、見つかってはならぬ人に見つかってしまったかのような華の慌てように、勝人は自分が間男になったような気分になる。西は華よりかなり年上に見える。色欲に満ちた西の暴力的な目つきに、華は弱々しくも拒絶の態度で接しているように見えた。そんな二人が、同僚以上の関係にある？

窓の外では、西があれこれと指示を出しているようだ。華は素直に従い、紙に包んだ小さきものを手にした。目を閉じ、手を合わせていた華。勝人を真っすぐに見つめ、手を差し出した華。運命のように感じた瞬間。通じ合ったと確信した永遠にも近い時間。

ふっ、と勝人は自分を嗤《わら》った。そんなもの、あるはずがない。なぜなら華の方はなにも感じていなかった。それが証拠に、彼女は自分に目もくれない。勝人をねめつけているのは西だけだ。頭の上に載せた斜めの帽子が滑稽《こっけい》に見えるほど。

落胆のため息を吐き出すとパソコンを鞄にしまい、ほとんど減っていないコーヒーを手に取る。飲み残しの処理をしていると華が店内に戻って来た。一旦足を止め、気まずそうに勝人を見たが、すぐにカウンターへ入って行った。華を追うように西が駆け込む。まるで勝人との間に起きるなにかを阻止しようとでもいうように。肩をいからせた西の横を無表情で通り過ぎ、自動ドアが開くのを苛立ちと共に待つ。

仕事にならないばかりか、「運命の出逢い」を感じて舞い上がっていた自分に腹が立った。だいたい、西と華がどんな関係であるかなど自分には関係がないのだ。西の行為で、華が本心とは裏腹に薄い笑窪を作ることも。

店を出てしばらくしたところでふいに腕を摑まれ、危うくその手を振り払うところだった。相手を確認した時、そうしなくてよかったと思った。華だ。肩で息をしている。

「あの……これ」

華が差し出したのは勝人の財布だ。息を切らしているが、それでも華は微笑んでいる。

「大金が入ったお財布、忘れちゃだめですよ」

言ってから、ハッとしたように、

「すみません、支払いをされる時に見えたので」

頭を下げた。勝人は、反射的にスラックスの後ろポケットを探った。

「ああ、ほんとだ」

席を立つ時、ポケットから滑り落ちたのだろう。気分が上がったり下がったりしていたから、財布が落ちたことにも気付かなかったに違いない。

「ありがとう」

勝人が財布を受け取ると、華は照れたような笑みを浮かべた。両頰のくっきりとした笑窪を見た時、乱高下していた想いが胸に飛び込んでくるような感じがした。

「……じゃあ、これで」

踵を返した華の後ろ姿に、勝人は思わず声をかけた。

「ちょっと待って！」

そうは言ったが、続く言葉が出てこない。華が振り返る。その顔に戸惑いを見るのが怖くて、勝人は目を伏せた。手にした財布が目に入る。

「待って──」

財布のカード入れから予備の名刺を手早く取り出し、華に差し出す。

「いつでもいいから連絡して」

華の目に、かすかな警戒が浮かぶ。

「いや、変な意味じゃなくて……お礼がしたいだけだ」

「あの、わたし……」

「財布がなかったら困ったことになっていたから。ほんとうに助かったよ。ありがとう」

「仕事ですから」

「美味しいコーヒーを提供することが仕事で、客の忘れ物を走って届けるのは仕事じゃないだろう？」

「それは──」

「今ここで感謝の気持ちを渡してもいいけど、それじゃあんまりだから」

現金を差し出しても華は受け取らないだろうという確信があった。予想通り、華はびっくりしたように胸の前で両手を振った。

「あの、困ります、わたしそんなつもりじゃ――」

「だから、いつかお礼をさせてもらえないかな」

華は困ったように勝人を見つめていたが、やがて、

「……はい」

渋々ではなく、「まったく困った人なんだから」といった表情で華は頷いた。

「よかった」

二人を繋ぐ小さな紙を、華は笑窪を作ってから受け取った。すぐに名刺を確認するようなことはせず、お守りを持つような手つきで持っている。

「さっきのは――」

「はい？」

「窓で――」

勝人を見上げる華の表情は変わらない。

「窓に……窓にぶつかったのはカブトムシだったのかな」

「ああ、あれ。びっくりしましたよね。透明な窓に気付かずに衝突してしまうのは鳥

だけじゃないんですね。こんな街中でオオクワガタが飛んでいることにもびっくりしましたけど」

「オオクワガタ？」

「ええ。さっきのはオオクワガタでした。ほら、角が二本あってからだも大きくて」

華は、頭の横に立てていた人差し指を下げながら、いぶかし気な目を勝人に向けた。

「あの、もしかして地元の方じゃないんですか？」

華は、山に囲まれて育った長野県民なら一律に昆虫に詳しくて当然だと思っているのだろう。

「実家はここよりもっと田舎だけど、一応長野だよ。あと、カブトムシとクワガタの違いもわかる。ただ、さっきのは……ぶつかった衝撃でその――」

ようやく納得したのか、華は、

「たしかに、そうですね。よほどの勢いでぶつかったんでしょうね。かわいそうに」

そう言ってオオクワガタがぶつかった窓ガラスを振り返った。つられて目をやると、ガラスの向こうに西がいた。遠目でもそうとわかるほど殺気立った目つきでこちらを睨《にら》んでいる。テーブルが傾くほどの勢いでクロスをかけながら、一時も勝人から目を逸らさない。

「わたし、仕事に戻らないと」

慌てたように華が言う。勝人は、華が西から理不尽な叱責を受けるのではと危ぶんだが、彼女の顔に恐怖や懼《おそ》れが一切ないので安心した。

「それじゃ」

華は軽く頭を下げるとコーヒーショップへ急ぐ。途中で、名刺をエプロンではなくパンツの後ろポケットにしまう。

華が戻ると、西が足早に近づく。西の視線が再び飛んでくる前に勝人は目を逸らす。華に不利になる行動をこれ以上とるつもりはなかった。

※

クワガタは肢をバタつかせ、逃げ出そうと必死だ。

その肢を一本引き千切る。もう一本、また一本。

益々《ますます》必死に動き出す黒い塊を、力を込めた人差し指と親指で潰す。昆虫は、圧死させるのが一番だ。殻を割る指の感触、その音、その死にざま。

蛙は刃物で切り裂く。柔らかい生きものはそうした方がいい。すべてのものは、それに合った処理の仕方がある。

夏の庭は死を待つもので溢れている。

手についた粘液。少量の血。

鳴きもしないものではこの程度か。

表情があり、鳴くものが必要だ。

3

古民家を改装したフレンチレストランは平日の昼にもかかわらず多くの女性客で賑わっていた。そのほとんどが主婦層の二人連れだ。勝人の隣の席の女性たちは積もり積もった話が十年分はある様子で勢いよく喋《しゃべ》っている。一人で食事しているのは斜め奥の高齢女性だけだ。

勝人は背もたれに身体をあずけ、両手を腿《もも》の上で組んだ姿勢で中庭を眺めた。完璧な配置と色彩はプロの手によるものだろうが、高温続きの天候にうんざりしたように植物たちはうつむき加減だ。

華の登場は、初めて会った時のことを彷彿《ほうふつ》とさせた。店員に案内される華は肩で大きく息をしていたし、小さなハンドバッグから取り出したタオルハンカチで額の汗を拭っている。華を席に案内した店員が、「料理をお持ちします」と言って下がる。

「遅れてすみません」

席に着くなり、華が頭を下げた。

「出がけに色々あって……ほんとうにすみません」

「気にしてないから頭を上げて」

顔を上げた華は眉を八の字にしている。

「来てくれただけで嬉しいよ」

華はほっとしたようだ。

「連絡してくれてありがとう」

勝人が微笑むと、華は笑窪を作った。

「どうしようか迷ったんです。でも、店にもいらっしゃらないし」

「うん。あの時は駅の近くで仕事があったんだけど、もう終わったから」

「いただいた名刺に、建設会社の室長とありましたけど——どんな仕事を？」

「社長の秘書みたいなものかな。と言っても、挨拶回りとか。時々現場に出たりもするけど」

なるほど、といった顔の華に、

「会社があるのは須坂《すざか》市。だから、砥石さんのコーヒーショップに行く機会は、これからはないかもしれない。残念だけど」

「うちの店はチェーン店ですから。須坂市にも店舗があるはずですよ」

「ああ、うん。そうだね。そうなんだけど」

勝人は、華のいるコーヒーショップに価値があるのだと本人に伝えるべきか迷ったが、結局言わなかった。

華は、気になることがあるのかキョロキョロと落ち着きがない。

「どうかした？」

勝人の問いに、華は恥ずかしそうに言った。

「こういうお店、初めてなんです。わたしの恰好おかしくないですか」

今日、華は白いノースリーブブラウスと、ふんわりしたピンク色のスカート姿だ。

勝人は彼女のことをいじらしく思った。

「ドレスコードがあるような気取った店じゃないから安心して。それに、今日の砥石さんは充分素敵だよ」

華は恥ずかしそうに顔を伏せた。

「矢羽田《やはた》さんて、サラッとそういうことが言えるんですね」

「こんなことだれにでも言ってるわけじゃないよ。それに、砥石さんが素敵だっていうのは正直な感想だし」

笑窪を深くして、華が笑う。勝人の胸にあたたかな感情が湧きあがる。

「砥石さんは学生？　コーヒーショップはバイト？」

「わたし、学生に見えますか？　社会人になってだいぶ経つんですけど……高校時代バイトしていたコーヒーショップに、そのまま就職したんです」

「そうなんだ。俺は、女性と二人で食事するのは久しぶりな二十七歳」

情報処理に手間取ったのか、一瞬フリーズしかけた後、華は笑った。

「わたしは二十三です」

「誘ってしまって、彼氏は怒らなかったかな？」

驚いたように眉を上げた後、華は、

「付き合ってるひとはいません」

と答えた。それから思い切ったように、

「あの、ほんとうに彼女いないんですか？」

言い慣れないことを口にしたためか緊張しているように見える。安心させるつもりで、勝人は答える。

「いないよ。どうして？」

「その……矢羽田さんモテそうだから」

勝人は笑った。

店員がやって来て、ボトルから深紫色の飲みものをグラスに注ぐ。

「ごめん。勝手に頼んだ。昼間だし、砥石さんがアルコール飲める年齢かどうかわからなかったから」

華が首を傾げる。

「葡萄《ぶどう》ジュース。ワインの方がよかった？」

「いえ、わたしアルコールだめなので」

「ほかのものがよかった？　メニューは――」

「違うんです。わたし、未成年に見えますか？　それにびっくりして」

「さすがに高校生には見えないけど、俺よりは確実に若いだろうと思ったから。万が一、未成年にアルコールを飲ませたら大変だからね」

勝人はグラスを持ち上げ、華の方に傾けた。

「乾杯」

前菜の皿が運ばれ、華が顔を輝かせる。

「きれい」

テーブル上に置かれたカトラリーの使い方に、華は戸惑っているようだった。使うカトラリーを持ち上げて見せる。華がほっとした様子でそれを真似る。二人が食事を始めると、斜め奥の高齢女性が立ち上がった。なんとはなしにそちらに目を向けると、女性はチラリと華に目を向け、その後、「お相手の方がいらしてよかったですね」というような表情で微笑んだ。そのやりとりを見ていたらしい華が、女性の姿が見えなくなるのを待って口を開いた。

「お知り合いですか？」

「いや。煩《わずら》わしさから解放された、自由に見える女性だな、と思って」

勝人の視線が思わず隣の女性たちに流れる。すでにデザートを前にしている彼女たちだが、話したいことの半分も終わっていない様子で愚痴の会話を続けている。勝人

の視線を辿《たど》った華は、

「確かに」

そう言ってから勝人に目を戻した。

「余裕があるようには見えましたね」

「余裕？」

「ええ。わたし、自由と余裕は似て非なることだと思うんです。先ほどの女性は優雅だし、一見してお金に困っているようにも見えないし、仕事をなさるお歳でもなさそうだから時間があるようにも見えます。でも、実際のところは彼女にしかわからない」

勝人が黙っていると、華は話を続けた。

「お金も時間も余ると、ひとは心に余裕ができるでしょう？　お金も時間も足りないと、余裕どころか心がどんどん荒んでしまう。だからといって心に余裕のあるひとが自由で、余裕のないひとが自由でないとは思いません。どんなに余裕のある生活をしているひとでも、心が縛られていることがあるかもしれない。夫を亡くした喪失感とか、仕事から離れた無力感とか。物理的には恵まれているけれど幸せを感じられない孤独とか。いろんな理由で心を縛られているひとは、ほんとうの自由とかけ離れた場所にいるんじゃないかと思うんです。わたしは、時間もお金も足りないから、心に余裕があるわけじゃないけど、自由なら持っています。だれにも奪えない場所に」

華は、手のひらを胸にあてた。

「すみません、わかったようなことを言って。これは、貧乏暇なしで働いているわたしの願望かもしれません。そう思わなくちゃ、やっていけないもの」

そう言うと、渋い色の飲み物に口を付けた。

「砥石さんは」

勝人は、華の手元を見つめた。

「自由なんだね」

グラスから華へ視線を上げる。真剣な顔をしていた華が、ふいに微笑んだ。

「はい」

その微笑みは勝人に、窓越しに手を合わせた時に感じたものの正体を突き付けた。

すんなりと心に入ってきた華が、まるでそこにいるのが当然というように勝人の心に住み着いた。

4

「ごちそうさまでした。でも、いいんでしょうか。わたし、あんな高級なものをごちそうになるほどのことをしたわけじゃ――」

「なにもしないのは気がすまないから、俺のためだと思って」

華は「ありがとうございます」と言いながら頭を下げる。その時、華の手に赤い傘が握られていることに勝人は気付いた。

華が顔を上げる。手元を見られていることに気付いたようで、華は笑った。

「夕方から雨ですよ」

勝人は空を仰《あお》ぐ。雨が降りそうな気配はない。

「……降りそうもないけど」

「いいえ。絶対に雨です」

華の顔は自信に満ちている。

「どうしてわかるの？」

「教えてくれるひとがいて。そのひとの天気予報、絶対に当たるんです」

「そんなこと言われるとどうなるか楽しみだな」

はにかんだ華に、勝人は提案した。

「ちょっと歩かないか」

華の歩調に合わせ、勝人は歩くスピードを緩める。駅とは反対方向に歩いていることを、華はどう思っているだろう。華は、軽く結んだ唇の両端を上げている。うっすらと浮き出る笑窪を見る限り、迷惑に思っていないことは確かなようだ。

「矢羽田さん、ご実家はどちらですか」

「里田村《さとだ》」

「お住まいもそちらですか？」

「いや、今は須坂市で一人暮らしをしてる。会社が須坂市だからね。その方が便利なんだ」

「わたし、里田村には行ったことなくて」

「観光資源も商業施設もないところだから、来る理由がないよ」

「どんなところですか」

「そうだな……こうやって空を仰ぐと」

勝人は足を止め、顔を空に向ける。華もそれを真似る。

「建物が視界に入るだろ？」

「ええ」

「俺の生まれ育った村は、空を遮るものがなにもない」

華の視線を感じた勝人は、さらに言った。

「そのくらい、なにもないところだよ。砥石さんは？　実家は長野市？」

華が頷く。勝人は歩みを進める。

「じゃあ実家暮らし？」

「いえ、一人暮らしです。二年前までは実家で暮らしていたんですけど、いい加減独り立ちしなくちゃと思って」

華に初めて会った日、西はこう言っていた。今日もお母さんのところから来たのか、と。さらに、一人で苦労をしょい込むことはない、とも。

「血の繋がりがないんです、家族と」

そう言って、華は薄い笑窪を作った。

「わたしがまだ赤ちゃんだった頃、両親が離婚して。母は子どもを引き取ることに消極的だったようで、わたしは父に引き取られました。その後、父が再婚して。お互い子連れの再婚でした。いっぺんに母と弟ができて、まだ小さかったわたしは嬉しかった。ほんとうの母の記憶がないわたしにとって、やっとできたお母さんだったから」

勝人がなにも言わないのを困惑と取ったのか、華は、

「突然こんなこと話されても困りますよね、ごめんなさい」

と謝った。

「続けて」

安心したように華は頷いた。

「童話とかに出てくる意地悪な継母《ままはは》っているじゃないですか」

「シンデレラとか？」

華はそうそう、と言って可笑しそうに笑う。

「継子だけに辛い想いをさせて、我が子には甘いっていう。全然違うんです。うちの母、底抜けに明るいし、優しいし。弟と同じように——時にはわたしの方を優先させてくれるほどよくしてくれて。弟は——」

華は一旦唇を結び、言い淀んだ言葉を選ぶように口にした。

「——心配性で。一つしか違わないんですけど。とにかく……父の再婚後、わたしは幸せだった」

華は、遠くを見るような目をしている。

「数年前に父が病気で亡くなってからも、母たちはそれまでと変わらず接してくれたし、わたしと暮らすことを望んでくれました。でも、どうしても居づらくなって家を出ました。職場と実家が近いって言うと、みんな『どうして実家から通わないのか』って不思議に思うみたいで。理由を説明するのにも慣れました。そもそも、家族と血縁関係がないってことを隠しているわけでもないからいいんですけど」

華は、ハッとしたように、

「重いですか」

「え？」

「初対面同然なのに、こんな話をされて」

「全然。華さんのこともっと知りたいし」

目を丸くした華に勝人は訊ねた。

「華さん、て……呼んでもいいかな？」

照れたように華が頷く。

「よかった。――それにしても、ずいぶん歩いたね」

勝人が駅と反対方向に歩いて来たのは少しでも華と一緒にいたかったからだが、目的地を考えずに歩いた先には善光寺《ぜんこうじ》の参道が見えていた。

「お参りしていこうか」

華が笑って頷く。信号を渡ると、長い石畳が続く。二人は黙々と歩いた。しばらくして華が口を開く。

「善光寺に来るの、初詣以来です。矢羽田さんは？」

「ここに来るのは初めて」

「え」

急に、華が足を止める。

「え？　里田村出身で須坂市にお住まいなんですよね？　そんなに遠いわけじゃないのに……学校の課外授業は？　善光寺に来ませんでした？」

「臨海学校ならあったけど」

「善光寺に来ないで、県外ですか……」

どうしても納得がいかないようで、華はさらに訊ねる。

「家族で来たことは？　恋人とデートで来たとか」

勝人は、門の両脇に安置されている仁王像を見上げる。隆々と盛り上がる筋肉、逞《たくま》しい身体、厳《いか》めしい表情。

「デートで来るには……ちょっとムードに欠けるよね、お寺って。両親共、仕事人間だったから家族で出かけることもなかったし。ああ、祖母は時々お参りに来てたみたいだけど」

華の目は、勝人が冗談を言っているのではないかと見極めようとするかのようだ。

「信じられない。まさか……善光寺に来たことのない長野県民がいるなんて」

「長野県は広いよ、華さん。俺以外にも来たことのない県民はいるはずだよ」

多くの長野県民の中で善光寺が大きな存在であることは想像に難《かた》くない。どの宗派にも属さない無宗派の寺であることも少なからず関係しているのだろう。しかし勝人は、善光寺に限らずどこの寺にもわざわざ参詣《さんけい》する意味を見出せなかった。もちろんそれを華に言うつもりはなかったが。

「華さんは詳しいみたいだから、案内してくれる？」

半分呆れ、半分は諦めたような表情で華は頷いた。

「さっき、矢羽田さんはお寺でデートするのはムードがないっておっしゃいましたけど、そうとも限らないと思いますよ」

華は、向かって左側の阿形《あぎょう》を見上げた。

「この仁王像の作者をご存じですか」

そう言って、視線を勝人に向ける。勝人は首を横に振った。

「高村光雲《たかむらこううん》と米原雲海《よねはらうんかい》です」

「よく知っているね」

「授業で習いましたから。高村光太郎《こうたろう》はご存じですか」

「もちろん知ってるよ。『智恵子抄《ちえこしょう》』の作者だろ？　あとは――〝僕の前に道はない〟」

引き継ぐように華が、

「〝僕の後ろに道は出来る〟で有名な、『道程《どうてい》』ですね。『智恵子抄』を読んだことは？」

「あるよ。と言っても、きっかけは授業の『レモン哀歌《あいか》』だけどね」

華がにっこりと頷く。

「光太郎の父が光雲です。仁王像の作者の息子は、妻となる女性との詩を四十年にもわたって書いた――。ロマンチックじゃありません？」

「こじつけすぎじゃないか？」

華は短く笑った。

「そうかもしれません。でも、調べてみるといろいろな繋がりがあって面白いです。建築物だけじゃなくて――。時を経ても残るものがある。それって、すごいことだと思いませんか」

　華は瞳を輝かせ、

「音楽も芸術も文化も。創った本人がいなくなって、その後何百年経っても作品は生き続ける。それって、奇跡みたいにすごいことだと思うんです。わたしには、絵を描く才能も文章を書く才能もないから、余計強く思うのかもしれません。なにもないところから形を生み出すって、並みの人間にはできない。でも実際にそれを創るひとがいる。きっと、わたしには見えないものを見て、聴こえないものを聴いているんでしょうね」

「華さんは芸術や文化に興味があるの？」

「興味はあります。でも詳しくないし、特別勉強したこともありません。だから絵画を見ても、ああ、きれいだなとか、言葉にできないけどすごいなって思うだけで。本も好きで読みますけど、著者の意図は、って言われても全然説明できないし、読書感想文も苦手でした」

　美術も国語も音楽もいつも平均点でした、と華は恥ずかしそうに言った。勝人はちょっと考えてから、

「それでいいんじゃないかな」

と言った。

「だって、絵を描いた本人だって、ああ、きれいだなと思って描いただけかもしれないし」

華は目を丸くしている。

「俺も詳しくないから偉そうなことは言えないけど、芸術を楽しむってそういうことじゃないのかな。たとえば、青色と白色の絵具を渡されても俺には一つの空しか描けないけど、非凡な才能を持った人間はキャンバスと筆さえあれば無限の宇宙を描ける。またある人間は、俺たち凡人がどんなに頭をひねっても思い浮かべられない言葉や文章で、混沌としていた名もない感情に道筋をつけてくれる。この感情をよくぞ言葉にしてくれた！　って、快哉を叫ぶことってあるよね。だからさ、つまり――すごいな、きれいだな、好きだな、それだけでいいと思うんだ」

へたくそな説明だ。華の言わんとすることはわかったし、それなりの解釈をしたつもりだが、かっこ悪い説明には違いない。言わなければよかったと後悔し始めていると、

「そうかもしれない。うん、そうですね」

華が笑った。

勝人は、華の笑顔を見られただけで満足だった。

それから華は、ガイド顔負けの知識で境内《けいだい》を案内してくれた。

陽射しが遮《さえぎ》られる本堂は一気に気温が下がる。香の匂いと参拝者の発するひそやかな声。

「矢羽田さん?」

「……雰囲気に圧倒されたみたいだ」

華の顔はまるで「ね? そうでしょう? これまで善光寺に来なかったことが悔やまれるでしょう?」と言っているようだ。

「入ってみますか?」

華が言うのはお戒壇巡《かいだんめぐ》りというものだ。本堂に入る前に華から説明があった。瑠璃《るり》壇の下にある一寸先も見えない暗闇の回廊を、壁を伝って進んでいく。秘仏である本尊の真下に位置する錠前に触れることにより、極楽往生の約束をされる。

「せっかくだから行ってみようか」

地下へと続く階段の入り口は、ぽっかりと四角い穴が開いている。二人は入り口に立った。足元には、墨を流したような闇が漂っている。勝人を先頭に闇へと下ってゆく。数段の階段を下りると、これまで受けていた明かりが嘘のように消える。わずかに進んだところで勝人は思わず振り返った。現世への唯一の道さながらに光が降りている。勝人が振り向いたことに気付いたのか、

「ね？　ほんとうに真っ暗でしょう？」

華の声。その声に、不安や恐怖は感じない。

「ああ、うん。そうだね。こんなに暗いとは思わなかった」

目を凝らしても、すでに華の顔は見えない。

「右の壁を触りながら歩いてください。腰の辺り」

「わかった」

華に言われた通り手のひらを壁に沿わせゆっくりと進む。すっぽりと暗闇に包まれると、身体の深い部分からじわじわと恐怖が湧き上がって来る。それでも足を進めるのは華がいるからだ。引き返したいとは言えない。もう一度振り返ると、点のように小さな光が消えるところだった。

勝人たち以外はだれもいないのか物音もしない。大した距離は進んでいないはずなのに、入り口で見た闇とでは濃さがまるで違う。光源のない闇はいくつもあるが、この闇はそれらとはまったく別ものだ。完全で完璧な闇。音がしないのは、闇に吸収さ

れてしまうからかもしれない。

進むにつれて、勝人は自分の身体が闇に溶けてしまうのではないかと思う。それほどまでに闇は深く、濃い。たしかなのは壁を伝う感覚だけ。頭は？　左半身は？　すでに闇と混じり合っているのではないか？　すると今、こうして触っているのは溶けていった者たちが成すひとの壁ではないのか。闇の中ではなにも芽吹かず、命あるものは闇に溶けていく。ならばこの闇すべてが――。

「もうじきだと思いますよ」

突然聞こえた「生きた声」。

闇に溶け始めていた勝人の末端がシュルシュルと巻き戻り、身体を快復させている。そうはさせまいと、闇から無数の手が伸びる。

勝人の背中にやわらかな感触。その瞬間、無数の手は消え、闇と身体が決別する。

「ごめんなさい」

華が、ぶつかったことを詫びる。

「――謝らなきゃならないのは俺のほうだ。突然止まったりしたから」

闇に呑まれてはいるが、身体も思考も自分自身のものだ。勝人は目が覚めたような気持ちで言った。

「ごめん、それで……なにがもうじき？」

すぐそばで、華の声。

「錠前です」

「錠前――」

華の言う通り、数歩進んだ先にそれはあった。冷たい感触が指先から伝わる。ガチャガチャと音を鳴らしながら錠前を握る。

「あったでしょう？」

しなやかであたたかな華の手が触れる。勝人は咄嗟《とっさ》にその手を握った。華が手を引っ込めてしまう前に。そうしてから気付く。表情も仕草も見えない闇の中では相手の気持ちを量《はか》りようがなく、また、沈黙は光の中でこそ意味を与えるのだと。

なにか言ってくれるのではないかと待ったが、彼女は口を噤《つぐ》んだままだ。

「光が見えるまで――」

祈るような気持ちで言う。

「光が見えるまで手をつないでいていいかな」

このまま永遠に沈黙が続き、闇も晴れないのではないかと思い始めた矢先、華の返事が聞こえる。

「はい」

無限の闇の中でたしかなものが生まれた。華のぬくもり。彼女だけが生きる証明のように。華の手をしっかりと握りながら確信する。これまでの道のりは一方通行の死出の旅のようだった。しかし、錠前を握ってからの折り返しは、生まれ変わるための再生の道だ。

右手で壁を伝わず進むとそのうち現れる壁に激突してしまうかもしれない。華の手を離したくはなかったが、

「ごめん」

そう断って手を離した。右手を壁に置き、上体を捩って左手を振り動かすと手を握られる。その手の冷たさに驚きながら、しっかりと握り返す。小さな華の手を、今度は離さない。手を重ねたまま光を目指す。

瞬《また》くような光が輪郭を描き出す。

「見えてきたね」

勝人は握っている手に力を込めた。光が輪を広げ、世界が一気に迫る。目が眩《くら》む。

勝人は右手を眉の上にかざした。その時、小さな黒い塊が光の中へ吸い込まれていくのが見えた。

「なんだろう？　華さんも見えた？」

振り返った先は闇が漂っていて華の顔は見えない。視線を落とすとつないだ手が見える。左手が包んでいるのは小さな手だ。むき出しの白い腕が下方から伸びている。華の手ではない。これは、もっと身長の低い――。

だれの手だ？　だれの手を握っている？

「わっ、眩《まぶ》しい」

華の声。すぐそばではないところから。

左手は未だ小さな手を掴んでいる。おそろしさに手を離すと、白い手は、すっ――と闇に消えた。

正体不明の手に動揺していると華が姿を現した。

「華さん、あの――」

「いいんです。わたしも照れくさかったので」

先に行こうとする華の手を掴む。はじめにつないだのは華の手だったはずだ。

「ごめん、ちがうんだ。ほら……右手で壁を伝おうとして手を離したら、そのまま華さんの手を探せなくなって」

華の顔が明るくなる。

「それならよかった。でも……」

出口に向かいかけた華が足を止める。

「答えられなくてごめんなさい」

「え——？」

「錠前の辺りから距離が開いたみたいで、矢羽田さんの声が遠くてよく聞こえなかったんです」

黒い塊が見えたか訊ねた時だ。

二度目につないだのは間違いなく華の手ではない。

「俺たちのほかにもだれかいたのかな？」

華が不思議そうに首を傾げる。

「いなかったと思いますけど……いたとしても、こんなに暗いとわかりませんよ」

後方に目を向ける。

そこにはただ闇が横たわっているだけだった。

本堂に入る前までみ空色だった空が、二人が後にする頃には鉛色《なまり》に変わっていた。

「ちょっと寄ってもいいですか」

本堂近くの平屋の建物へ華は入って行く。中は授与品所のようで、沢山のお守りや数珠《じゅず》などが並んでいた。

華は目当てのものが決まっているようで、学業成就や恋愛成就のお守りの前を素通りしていく。そして足を止める。視線の先を辿ろうとするより早く、華が一つのお守りを手に取った。棚を確認すると、「病気平癒」のお守りだった。

「お願いします」

お守りを受け取った巫女《みこ》が金額を口にする。勝人は財布を取り出した。びっくりしたような表情で華は、

「自分で払います」

「案内してくれたお礼に――」

「これはだめです」

きっぱりと言って、くたびれたピンク色の財布から千円札を取り出し巫女に渡した。

「お礼がしたかったのに」

「美味しいお料理をごちそうになりました」

「善光寺を案内してくれたお礼だよ?」

「お金がかかることばかりされたら気まずいですから」

華はつり銭とお守りを寄こした巫女に礼を言うと、バッグにお守りをしまいながらさっさと出て行ってしまう。勝人は巫女と言葉を交わし、あるものを買い求めた。

授与品所の前で華は空を見上げていた。すぐ近くの大香炉から漂ってくる白い靄《もや》が、参拝者たちの祈りを受けて重たげに昇り、色を失くす。

華は振り向きもせずに歩き出す。勝人は彼女になんと声をかけたらいいのかわからない。華の背中を見つめ、ただ足を進める。と、突然華が立ち止まる。小さな身体をくるりと向け、怒ったような顔で、

「借りを作りたくないんです」

「借りって――」

「ほかの女性に対してどうかは知りませんが、わたしにはやめてください。食事をごちそうになったのも後悔してるくらいなのに」

顔を俯けた華は、傘の柄《え》をぎゅっと握りしめた。

「ごちそうになっておいてこんなこと言うのは失礼だってわかってます。ごめんなさい。でも、いやなんです」

勝人は華の手元を見つめたまま言葉を探すが、なにを言っても場違いのような気が

する。華はそれ以上言うつもりがないのか、それとも勝人の言葉を待っているのか口を閉ざしてしまう。

何人もの参拝者が二人の横を通り過ぎる。長い沈黙を打ち破ろうと勝人は息を吸い込んだ。その時、頰にひんやりとした感触。仰向けた額に雫《しずく》を受け、思わず閉じた瞼にも雨粒が弾ける。手の甲で水滴を拭うと、勝人は驚きの面持ちで華を見つめた。

「ほんとに雨が降ってきた」

勝人は笑った。それまでの重い雰囲気がいっぺんに晴れ、華の硬い表情が崩れた。

「華さんの知り合い、すごいね。天気予報より正確なんじゃやない？」

あまりにも嬉しそうだったからか、華も笑った。

華はそれまできつく握っていた傘の柄を空に向けると、赤い花を咲かせた。それから勝人にさし向ける。華は笑窪を浮かべ勝人を見つめる。

「だから言ったでしょう？　雨が降るって」

華の笑顔が胸に咲き、たまらなく幸せな気持ちになる。傘を受け取ると、華の方へ大きく傾けた。それに気付いた華が、

「これじゃあ、矢羽田さんが濡れちゃいますよ」

と傘を押し戻す。勝人は笑いながらさし向けたままにする。

参道の両脇に立ち並ぶ土産物屋の前で店番をしていた老婆が腰を上げ、商品を広げていたワゴンを軒下《のきした》に移す。丸々と肥えた鳩が翼を広げ、その躰《からだ》に似つかわしくない軽やかな羽ばたきで山門の屋根の下へ避難する。そこにはすでに多くの仲間が集まり、突然の雨に戸惑う参拝者を見下ろしていた。

雨脚はどんどん強まり、石畳の色を一面ダークグレーに変えていく。参拝者の多くが土産物屋の軒下などに逃れている。そこへ、店主が手際よく店の奥から運んできたビニール傘を置く。傘をさして歩くのは勝人と華だけだ。

「――でした」

華の声が、傘の下で消え入りそうに響く。

「さっきはすみませんでした」

今度は傘を叩く雨音に負けない音量で言う。勝人はまた何と言ったらいいかわからず迷ってしまう。

「天気予報の達人、わたしの母なんです」

華が明るい調子で言ったので、先ほどのお守り事件は終わったのだと勝人は安堵する。

「母は柔道のサークルに通っているんですけど、稽古中に足の骨を折っちゃって。本人曰く、足の痛み具合で雨が降るタイミングがわかるそうなんです。よく、古傷の痛み具合で天気予測をするって話は聞きますけど、母はまだギプスなんですよ。だからはじめは半信半疑だったんですけど。ほら、少し前に雨が続いたじゃないですか。あの時も当てたんですよ」

「もしかして、さっき買ってたお守りはお母さんへ――？」

華が頷く。

「華さんがあのお守りを買っているのを見て心配になったんだ。身近なひとか、華さん自身が病気なのかもしれないと思って。だけどデリケートな話題だから、訊いてもいいものか迷って」

「そんな……すみません、気を遣わせて。今日遅れたのは、母のところへ行っていたからなんです。身の回りのことを手伝うために」

「お母さんの具合は？」

「元気です。だから困っちゃうんですけど。まだギプスだから無理しちゃだめなのに、なんでも一人でやろうとして。炊事洗濯はもちろん、髪を洗ったり身体を拭いたりなんかも……今度は足じゃなくてほかのところを痛めそうな体勢でやるんですよ、そういうこと。だから気が気じゃなくて」

華を見れば、養母に愛されて育ったことがよくわかる。彼女が養母を愛していることも。

「母が怪我をした後何日か、仕事を休んで世話をしたんです。コーヒーショップも手が足りてなくて、かなり無理を言って休ませてもらったんです。その時、特定のスタッフに負担をかけちゃって。ありがたいとは思っているんです。でも――」

「重い?」

「え?」

「彼の気持ちが重い?」

華は驚いたような表情だ。

「俺が行った時にいた男のひとだよね。帽子を斜めに被った」

勝人は危うく「ナメクジ男」と言うところだった。

「そうです、そのひとです。西さんて言うんですけど――」

華は細いため息を吐き出す。

「これまでも食事や映画に誘われたりしたことがあったんですけど、母のことがあってからはあからさまにアプローチしてくるようになって」

いやらしい視線や剝き出しの独占欲をアプローチと呼べれば、だが。

「正直、重いです。仕事を辞めるわけにはいかないし、でも西さんに恩もあるので邪険にもできないし」

下心のあった西は、元々華に恩を売るつもりでシフトを代わったのだろう。そうすれば華を懐柔できると思ったのかもしれない。

「そういうことがあったので、借りを作るのはいやなんです」

ナメクジ男と一緒にされるのは心外だったが、華の口から二人の関係性を聞けただけで安堵した。華のいじらしい抵抗を思えば西に好意を持っていないことは予想できたが、あの時の西の形相が一抹《いちまつ》の不安をもたらしていた。

「今日はごちそうになりましたけど、今度からはきちんと払います」

『今度』――言葉に輝きがあることを、勝人は初めて知った。

勝人は足を止めた。視線の先にいるのは、スーパーの軒先にいる女性だ。片手に袋を提げた女性は胸の前に抱っこ紐で赤ちゃんを抱き、困り顔で空を見上げている。

「あの……いいかな」

訊ねるというよりは確認するような調子で華に問う。彼女も母子に気付いたようで、勝人を見上げるとニコリと微笑み、頷いた。勝人は小走りで二人の元へ向かう。開いたままの赤い傘を差し出され、母親は空いている方の手を振ったり首を横に振ったり、最大限の遠慮のジェスチャーをしていたが結局は傘を受け取った。戻った勝人を見て華は満面の笑みを浮かべている。勝人は思わず彼女の手を取った。

「駅まで走ろう」

空からの雫を受けながら華が笑う。勝人は親子を振り返った。

赤い傘の下で我が子になにか話しかける母親は、菩薩《ぼさつ》のような顔をしていた。

5

初めてのデートから日が空いたのは、仕事が忙しく時間が取れないためだった。ただ、同じ月にもう一度会えたのはよかった。二度目の誘いに華が喜んで来てくれたことも嬉しくて勝人は口角が上がりっぱなしだった。

「お仕事、大丈夫ですか？」

「大きな仕事が終わったから、これからは時間がとれそうなんだ」

「無理しないようにしてくださいね。身体が一番ですから」

「華さんもね」

華の気遣いが嬉しくて、自分も気の利いたことを言いたいと思うがなにも浮かばない。こんな時、スマートにものを言えたらどんなにいいか。

華のバッグが歩く度にコツコツと音を立てている。見ると、前回の別れ際に勝人が渡したものがつけられていた。

「つけてくれたんだね」

「はい」

華が「病気平癒」のお守りを買った時、勝人もお守りを購入していた。

「おそろいなんだ」

勝人は財布の中からお守りを取り出した。それを見た華がどんな反応を示すかちょっと怖いような気分だった。おそろいなんて、気味が悪いと思われるかもしれない――。

「そうなんですね」

勝人の不安をよそに、華は満面の笑みだ。

「珍しいお守りですよね。屹度叶守《きつとかなうまもり》なんて、初めて知りました。わたし、何度も善光寺には行っていますけど、このお守りは知りませんでした」

「喜んでもらえてよかった」

お守りをしまおうとする手元に華が視線を注いでいることに勝人は気付いた。

「なにか気になる？」

「あ、ごめんなさい。勝人さんは、なんのお願いをしたのかなと思って」

お守りの中には小さく折りたたまれた紙が入っていて、そこに願い事を書いておくと叶うらしい。

「それは――」

華がキラキラした目を向ける。

「秘密だよ」

えー、と言いながら華は笑っている。

「願い事って、だれかに言ったらだめなんじゃなかったかな？」

「ええ、そうだと思います。だから、わたしのも内緒です」

「じゃあ、いつかお互いの願いが叶ったら、その時告白しよう」

「いいですね」

お互いの願いが同じことだといい。もしそうなら、その日は二人にとって特別な日になるにちがいない。

「それにしても、凝ったデザインのお財布ですね」

勝人は財布に目を向ける。

「ああ、うん。唯一の趣味なんだ」

「高そう……」

華が小声で言ったので、勝人は笑った。

「その、細かく結ってあるのはなんですか？　赤色の」

華がそっと指さしたのは、財布のチャックを縁取る部分だった。

「水引きですか？」

「いや、ただの繊維だよ」

「オーダーメイド……ですか？」

「ああ、うん」

「すごい……細かい部品とか、そういうのも希望すれば作ってもらえるんですか？」

「そうだね。ものによっては持ち込んでお願いすることもあるけど」

感嘆の声を上げた華は、自分のバッグを見下ろす。

「さっきすれ違った子が同じバッグを持ってて。Tシャツとかも、結構ひととかぶるんです。オーダーメイドならそういうことがなくていいですね」

「そうだね。でも、同じものを持つってことはそれが人気ってことだから――」

続きを待つ華に、勝人は本心を言った。

「だれかと同じものを身に着けても、華さんが一番似合っているよ」

華は顔を真っ赤にして、勝人の腕をばしっと叩いた。

「わたしの好みに合わせてもらっちゃってすみません」

多岐にわたる映画の中で華が選んだのはホラー映画、日本の心霊ものだった。

「こわいの、大丈夫ですか？」

どうやら華は真剣に心配しているようだ。

「平気だよ。でも、華さんがホラー好きとは意外だったな。恋愛ものとかが好きなのかなと思っていたから」

「恋愛ものはわたしには甘すぎて、観ているうちにぞわぞわしてきちゃうんです」

「それってホラー映画を観た時の反応じゃない？」

堪《こら》え切れずというように華が笑う。場内はまだ明るく、中には会話している人々もいたが、華の笑い声は思いがけず響いた。数人が振り返り、注意を促すようにこちらを見ている。華は謝罪するように何度か頭を下げた。

「もう！　勝人さんのせいですよ」

上腕に華の手のひらの感触。必死に笑いを堪えている華。笑窪が深い。目尻にうっすら涙が浮かんでいる。どれもが輝いて、愛おしいと勝人は思う。

場内に、開始を告げるブザーが鳴り響く。勝人と華はスクリーンに目を向けた。照明が落ちる寸前、左手最前列にいる子どもがシートに手をかけ、じっとこちらを見ているのに気付く。灯りが消える。

眩しい光。スクリーンには鑑賞中の注意が流れる。勝人は子どもの方に目をやった。子どもはきちんと席についたようで、スクリーンの光があたってシートだけが見えた。あの子はまだ六、七歳だろう。ホラー映画が好きな子どももいるだろうが、怖くはないのだろうか？

他の映画の短い紹介が始まる。おどろおどろしい映像。子どもが怖がってはいないかと気になり、つい視線が流れる。紹介映画のタイトルが映し出され、幾分か明るい光が最前列を照らす。子どもは、またこちらを見ていた。

スクリーンが暗くなる。勝人は子どものいる場所から目を離せない。

「さっきのも面白そうですね」

華が耳元で囁《ささや》いたので注意が逸れる。

「え？　ああ、そうだね」

次に視線を戻した時、子どもの姿は消えていた。

本編が始まるが、勝人は気もそぞろだ。子どものことが気になって仕方ない。スクリーンには目もくれず場内に目を走らせる。映画は出だしから怖いようで、場内から短い悲鳴が上がる。

光の強弱。完全にこちらに顔を向けた子どもが照らされる。奇妙なのは、子どもが座席を移動したことだ。はじめ、子どもは左手最前列に座っていた。が、今は前から三列か四列目の左手に居る。

なんだ、あの子ども。

その子の顔は異常に白い。暗がりの中で、真っ白な顔だけがぼうっと浮かび上がっている。奇妙なのは、その子がシートに手をかけていない点だ。大人の後頭部は見えるが、子どもはすっぽり隠れてしまう程度に背もたれは高い。あの子はどうやって顔を出している？

落ち着かない気分になってきた。子どもは長い時間、勝人を凝視している。堪え切れず視線を逸らす。映画に集中しようとするが、意識に反して目は場内に向けられる。子どもがいるはずの座席は空っぽだ。

気味の悪い効果音が連続して流れる。

どこへ行った？

暗い場内、人々の後頭部。傾げた頭、寄り添う頭、白い顔——。

どうして。

腕に鳥肌が立つ。白い顔は完全にこちらを向いている。

身体と頸はどうなっている？　あれはまるで、後頭部に顔を張り付けたようだ。角度がおかしい、なにもかもがおかしい。しかも顔はどんどん近づいてきている。瞬きしない目、白い顔。今では、場内がどんなに暗くても顔がはっきりと見える。勝人のほかは気付いている者はいないようだ。今、顔は勝人の座席の五列ほど前にあるが、すぐ隣には黒々とした後頭部が見える。その人物が顔に気付いている様子はない。

なんだ、いったい——。

左腕を掴まれる。驚いて見ると、息を詰めた華が右手をかけていた。スクリーンに釘付けの華が顔に気付いているとは思えない。

勝人は極力顔の方へ視線を向けないよう、スクリーンだけに注意を払う。粗い画面に白い顔が映りぎくりとするが、それは髪の長い女、映画の登場人物だった。

いたずらか？　映画がつまらなくて移動しているのか？　なぜこんなことをする？　凝視するだけなんて気味が悪い。そう、気味が悪い。なにもかもがおかしい。頸も身体も角度もおかしい。おかしい、おかしい、あの子からは生気を感じない。

人間なのか？

そう思った途端、身体が硬直し、自由が利かなくなる。座席に張り付けられたようになり、指先すら動かせない。動かせるのは目玉だけ。否応なしにスクリーンが目に入る。髪の長い女の全身ショットが映し出されている。白というには汚れ過ぎた色のワンピース。女の胸元には黒いブローチがついている。それはもぞもぞと動き出し、裾へと向かう。止まった、と思う間もなく黒い塊がスクリーンから飛び出してくる。それは勝人目がけて一直線に向かってくる。勝人は思わず目を瞑《つむ》った。

身体の自由は戻らない。おそるおそる目を開ける。黒い塊は消えていた。

なんとか華に助けを求めようと試みるが声が出ない。動かせる目に映るのは華の横顔。華が異変に気付く様子はない。ひじ掛けにおいた腕に、動け動けと命じる。すると、小指がわずかにひくついた。意識のすべてを左手に集中する。小指から薬指、中指と、動ける範囲が徐々に広がる。

あと少し、もう少し。

館内は冷房が効いているはずだが、顔中に汗が吹き出していた。そのくせ背中は氷を落としたように冷えている。

視界の隅に白いものが映った時、それまで硬直していた身体から力が抜ける。縛り付けられていたような感覚が消え、座席から解放される。席を立つ途中のような前のめりの恰好になった勝人は顔を左に向けた。

華との間に割り込むように、白い顔は勝人のすぐそばにあった。


「大丈夫ですか？」

華が追ってきた時、勝人はすでに映画館を出て宣伝用のポスターの下で膝を抱えていた。

「勝人さん――」

そう言ったきり華が黙ってしまったのは、それほどひどい顔をしていたからだ。自らを奮い立たせ、立ち上がる。華が手を差し出すが、あえてそれを断った。

「大丈夫」

華は心配そうに顔を覗き込んでくる。

「ちょっと気分が悪くなったんだ。もう、落ち着いたよ」

わずかに安堵したような華が、なにを考えているかは容易に想像できた。おそらく華は、勝人が途中で映画館を出たのはホラー映画が怖かったせいだと思っていて、この映画を選んだ自分を責めているはずだ。だが、誤解を解くために館内でなにがあっ

たのかを話すつもりは毛頭なかった。だから、

「今度は、ぞわぞわする恋愛ものにしよう」

そう言った。

華は、頰に小さな笑窪を作った。

6

二度目のデートではカッコ悪いところを見せてしまったが、そのことで華の態度が変わるようなことはなかった。むしろ、華はもっと笑顔を見せてくれるようになった。

今日は三回目のデートだ。ランチ後、大きなカフェに入った。そこで、華は学生時代の写真を見せてくれた。

「これは高校の文化祭？」

紺色のスカートと臙脂《えんじ》のネクタイ。白いワイシャツを肘まで上げて、屋台の下で焼きそばを作る華。今より長い髪を一つにまとめている。

「ええ。毎年、焼きそばとソフトクリームの屋台は大人気で。くじで引き当てたんで

すよ。勝人さんは？　文化祭、なにをしました？」

「俺のクラスは映画を上映したり、校内に音楽を流したりしたよ。飲食関係は大変だって、みんなが嫌がって」

華はあからさまに残念そうな顔になる。

「大変だけど、すごく楽しいのに。でも、映画も音楽も素敵ですね。わたしの学校には、そういうのはなかったから」

瞳がきらきらと輝いている。勝人は、その煌《きら》めきに惹き込まれそうになる。

「あ、これ――」

スマホの画面には、華を囲むようにして十人ほどの男子学生が写っている。全員坊主頭で、そのうちの数人は体格がいい。

「この中に弟がいるんですけど、わかりますか？」

華は、家族とは血の繋がりがないと言っていた。顔立ちで判断できないとなると難しい。そんな気持ちを察したのか、華は別の写真を見せた。華を真ん中に男子が二人写っている。右隣にいるのは目鼻立ちの整ったすらりとした美男子だ。口角がきゅっと上がっている。胸の前で筋肉質の腕を組んだ左隣の男子は、わずかに下唇を突き出し、仏頂面を作ろうとしているように見える。彼の試みはほぼ成功していた。そのおかげで勝人には答えがわかった。

「彼だね」

左隣の男子に指を置くと、華はびっくりしたように声を上げた。

「どうしてわかったんですか？　すごい」

高校時代は多感な時期だ。華は家族と仲がいいと言っていたが、いくら姉弟の仲がよくても、同級生たちに囲まれた状況で姉と写真を撮ると言われたら、腕を組み、仏頂面もしたくなるだろうと思ったのだ。

「弟さん、体格がいいね」

「ずっと柔道をしていましたから。こっちの彼、葉月《はづき》君は弟の幼なじみです。彼は野球を続けています。さっきの写真は、弟と葉月君の仲間が屋台に来てくれた時のものです」

華の弟は幼なじみと比べると美男子とは言い難かったが、漢《おとこ》らしさという点では弟が勝っている。柔道をしていたことと関係しているのかもしれない。

「勝人さんは？　スポーツされてました？」

「中学の時テニス部に入ったけど、二年生の時退部してね。それからはなにも」

華はしげしげと勝人の腕の辺りを見つめる。

「勝人さんて細いわりに筋肉がついているから、なにかスポーツをされているのかと思いました」

「仕事で現場に出ることがあるからね。そのせいかもしれないな。華さんは？　なにかスポーツをしていたの？」

華は照れたように、

「陸上で短距離をしていたんですけど、陸上部じゃないクラスメイトの方が速かったくらいで——中学、高校と続けてはいましたが、すごく遅かったです」

「へえ。華さんは陸上選手だったんだ」

照れくささを誤魔化すためか、華は再びスマホに目を落とした。何度かスライドさせると勝人の方に画面を差し出した。高校時代の華は、なにか面白いことでもあったのか目がなくなるほどの笑顔だ。華と頬をくっつけている女子も弾けるような笑顔を見せている。

「仲がよさそうだね」

勝人は思ったままを口にしたが、華の反応がない。不思議に思って華を見ると、彼女はじっと勝人を見つめていた。

「親友なんです」

そう言って目を伏せる。

「――親友だった、って言った方がいいのかな……」

手にしていたスマホを握り直すと、華は何度かスライドする。すべての写真に同じ女子が写っていた。

「京香《きょうか》とは中学校のクラスが同じで、それで仲良くなったんです。同じ高校に合格した時は二人とも泣いて喜びました。卒業後も、ずっと同じ関係が続くと思っていたのに――ちょっとした誤解があって。それ以来、連絡もとっていないんです」

スマホをテーブルに置くと、華はため息を吐《つ》いた。

「大事な親友だったのに……変な意地を張って疎遠になっちゃいました。できることならまた以前のようになりたい」

華は悲しそうに目を伏せた。

「きっと、彼女も華さんと同じ気持ちだと思うよ」

華が潤んだ瞳を勝人に向ける。

「華さんが仲直りしたいと思っているなら、彼女に連絡してみるといいよ。きっと、喜ぶはずだよ」

華が、ぎゅっと口元に力を入れたのが勝人にもわかった。泣くのを堪えているのだろうと思うと、華のことがたまらなく愛おしく思えた。

「そうでしょうか」

泣くのを見られまいとしたのか、華が顔を背ける。勝人はそっと、華の肩に腕を回した。手のひらから、華の震えが伝わってくる。勝人は力を込めて彼女の肩を抱いた。

「大丈夫。きっと、うまくいくよ」


華が欲しい本があると言うので、二人は本屋が入るビルのエレベーターに乗り込んだ。行き先の三階のボタンを押した後、勝人は華の隣に並ぶ。何気なく上方に視線を向けてから、上昇中のエレベーターで階床表示灯を見つめてしまうのはなぜだろう、と思う。隣の華を見ると、同じように表示灯をじっと見つめている。エレベーターに乗ると無言になるのも不思議だ。

一階から二階へ表示が変わる。勝人はふと、右上に設置されている防犯ミラーに目をやった。湾曲した鏡には、勝人と華が長細く映っている。二人の後方では、壁に向き合うようにランドセルを背負った子どもが立っている。黒いランドセルがやけに大きく見える。

振り返った勝人の目には、だれも映らない。ここにいるのは華と勝人だけだ。乗り込んだ時だれもいなかったし、後から乗ってくる者もいなかったのだから当然だ。

「どうかしました？」

「――いや、なんでもない」

勝人は再び表示灯に目を戻す。胃の辺りがきゅっとなる、エレベーター特有の気持ち悪さが到着を告げる。勝人はもう一度ミラーを確認した。

二人の後ろに張り付くように、子どもが映っていた。

「う――」

反射的に振り向いた先にはだれもいない。

「勝人さん？」

エレベーターの扉が開く。勝人の後から怪訝そうな表情で華が降りてくる。二人が降りた後はもちろん無人だ。

空の箱の扉が静かに閉まるのを、勝人は見つめた。

※

鳴くものは、ずいぶんと長い間役に立った。

命を支配した時、初めて支配から抜け出せた。それは心の解放、自由だった。一度手にした自由を手放すつもりはない。もっと、必要だ。

しばらくして足りないなにかに気付いた。

「言葉を発するもの」が必要なのだ。

処理の仕方を考える。

それぞれの個体に合ったやり方を。どんな方法がある？

考え出すと、わくわくして夜も眠れない。

第二章　星也

1

様子が違うことに、星也《せいや》はすぐに気付いた。それは、華を見るまでもなく明らかだった。清潔だが履き古されたスニーカーの代わりに、見たこともないピカピカのパンプスが三和土《たたき》に置かれている。リビングから漏れ聞こえてくるのは華の歌声だ。いよいよ確信を持ってリビングのドアを開けると、歌声が大きくなる。対面式のキッチンで華は料理をしているが、星也に気付く様子はない。

ギプスに包まれた片足を投げ出した恰好でソファーに座っている巴《ともえ》が、手にしている雑誌から目を上げる。片手をドアノブにかけたまま、星也はキッチンを指さした。巴は口をへの字に曲げ、肩を竦《すく》める。星也は声を出さずに抗議するが巴は取り合うつもりはないらしく、すぐにお気に入りの柔道雑誌に目を戻した。

星也はため息を吐きながらリビングへ入った。気付いた華が歌を止める。パタパタとスリッパを鳴らし星也の前まで来ると、菜箸を持ったままの手を腰に当てる。

「星也！　内定もしてないのにぶらぶらと――」

星也は華の横を通り過ぎると、キッチンでグラスに水を注いだ。

「どこ行ってたのよ」

後を追ってきた華が問い詰める。星也は一気に水を飲み干し、華を無視してリビングへ向かった。

「大学は？　休みなの？」

「関係ないだろ」

巴は上目づかいにこちらを眺めている。星也は巴の向かいにどかっと腰を下ろした。

「だいたいねえ」

くどくどと続くお説教を聞き流しながら、星也はチラリと華に目を向けた。新しいのはパンプスだけじゃないようだ。エプロンを着けていても華が新しい服を着ているのがわかる。華は滅多に服を新調しない。ましてや、ワンピースなど着ているところを見たのはいつ以来だろう？

「ちょっと、わたしの話聞いてる？」

星也は、ガラステーブルに置かれたハンドバッグに目を向けた。これを持って、一体どこへ行こうというのか。

「星也」

だれと？

「星也！」

勢いよく立ち上がったせいで、巴がびっくりしたように見つめている。

「――――」

「な、なによ」

星也は華を見下ろし、言った。

「全然似合ってない、その服」

リビングのドアを乱暴に閉め、星也は階段を上がった。

玄関扉が閉まる音。星也はカーテンの隙間から表の様子を窺《うかが》った。涼し気な色をしたワンピースの裾を翻《ひるがえ》し、駅方面へ向かう華の後ろ姿が見えた。

キッチンへ行くと、冷蔵庫の前で巴が缶ビールを啜《すす》っているところだった。無事な方の足に体重をかけ、器用に立っている。さっぱりした顔つきで、シャンプーの匂いがする。

「さすが華よねー。家事はしてくれるし、髪まで洗ってくれるんだから。持つべきものは娘ね」

「病人が昼間からビールって」

「病人病人て、華も星也も大袈裟《おおげさ》なのよ」

「病人だろ」

「ちがいます。怪我人です」

「どっちだって一緒だよ。もう一月もそんな足してるくせに」

巴は自虐的な口調で、

「治りが遅いのは歳のせいよ」

「いい加減、サークルやめたら？　それこそ歳も考えて」

巴は缶ビールから口を離し、大袈裟に驚いた表情をしてみせる。

「本気で言ってる？　唯一の楽しみがなくなっちゃうじゃない。あんた、一日中あたしの話し相手になってくれる？」

「冗談」

「だったら口出ししないでちょうだい」

「はいはい」

星也は巴の横を抜け、冷蔵庫の中から缶ビールを取り出した。

「それに、サークルの最高齢は七十代よ」

プルトップに指をかけた星也は、

「──どこ行ったの」

「ん？」

「あんな恰好して、どこ行ったんだよ」

巴は眇めた目をリビングへ向けた。さきほどまで華のバッグが載っていたテーブルを見ているようだった。

「さあね。詳しくは知らない。でも今日が初めてじゃないことはたしか」

「──ふうん」

巴は星也の肩に手を置いた。

「心配いらないって」

「心配なんかしてない。ただ──」

肩に載せられた手を取り首に回すと、星也はしっかりと巴の身体を支えた。

「華は男運が悪いから」

星也の言に、巴は笑った。

「父親は早くに死んじゃうし、弟は就職も決まってないし。ね」

巴をソファーに座らせると、星也も向かいに腰を下ろした。

「でも、なかなか紳士みたいよ」

「知ってんの？」

巴はゆるゆると首を振る。

「ランチだもん」

「え？」

「いつもランチの時間に出かけて行くのよ」

それについて星也は考えを巡らせた。

「帰りの時間まではわからないだろ。一緒に住んでないんだから」

巴は肩を竦める。

「まあね。でも、そういう関係ならディナーからでいいんじゃない？」

これ以上は親子で交わすのに相応しい会話だと思えず、星也は話題を変える。

「まだ外れないの？」

白いギプスを見下ろし、巴は困ったように笑う。

「なかなかよくならないのよ」

「腕のいい医者紹介してもらったんだろ？」

うんうんと頷き、巴はビールを啜る。

「彼も治療してもらったんだって」

ぎょっとしたように、星也は、

「彼？」

さらにぎょっとした顔で、

「なに想像してるの？」

巴が切り返す。

「だって、『サークル仲間』が医者を紹介してくれたって」

「そうよ。柔道サークルの仲間」

「彼って――」

「だって男だもん。彼女じゃないでしょ」

傾けた缶を、巴はぐっとあおった。

「なに、付き合ってんの？　そいつと」

巴は飲み込もうとしていた液体を吹き出した。

「はあ？」

腕で口元を拭うと、

「あたしのことなんだと思ってるの？」

「五十手前の未亡人」

巴は呆れたようにため息を吐くと、

「彼とはねえ、親子ほど歳が離れてるの」

まったく、逞しい想像力ですこと――そう言うと、クロスを手にした巴は背中が痛くなりそうな体勢で吹き出したビールを拭く。

「サークルの仲間は女だけじゃないのよ。あたしの通う柔道サークルは男女関係なく一緒に稽古するの。成人してれば年齢も関係ないし」

「あ、そう」

「ねえ、もうちょっと母親のことに興味を持ったら？　サークルに通い始めてどれだけ経つと思うの？」

「はいはい」

「またそんな気のない返事して」

クロスを置いた巴は、ギプスに包まれた足を見下ろしながら言った。

「ねえ、また始めたら？」

星也の動きが止まる。

「面白いわよ。楽しく柔道しようって人が多いし、いろんな職業の人がいるから刺激にもなるはずよ。病院を紹介してくれた彼は——」

乱暴に缶を置くと、飲み口から液体が飛び出す。手の中に収めていたら握り潰してしまいそうだった。

「二度としないって決めたんだ」

「でも矢口《やぐち》君は——」

「矢口がどう言おうと関係ない。俺が決めた」

その話はしたくなかったし、巴と気まずくなるのも嫌だったので、星也は早々に部屋へ戻ることにした。立ち上がると、巴が慌てて声をかける。

「華がね」

星也は目を向けず続きを待った。

「華が、あんたの部屋にある箱が見たいって言ってた」

星也は巴に顔を向け、

「箱？」

巴が声を出さずに何度も頷く。

「なに、箱って」

「知らない。華から預かってる箱があるんじゃないの？　星也に預けたって言ってたけど」

「箱なんて知らないし、だいたい、なんで俺に直接言わないんだよ」

「だってあんた、すごい勢いで二階に上がっちゃったじゃない」

「……なんのことかわからないって伝えといて」

「ちょっと、伝言ゲームみたいなことしてないで自分たちで――」

最後を待たず、星也はドアを閉めた。

2

缶ビールを持ってくればよかったと後悔しながら、星也はベッドに寝転がった。両手を頭の後ろに組むと天井を見上げた。

箱ってなんだ？

そもそも、いつ預かったのかもわからない。華が一人暮らしを始めてからだいぶ経つが、一緒に暮らしていた頃のことだろうか。目を瞑り、記憶を探る。

箱……箱？　華に渡されたもの。なにが……

『捨てないでね。大事なものだから』

『手元に置くには辛すぎるの』

あの時華は泣きそうな顔で、

『お願い。捨てないでね』

星也はベッドから跳ね起きた。クローゼットを開けると、上部の棚に目を走らせる。もう何年も動かしていないプラスチックのケースや電化製品の空き箱が積まれている。腕を伸ばしそれらを下ろすが、探し物は見つからない。立っている位置から下がり、背伸びして見た。この部屋のクローゼットは奥行きがあり、長身の星也でも全部は見渡せない。視界ギリギリの奥に、段ボール箱の端が見えた。

部屋を飛び出し、階段を駆け下りる。リビングから巴の文句を言う声が聞こえるが、それを無視し、階段下の収納スペースから踏み台を引っ張り出した。

クローゼット前に踏み台を置くと、足を乗せ一気に上がった。棚板に積もっていた埃《ほこり》が手をかけた途端に舞い上がる。その向こうに、段ボール箱が一つ。それはひっそりと佇《たたず》んでいる。腕を伸ばし引っ張り出す。両手に抱え、蓋部分に書かれた×印が目に入った途端、胃の腑《ふ》がずしりと重くなる。

踏み台から下りると段ボールを床に置いた。手のひらで積もった埃を払う。躊躇《ためら》いながら蓋に手をかけると×印が割れる。後は一気に開いた。

一番上にあったのは、たたまれた柔道着だった。解けないように中央を黒帯で縛ってある。これを着た自分を夢の中で——悪夢の中で——何度も見た。襟部分の落ちない血の汚れまで再現されるほどリアルな夢は、回数は減ったものの未だに星也を苦しめる。

星也は帯を摑み、箱から取り出した。しばらく床に置いたまま迷っていたが、決心したように手に取ると帯を解き、広げた。有段者になってから使い続けた黒帯はすっかり色が褪《あ》せている。

幼い頃の記憶にある場所は、家か学校、もしくは柔道場だ。それくらい柔道場にいるのが自然だった。巴に連れられ、華と二人で稽古を見学した。

巴が柔道を始めたのは星也が小学校に上がった頃だ。特別柔道に思い入れがあったわけではなく、運動不足を解消するために手にしたチラシに載っていたのが柔道で、会費が安いというのが決め手になったらしい。性に合ったのか、今では柔道を生きがいにしているほどだ。「巴の漢字は巴投げの巴」柔道を始めてから自己紹介では必ずそう説明する。そんな巴を見ているうちに、星也は自然と柔道を始めていた。華は興味が持てなかったらしく、段々と道場に来る機会も減った。巴は長いことその道場に通っていたが、五年前、夫が病に倒れたのを機に退会した。その後間もなく夫が亡くなり、しばらくは柔道の「じ」の字も口にしなかったが、二年ほど前からサークルに活動の場を移し、再開した。

星也は小、中、高と柔道を続けた。この柔道着は高校の時のものだ。

胸元に刺繡《ししゅう》された校名を見た時、星也は自分でも驚くほどの胸の痛みを感じた。耐えられそうにない——星也は思い、丸めた柔道着を膝の上に抱えていたが、深々と息を吐くと今度は裏返して広げた。背中のゼッケンには大きく「砥石」の文字と校名が。星也はガタガタしたゼッケンの縁を指でなぞった。

柔道着の生地は厚く、ゼッケンを縫い付けるのは大変な作業だ。それなのに華は、

『ひと針ひと針、勝利を願いながら縫うから』

そう言ってゼッケンを縫い付けてくれた。華は小さい頃から器用に家事をこなし、料理の腕前など中学生ですでに巴より上になっていたが、裁縫の才能だけは恵まれな

かったようで、針を持つと毎回苦戦していた。そんな華が、針で幾度も指をつきながら仕上げてくれたのがこれだ。星也はこの柔道着を着て何度も試合に出た。無敗というわけにはいかなかったが、ほとんどの試合で勝利を収めた。あんなことが起きるまでは。

星也は、柔道着を丸めると脇へ置いた。今の目的は感傷に浸ることじゃない。段ボールの中へ目を戻す。柔道着の下に入っていたのは数枚の写真だ。どれも柔道着を着た星也が写っている。そのうちの大判写真を手に取る。高校柔道部の集合写真だ。大勢の部員が坊主頭で柔道着を身に着けている。その中から自分を見つけるのは造作もない。写真を撮る時、主将は前列中央、顧問の隣と決まっているからだ。体格の良い顧問の横で誇らしげな顔をして写っている自分を見た時、星也は言いようのない怒りを覚えた。これからなにを起こすかも知らずに、いい気なもんだ。

段ボールの一番下に、探し物はあった。十センチ四方のエメラルドグリーンの箱。あの日、星也は捨てるに捨てられず、目に見える場所に置くには耐えられない品々を段ボール箱に詰めていた。段ボールの蓋に大きく×印を書いた時、部屋にノックの音が響いた。華だった。×印の書かれた箱を見て華は部屋へとってかえした。しばらくしてもどってきた時、華の手にはこの箱があった。

『それ、どこかへしまうんでしょ。これも一緒に入れてくれない？』

華はそう言ったんだ。

『捨てないでしょ？　見えないところへしまうだけよね？　捨てないでね。大事なものだから』

『大事なものなら自分で持ってればいいじゃないか』

『手元に置くには辛すぎるの』

『なに言ってるかわかんないよ』

ほんとうはいやというほどわかっていた。

『お願い。捨てないでね』

華は泣き出しそうな顔でこの箱を差し出した。あの時星也はイラついていた。みじめったらしく思い出を段ボール箱に詰める姿を見られて。

質問するのも面倒になって、ひったくるようにしてここへ入れた。

華は星也と同じ目的でこれを預けた。捨てられないけれど目につかない場所へいってほしいものを。

クローゼットの奥に押し込んでから、星也は今日まで手も触れていない。華がなにを預けたのか気にしたこともなかった。

星也の手がエメラルドグリーンの箱に伸びる。

指が上蓋の縁にかかる。

『お願い』

ふいに、目に涙をためた華の顔が浮かび、星也は手を止めた。

『捨てないでね』

箱を摑むと、星也はおもむろに立ち上がった。

華の部屋は出て行く前と変わらない。ロフト付きのワンルームにベッドは必要なかったし、大きな家具は置けないと、年季の入った洋服だけを持って出た。

シンプルな木製の机に、星也はエメラルドグリーンの箱を置いた。机の上の本立てには数冊の本が並んでいる。高さのそろった本に交じって薄い冊子が飛び出しているのに気付いて、星也はそれを抜き出した。県外の大学案内のパンフレットだった。

父親が亡くなったのは華が高校三年の春。華は進学せず就職した。それとこれが無関係のはずがない。

やりきれない想いで、自分自身に腹が立って、星也はパンフレットを元の位置に戻した。

3

快気祝いをしようと言い出したのは巴だった。

「病人扱いされて大袈裟だって騒いでたのはだれだよ」

むっとしたように、巴は星也をねめつけた。

「やっと治ったのにその言い草はないでしょ」

「ギプスが外れただけで治ったわけじゃないだろ」

巴は深々とため息を吐いた。

「これだから男ってだめね」

そして天を仰ぐように顔を上へ向けた。

「気持ちの問題よ。大事なのは、あの忌々しい白い塊から解放されたってこと」

キッチンから華が援護する。

「これで湯舟にも浸かれるし」

「そう！　やっともどってくるのよ、リラックスタイムが」

二人の他愛ない話に、星也は頭を振った。

「だいたい、完治してない快気祝いに大勢を招く必要あるのかよ」

星也の呟きを、巴は聞き逃さなかったようだ。すかさず言い返してくる。

「心配してくれた人への恩返しよ」

巴は指を折りながら、

「職場のみんなには迷惑かけたし、サークルの仲間には心配かけたし」

巴は、きのこの生産会社で事務をしている。退院してから間を置かずに出社したが、移動は車椅子か松葉杖で、今でも社員に助けられている。

サークルの稽古中に怪我をしたことを、どうやら巴は心苦しく思っているようだった。怪我をしたのは乱取りという試合に近い稽古の最中で、投げられた時に一本を決められまいと身体を捩り、受け身を取り損ねたのが原因だ。その時の乱取りの相手は、見ているこちらが恐縮するくらい平謝りで、入院中何度も見舞いに訪れた。ついにはサークルを辞めて責任を取るというのを、巴は必死に止めた。その相手も、今日の快気祝いに来るはずだった。

要は、気を遣ってくれる——気を遣い過ぎる——ひとを集め、お礼がしたいというのが巴の望みだった。

「それで？　華と星也はだれを呼んだの？」

快気祝いを開くと言った時、巴は二人に「大事なひとを呼ぶように」と要求した。星也は思わず華を見た。キッチンに立つ華はなにか言いかけたが、思い直したようにサーモン色の唇を一旦結んでから、

「お客さん」

と言った。

「お客？」

目を剝いた巴に、華は慌てて弁解する。

「コーヒーショップに来てくれたお客さんでね。お店に置き忘れたお財布を届けてあげたのが縁で、その……」

すべて理解したという顔つきで、巴は応じる。

「ああ、例の紳士ね」

〝わかってる？〟と問いたげな目つきで、巴は星也を流し見た。

「ランチの紳士」は、いつの間にか「大事なひと」に昇格したらしい。

「で？　星也はだれを呼んだの？」

巴の問いに、星也はぶっきらぼうに答える。

「葉月」

一瞬の間の後、意味ありげに巴と華が目を見交わす。

「――そりゃ、大事なひとには違いないだろうけど……葉月君は親友でしょ。彼女とかいないわけ？」

巴が肩を落としたのを見て、華が笑っている。

「もしいたとしても、こんな意味不明な集まりに呼ばないよ」

「意味不明ってなによ。失礼な」

「快復してないのに快気祝いって矛盾してるし。そんな集まりに他人が大勢来るなんて意味不明だろ」

「家族以外の人間が集まるから、逆に来やすいんじゃない」

それを聞いた時初めて、星也は巴の考えが読めた気がした。あわよくば華と星也の「大事なひと」に会う絶好の機会だと捉えたのだ。

星也は、昨年悲惨《ひさん》な別れ方（自身の誕生日に、彼女の三股が発覚）をして以来、付き合っている相手はいなかった。もし、一緒に過ごす時間の長さで「大事なひと」を決めるとしたら、相手は葉月だと星也は断言できる。保育園からの幼なじみは、学部は違うが進学した大学まで同じだった。違いと言えば星也が武道館《ぶどうかん》を目指していた頃、葉月は甲子園《こうしえん》を目指していたことくらいだ。親同士も仲がよく、父親が亡くなった時は血のつながりのある親戚よりも葉月の両親の方がよほど親身に寄り添ってくれた。いつだったか、どちらかが女だったら運命の相手だったな、と笑ったことがある。

これまで、付き合った彼女を自宅《ここ》へ連れて来たことは一度もない。連れて来ようなどと思ったこともない。巴に詮索されるのがうっとうしかったというのもあるが、一番の理由は「その先」を考えられる年齢でも相手でもなかったからだ。

華はどうだったろうか。数少ない華の交際相手を星也が知っているのは、華が自宅へ連れて来たからではない。星也と華は高校まで同じ学校だったから、学生時代の彼氏は校内で見かけた。華が就職してからは自宅前で見かけることもあったが、改めて紹介されたことはない。

家族に会わせたいと思うほど――「その先」を望むほど――真剣な交際を、華はしているのか。

知らず知らずのうちに、星也の目は華の姿を追っていた。華は微笑みながら――華はいつでも両頰に笑窪を浮かべている――キッチンで立ち働いている。

華に呼ばれ、星也は我に返った。キッチンへ向かう。

「大皿取ってくれる？」

今日の華は髪に飾りをつけている。いつもは黒か茶のゴムで無造作にしばってあるだけなのに。

星也は棚の上から取った皿を華に渡すと、

「頼まれたもの部屋に置いといたけど、見た？」

あれ以来、華が箱の話に触れることはなかった。

礼を言ってほしいわけではなかった。ただ、華がどんな反応をするか知りたかった。

「ああ、あれ……」

星也を見ていた目が、すっと、逸れる。

「うん。ありがと」

ああ、忙しい。その話をしないのは、忙しいからよ。そういわんばかりの態度で、華は話を切り上げた。

華とは十五年一緒に暮らした。華の性格も、癖も知っている。だから星也にはわかる。華が今、考えを読まれまいと目を逸らしたことが。本心を悟られたくない時、嘘を吐く時、華は相手の目を真っすぐ見られない。

星也はさり気なく言った。

「俺は柔道関係のものばかりだった」

思わずというように華が横目で星也を見る。

「覚えてるだろ？　俺が〝不用品〟の整理をしてる時に華が部屋に来て、それであずけていった。華は？　なにを入れてた？」

しっかりと華の視線を捉え、星也は訊ねる。華は、逸らせない視線をわずかに泳がせ、

「たいしたものじゃないわよ」

そう言って、料理を盛り付けた皿を寄こした。

「ほら、持っていって」

星也は追い出されるようにキッチンを後にした。

たいしたものでないのなら、なぜ今必要なんだ？

4

予定の時刻より早く人々は集まり始め、ソファーに座った巴を中心に人の輪ができている。リビングには十人ほどが集まり、その間を華が縫うようにして動き回ってい

る。一段落したのか、星也の隣に来た華が言った。

「お母さん嬉しそうね」

巴は満面の笑みを浮かべている。

「まあ、この意味不明な集まりにも意味があったってことで」

「お母さん、さみしかったんだと思うわ。好きなサークルにも行かれずに、仲間にも会えなかったんですもの」

だれかおかしなことを言ったのか、巴が弾けるような笑い声を上げる。

「お父さんが亡くなった後、サークルが心のよりどころだったみたいだし」

大切な伴侶を亡くした後、いずれ手が離れてしまう子ども以外のよりどころが巴には必要だった。それは、そばにいた星也にもよくわかった。

「歳も考えて、怪我さえしなきゃいいよ」

家庭以外の居場所があること。母親以外の存在意義があること。いつでもそれを確認し合える仲間がいること。それこそが巴を巴らしく輝かせている秘訣なのだ。

「お母さんのこと、お願いね」

華は巴に視線を向けたまま言った。それは、いつになく真剣な声音だった。

「心配ないよ」

これからもちょくちょく帰ってくるだろ？　そう言いかけた時、華がどこかへ目を向けた。

「葉月君よ」

目を向けると、葉月がリビングの入り口で人の多さに驚いたような顔をして立っている。星也が近づくと、葉月は目を丸くしたまま、

「おばさん大人気だな」

と言った。華が急ぎ足でこちらにやって来る。

「葉月君、いらっしゃい」

「どうも。おばさん、元気そうですね。うちの両親がよろしく言ってくれって」

葉月の家はお好み焼き店を営んでいる。急な団体客の予約があり、今日は来られないらしい。

「あ、そうだ。これ」

葉月が細長い紙袋を華に差し出す。

「両親からです。おばさんの好きなワイン」

「ありがとう」

受け取った後、華は葉月を伴って巴のところへ向かった。二人に続こうとしたとこ

ろ、談笑に混じって聞こえたインターホンの音。星也は踵を返した。

初対面ならではの緊張した微笑をたたえて男は立っていた。肘まで捲《まく》ったワイシャツとスラックスというい で立ちだ。星也は靴で埋まった三和土に下りていたが、二人の目線の高さはほぼ同じだ。

星也は男をながめた。初対面の人間を見る時、思わず「柔道経験者かどうか」を見極めようとしてしまう癖がある。わざわざ訊ねるようなことはしないが、相手が男性の場合、無意識に身体つきを見てしまう。引き締まった身体をしている場合はなんらかのスポーツをしている可能性が高い。特に、太い首やつぶれた耳をしている場合は柔道かレスリングの経験者であることがほとんどだ。男の耳はつぶれていないし、首も細い。巴の通う柔道サークルの関係者ではなさそうだ。職場の人間だろうか。

男はなんらかの対応を待っていたようだが、星也が何も言わないので口を開いた。

「こんばんは。華さんにお招きいただいた矢羽田です」

言葉遣いこそ丁寧だが、男には覇気がなかった。星也は軽いショックを受けていた。

真剣にスポーツに打ち込んだ過去がある人間には、特有の覇気があり、それは第一印象に表れる。これまで華が付き合ってきたのはそういうタイプの男だった。だから星也は、華はそういう男が好みなのだと思っていた。スポーツ経験がなくても覇気のある男はいる。それなのに――。

笑顔の下に戸惑いをのぞかせながら、男は星也を見つめている。

これがランチの紳士？　これが華の選んだ男？

「ええと……今、名刺を」

男は胸ポケットを探る。名刺入れから取り出された小さな四角い紙を、星也は無意識に受け取った。

あまりにも予想と違い過ぎる。華の相手はもっとしっかりした、ガタイがよくて漢らしい――。

「勝人さん」

振り返った先にいたのは華だ。嬉しそうな顔をしてやって来る。

「来てくれたのね。ありがとう」

二人が見つめ合った数秒間、星也は不快指数が跳ね上がるのを感じた。

「上がって」

促され、男は家に上がった。星也が自己紹介もせず突っ立ったままなので、華が慌

てたように、

「弟の――」

「星也君だね」

華の紹介を遮り男は言う。言った後、華に向き直り、自身の肩の辺りをさすりながら「すごいね」とかなんとか言っている。星也の肩の筋肉のことを言っているのだろう。不快指数が益々上がる。

「星也、こちら矢羽田勝人さん」

星也は三和土に立ったまま華を見つめる。

「星也ったら――」

勝人が華をなだめるようなことを言う。華が呆れた顔をして星也を見る。気に入らない。

「入りましょう」

華が男に言う。ばかみたいだ、男に気を遣って。こんなの華らしくない。

リビングに入る直前、勝人が星也に視線を投げた。

気に喰わない目つきだった。場違いな目つきだ。向ける相手が間違っている。大いに気に喰わない。

勝人の目は、勝者が敗者に向けるものだった。

「姉ちゃんの趣味──変わった？」

星也がリビングに戻ると、葉月がすっと寄ってきた。勝人は、ちょうど巴に挨拶をしているところだ。かたわらで、華がはにかんだ笑顔を見せている。

「葉月もそう思う？」

「だって、どう見ても姉ちゃんのタイプじゃないだろ」

葉月は持っていたグラスを勝人の方に傾けた。星也は、同調してくれる相手がいることに背中を押される想いだった。

「だよな？　そう思うよな？」

葉月は口をへの字に曲げ、何度も頷く。

「星也の姉ちゃん、好みがハッキリしてただろ。見るからにスポーツマンって感じの、ハキハキしたやつ。あのひとと、ホントに付き合ってんの？」

「……そうらしい」

勝人は、まだ巴の面接を受けている。

「ふーん」

葉月はグラスに口をつけた。目は勝人を捉えているようだ。

「で？　なにしてるひとなの？」

星也は、指の間に挟んだままの名刺に初めて目を落とした。覗き込んだ葉月が声に出す。

「ながの彩り建設《いろど》……社長室室長、矢羽田勝人」

二人は目を合わせる。

「彩り建設って、でかい会社だよな。そこの室長？」

突然、納得したように葉月がうなる。

「なるほど」

「なにがなるほどだよ」

「金だよ、金」

星也の鋭い眼差しを受け、葉月は言い訳するように言った。

「女は金に惹かれる。男は美貌に惹かれる。世の習いだろ」

華が、金のためなら信念も曲げる女だと言われたようで星也は心外に思ったが、不思議と腹は立たなかった。自分もそう思い始めているのかもしれないという考えがショックをもたらした。

「実は滅茶苦茶いいひとなのかもしれないし」

星也は、葉月の言葉通りであればいいと思った。そうでなければ、華が彼に惹かれる理由がわからない。

巴との挨拶が終わったのか、華と勝人が星也たちのところへやって来る。勝人を見た時、星也は玄関で向けられたものと同一の表情が彼の顔に浮かんでいることに気付く。「君のことは華さんから聞いて知っているよ」というしたり顔。星也は思わず身構えた。その気配を感じたように、葉月は背筋を伸ばす。

二人が揃って葉月の前に立つ。葉月は持っていたグラスを星也に押し付けた。

「弟の親友で——」

華の言葉を遮ったのは葉月本人だ。

「はじめまして。上園《かみその》葉月です」

まだ差し出されてもいない勝人の手を、葉月は両手で握った。勝人はびっくりしたように身を竦ませたが、すぐに握手に応じた。

「矢羽田勝人です」

しばらくしても葉月が手を離さないので、笑顔だった勝人は包まれた手を困ったように見下ろした。

した。

「ああ、すみません」

星也は、葉月の対人スキルが高いことを熟知しているので成り行きを見守ることにした。

勝人が葉月に名刺を渡す。

「ながの彩り建設――」

まるで初めて見たというような口調だ。葉月の演技力に、星也は脱帽していた。

「大手の会社ですよね。すごいな、そこの室長なんですか？」

またしても初めて知ったような、しかも大袈裟な反応だ。しかし勝人が気を悪くした様子はない。むしろ、気分をよくしているように見える。目尻にたくさんの皺を寄せて――これは年齢によるものではなくやせ型の人間に特有のものだ――微笑んでいる。

「彩り建設というと、戸建て住宅よりも学校や橋なんかを手掛けているイメージが強いですが――」

星也が知っていたのは社名程度だったから、葉月の問いには舌を巻く想いだった。

「そうだね。でも一番多いのはマンションかな」

「まだお若いのにすごいですね。僕らとは大違いだ。なあ、星也」

急に話を振られ、星也は慌てて相槌を打った。

「もしもマンション購入——なんて時が来たら、安くしてくださいね」

勝人が笑う。葉月も一緒になって笑う。星也は胸が悪くなる。むかしから、初対面の人間と交わす社交辞令が大嫌いだった。

笑いを収めた葉月が、

「そのためにはまず就職しないと。今、就活中なんですがなかなかうまくいかなくて。矢羽田さんも大変でしたか」

勝人は、話の着地点がわからないという顔をしている。

「四年の時は大変でしたか。それか、もっと早く内定していたのかな」

「ああ、そういうことか」

勝人は華に渡されたワインをあおった。それから、

「意外とスムーズだったかな。なんとかなるよ、大丈夫」

「だといいんですけど」

空になった勝人のグラスを満たそうというのか、華がその場から離れた。葉月たちの会話も一段落したようだ。三人になり、星也ははじめて勝人に向かって口を開いた。

「姉と付き合っているんですか」

可哀そうなものでも見るような勝人の顔に、星也は不快指数の針が再び動き出すのを感じた。

「そうだよ」

「店の客だったとか」

考えるような間を置いてから、勝人は、

「ああ、うん」

「常連だったんですか。それで姉と親しくなった？」

「いや。彼女の店に行ったのは二度だけだ」

不快指数の針が振り切れる。

「常連だったならまだしも、どうして——まさか、初めから姉目当てで？」

勝人が心外そうに首を振る。

「なにか誤解しているようだね。俺が店に財布を忘れて、華さんが届けてくれた。それがきっかけだ」

「それって、偶然とは言い切れませんよね」

たった二度の接客で、華がこの男に好意を寄せた？　星也は、にわかには信じられなかった。

勝人は困ったように笑った。

「たしかにね。華さんと出逢ったのは偶然じゃない」

やっぱり！　星也は心の中で叫んだ。

「必然だ。華さんと俺は、出逢うべくして出逢ったんだ」

芝居がかったセリフを、勝人は冗談で言っているのではなさそうだ。この男は本気で華と運命の出逢いを果たしたのだと思っている。

彼は、キッチンにいる華を見つめた。それは一見して恋に落ちた者の顔だ。切ないほどだれかを想う時に浮かべる表情。勝人と目が合ったらしい華が微笑む。星也の胸にざわざわと、黒い感情が押し寄せる。もし、華も同じ想いなら？　運命の出逢いを果たしたと思っているのだとしたら？

「星也君。君がお姉さんを大事に想っていることはわかった」

唐突に、勝人が言う。

「でも、俺はそれ以上に華さんを大事に想ってる。それに、君以上に彼女が必要なんだ。華さんを傷つけるようなことはしないと約束するよ」

そう言って、勝人は恋する者の顔で笑った。

5

　華と楽しそうに会話する勝人を、星也と葉月は離れて見つめる。終始笑顔の勝人は八重歯をのぞかせ、リラックスしているように見える。

「無害そうに見えたのかも」

　前置きもなく葉月が言う。

「なに？」

「室長だよ。危険なにおいが一切しない。姉ちゃん、一緒にいて安心できる相手を選んだのかもしれないな」

　華は勝人の肩に手をかけ、なにか耳打ちしている。

　葉月の言う通り、勝人は無害で安全そうに見える。そう、まるで空気のように。

「その代わり刺激のある恋はできそうもないけど」

　葉月が乾いた笑い声を上げる。

　華が、インターホンの音に反応し玄関へ向かう。

「そうかもしれない。これまでの相手と違い過ぎて面食らったけど」

「おまえさ」

葉月が星也を「おまえ」と呼ぶのは、決まって真剣な時だ。

「さっき、姉ちゃんの彼氏に喰ってかかったのは、危険な男だったら近づかせたくないからだろ。姉ちゃんの幸せのために」

星也は返事をしなかった。

「おじさんが亡くなってから、おまえ、頑張ったよ。おばさんと姉ちゃん守ろうと必死にさ。近くにいた俺が一番わかってる。でもさ、そろそろ肩の力抜いてもいいんじゃないか」

葉月の言葉は慰めになったが、星也が抱える後ろめたさを消し去ることはできなかった。

「どうぞ、母は奥です」

華と小柄な男性が二人の横を通り過ぎていく。星也は、自己嫌悪に陥るのは後回しにしようと決めた。そして、葉月にきちんと気持ちを伝えようとも。

「保育園の時、やってもないことで先生に怒られて泣いてたら、葉月が俺の代わりに怒って、先生に直談判してくれた。小学校の時怪我させられて俺が泣いてた時も、葉月は怪我させた本人を呼び出して俺の代わりに怒って、ケンカしてくれた。負けたけどな」

「なんだよ、今さら」

葉月が鼻で笑う。

「大会で負けた時も、矢口に怪我させて柔道辞めた時も葉月がそばにいてくれた。俺が泣いてる時、葉月はいつも怒ってたよな。おまえは頑張ったんだ、泣くな、胸を張れって。でも、父さんが死んだ時だけは違った。遺体を前にしても泣かない俺の隣で、葉月はわんわん泣いた。あんまり泣くから、弔問に来た人たちは葉月が息子だと勘違いしたっけ」

軽く咳払いした葉月が、照れたように、

「だからなんだよ、突然」

「つまりさ——つまり、こういうこと。いつもそばにいてくれてありがとな」

葉月は、星也にかけられた言葉が余程照れくさかったのか、予定などないだろうにそそくさと帰ってしまった。

巴が星也に手招きする。巴の前にいた人物がこちらに顔を向けた。先ほど華が案内していた男性だった。

「斎藤《さいとう》君、息子の星也」

ソファーに座った巴が、手のひらで星也を指す。星也は姿勢を正した。

「はじめまして。砥石星也です」

斎藤と呼ばれた男性は柔和な表情で、

「斎藤です。巴さんとはサークルでご一緒させていただいています」

「母がいつもお世話になっています」

恐縮したように、斎藤は、

「お世話になっているのは僕の方です。サークルでも、巴さんの方が先輩ですし」

「東城《とうじょう》先生を紹介してくれたのは斎藤君なのよ」

星也の頭の中でカチッとピースがはまる音がした。名医を紹介してくれた、親子ほど歳の離れたサークル仲間とは彼だ。

「ありがとうございます」

「いえ、僕はなにも――」

斎藤は恥ずかしそうに俯いた。それから、

「巴さんはサークルのムードメーカーで、いつもみんなを笑顔にしてくれるんです」

巴に向き直った斎藤は、

「早く戻ってきてください。巴さんがいないと、サークルは火が消えたみたいでさみしいですから」

「大袈裟ねえ」

からからと笑う巴だが、その目にはうっすら涙が浮かんでいる。

「みんな待ってます」

斎藤の柔らかな口調と優しい言葉に、思わず星也まで胸が詰まる。

「ありがとう」

巴は、泣き出しそうになるのを隠そうとするように、

「星也、斎藤君にオレンジジュースお願い」

星也は思わず斎藤を見た。いくらなんでも未成年には見えない。星也の心の内を察したのか、

「僕、呑めないんです」

オレンジジュースとは子どもみたいな人だ。またしても頭の中でカチッという音。

買い出しを頼まれた時、リストに〝オレンジジュース〟と書かれているのを見て、招待客に子連れがいるのだろうと思った。巴の周りは酒豪が多いから、そんな風に思うのも仕方ない。今日のゲストで子どもは一人もいなかった。

戻ってきた星也から、斎藤は嬉しそうにグラスを受け取った。

「どうもありがとう」

星也は改めて斎藤を見た。軽量級の体格だ。耳はつぶれていない。短髪の黒髪で、うすい顔立ちをしている。星也は思う。このひとは、きっといつでも困ったような顔をしている。

「東城先生は名医ね」

二人は、巴の主治医のことを話しているらしかった。

「整形外科では有名な先生らしいですよ。僕も、自分がお世話になるまでは知らなかったんですが」

「斎藤さん、どこか怪我されたんですか」

星也が訊ねると、斎藤はなぜか恥ずかし気に言う。

「脚の骨を折って、入院していました」

引き取るように、巴が話し出す。

「転倒したバイクが横滑りに近づいてきて――」

「え！　大事故じゃないですか」

思わず星也は話の腰を折っていた。

「バイクにぶつかるなんて——大変でしたね」

だしぬけに巴が笑い出した。星也は虚を突かれ目を丸くした。見ると、斎藤は身の置きどころがないといった様子で小さくなっている。巴が笑いを堪えながら、

「違うのよ。ぶつかってないの。バイクとぶつかったわけじゃないの」

今度は斎藤自身が説明をする。

「バイクはぶつかる寸前で止まったんです。それなのに、迫ってくるバイクを避けようとして、その——」

巴がもう堪え切れないというように吹き出す。それを見た斎藤も一緒に笑い出す。

「転んでしまって。転んで、脚の骨を折りました」

繰り返しそう言うと、斎藤は再び笑い出した。

「サークル仲間には、有段者なのに受け身も取れないのかって笑われました。いや、僕も、咄嗟の時ほど体得したものは活かせると思っていたんですが……あの時は……」

「人のこと笑えないわね。あたしなんか、受け身を取り損ねて骨を折ったんだから。まったく、ねえ」

二人は顔を見合わせ、また笑った。

「星也。こう見えて、斎藤さんは腕利きの刑事さんなのよ」

斎藤は恐縮したような顔だ。

「そんな言い方失礼だろ」

星也が窘《たしな》めると、巴ではなく斎藤が応じる。

「いいんです。よく言われますから。みなさん、ドラマの刑事をイメージされるらしくて。強面《こわもて》で強気な感じや、颯爽としていてかっこいい感じとか。僕の先輩は後者で、ほんとにかっこいいんですけど」

「いつも先輩自慢するの」

巴は小声で星也に言う。それから今度は斎藤に向かいハッキリと、

「斎藤君も充分かっこいいわよ。柔道してる時なんて、人が違ったみたいに強いもの」

斎藤は、照れたようにはにかんだ。

華に伴われ、新たな客が巴のところへやって来る。星也は、斎藤と共にその場を離れた。壁際に移動した二人は、しばらく無言で他の客をながめた。星也の視線の先には勝人がいる。華と肩を並べ、巴の同僚となにやら話しているが、気になる人物でもいるのか時折視線を泳がせている。

「星也君は」

斎藤が遠慮がちに口を開く。彼は真っすぐに星也を見ていた。

「もう、柔道はしないんですか」

予想外の問いに、星也は口ごもった。

「巴さんから、星也君は長いこと柔道に打ち込んできたって聞きました。断念した理由も」

言ってから、慌てたように、

「巴さんを責めないでください。僕が聞き出したんです。すみません」

と言った。

若くは見えるが明らかに星也より年上の彼は、ずっと敬語だ。

「ちょっと思い出話に付き合ってもらえませんか」

なにごとかと思ったが、斎藤は例の困ったような顔で笑っている。星也は彼の話を聞くことにした。

「僕は、強くなりたくて柔道を始めました。小学生の頃、毎日いじめられて生傷が絶えなかった。今、そんなことがあったら大ごとですよね。むかしだって同じか……親が学校に訴えれば違ったんでしょうけど。うちの場合は、両親が黙認していたので」

さっと怖気が差して、星也は淡々と語る斎藤を見た。

「星也君が想像しているのとは違いますよ。両親は僕を無視したり育児放棄したわけじゃないんです。自力で乗り越えてほしくて黙っていた。まあ、当時の僕にはその違いがわからなかったけれど――二人の真意がわかったのはずっと後です」

斎藤は壁に寄りかかり、片方の膝を曲げた。

「中学に入ってからも、僕はいじめのターゲットにされました。小学校の時とは比べ物にならないくらい、陰湿で苛烈《かれつ》ないじめでした。あのままずっと続いたら、僕は、死ぬか、相手を殺すしかなかったと思います」

斎藤は、恐ろしいことを達観した口調で言った。

「心が壊れ始めていたんだと思います。さっき僕は、柔道を始めた理由を強くなりたかったからだと言いました。それは間違いじゃありませんが、正確に言うなら、僕をいじめた相手を痛めつけるために強くなりたかったから始めたんです。投げ技を体得したら、こてんぱんにやっつけてやろうと思っていました。それなのに、来る日も来る日も受け身の練習ばかり。ほかの部員が乱取りをしている最中も、道場の片隅で受け身の練習をさせられて。そこで気付いたんです。自分が強くなる必要はない、武器を持てばだれも僕には敵わないって」

星也は、リビングのざわめきが遠くなっていくのを感じた。

「鞄の中にナイフを忍ばせて登校した日、顧問に呼び出されました。道場で待っていた顧問は、僕に道着に着替えるようにと言いました。それから、延々と投げ続けられました。受け身を取るのもままならなくなって、次第に肩や腰を打ちつけるようになり体中が悲鳴を上げました。頭の中では、どうして僕が、僕ばかりがなぜ、なぜ、と疑問が猲していました。それから最後に頭を打ちました。朦朧《もうろう》とする意識の中で疑問は吹き飛んでいました。暴れる本能に突き動かされた僕は、顧問に飛びつきました。顧問は難なく僕を薙《な》ぎ払いました。僕は本能のままに向かっていきましたが、その度に投げ飛ばされました。何度も何度も」

星也は、その光景が目に浮かぶようだった。

「立ち上がれなくなるほど投げられてどうなったかというと――凶暴な虎だと思っていた本能は、よく見たらなんのことはない小さな猫で、僕の中で丸くなっていました。どうやったって猫は虎にならないし、所詮僕はその程度だったんだと思うと泣けて」

子猫でも、鋭い牙と爪を使えば相手に深手を負わせることができるだろう。

「顧問は、『鞄の中のものを使うのは、俺に勝ってからにしろ』と言いました。どうして顧問が気付いたのかあの頃はわかりませんでしたが、今ならわかる気がします。

仕事柄、追い詰められた人間は見るとわかります。おそらくあの時、僕もそういう顔をしていたんだと思います。投げられ続けたあの日、なにかが吹っ切れて、それからは稽古に打ち込むようになりました。投げ技、寝技、関節技。体得する技が増えるほど、自信に繋がりました。すると、それまで僕をいじめていた生徒が徐々に距離を取るようになりました。不思議ですよね。見た目はなにも変わっていないのに」

彼をいじめていた生徒は大いに狼狽しただろう。自信にあふれた者ほど近づき難いものはないからだ。

「最後の稽古で、僕は顧問から初めて一本を取りました。今でも、あの時顧問は本気を出してくれたのだと信じています。手を抜いて一本取らせるようなことをしたらすべて台無しだし、僕が気付かないわけがないですからね。

畳の上で、顧問に『今でも使いたいと思うか』と訊かれました。もちろんナイフのことです。僕は『思いません』と答えました。僕はもうすでに、ほんとうの強さの意味がわかっていたから」

斎藤少年がだれにも牙を剝かなかったのは、たとえ思考が働かないほど苦しい状況に追いやられても、彼がひとを傷つけるのをよしとしない人間だったからだ。

斎藤は、いじめが続けば相手の生徒を殺していただろうと言ったが、そうは思えなかった。平気でひとを傷つけられる人間こそ、怯えて牙を剝く猫だ。腹がくちくて食糧にするでもなく小さな生きものをいたぶるところなどそっくりではないか。

星也は確信を持って言える。斎藤の心の中で丸くなっているのは本物の虎だ。

「僕、試合中に鎖骨を折ったことがあるんです。高校県大会の団体戦決勝でのことです。僕は先鋒で、僕の勝敗で続く四人に弾みをつけられるかどうかの大事な一戦でした。相手は、個人戦でも勝ち上がって行くと必ず当たる言わばライバルでした。個人戦の決勝で、僕は彼に勝利していた。だから、もしかすると気持ちに隙があったのかもしれません。

団体戦の試合中、おかしな体勢で畳に落ちて、鎖骨が折れました。彼は謝ってくれました。真剣勝負で起きた不慮の事故だから、お互い気にしないようにしようって話していたのに、彼、どうしたと思います？」

星也には、すでにその答えが見えていた。

「退部届を出したんです。全国大会が迫っていたのに。彼の高校の顧問が話してくれたんです。顧問は、謝罪することも禁じたそうです。それなのに、彼は責任を感じて退部すると言い出した。団体戦で優勝できたのは僕に怪我をさせたからだ、怪我をさせなければ負けていた。そう言ったそうです」

　星也がライバルの矢口に怪我を負わせた時、顧問は一緒に頭を下げてくれたが、斎藤の話に出てくる顧問が謝らせたくなかった気持ちも星也はわかるような気がする。気の弱い生徒ならなおさら、謝罪することで怪我を負わせた罪悪感を募らせる可能性があるからだ。関節技ならまだしも、柔道の投げ技で故意に相手を骨折させることはまず無理だ。相手が素人なら可能性もゼロではないだろうが、お互い経験を積んだ者同士で怪我が起こるのは予測不能、誰の責任でもない。そうと頭でわかっていても、怪我をさせたことを後悔し続ける。星也のように。

「僕ね、思うんです。あの時彼が柔道を辞めていたら、きっと彼以上に僕が後悔しただろうって」

　斎藤はつま先を見るように視線を落とす。

「相手の顧問が僕に会いに来たのは、彼に退部を思いとどまらせてほしかったからです。頼まれなくてもそうするつもりでした。心から、彼には続けてほしいと思っていましたから。僕が会いに行くと、彼はまた謝りました。いつまでも頭を下げる彼に、言ってやったんです。道を断ってしまったと思っているようだけど、勘違いするなよ、って。僕の柔道愛は生半可じゃないんだ、大学に行っても続けるつもりだ。僕との勝負はまだついていない、って」

星也が怪我をさせた時、矢口も同じようなことを言ってくれた。それなのに、星也は逃げた。彼に会うと、どうしても罪悪感に苛まれてしまう。自分が苦しくなるのが嫌だから、向き合うよりも逃げたほうが楽だから、逃げた。

「彼は全国大会でいい成績を残して、柔道も続けました。今でも年に何度か彼とは一緒に稽古しています。

……だからどうしたって話ばかりですみません。先輩にもよく注意されるんです。おまえの話は一貫性がないって」

斎藤は困ったように笑った。そして星也を見つめる。

「巴さん、なにも言いませんか」

「柔道を辞めたことを、ですか？」

「いいえ。僕たちのサークルに、矢口君が来ていることです」

一瞬、星也の頭の中は真っ白になった。

「彼、時々帰ってきているんですよ。その度にサークルに顔を出していく」

巴は星也になにも言わなかった。態度に出すこともしなかった。

「星也君。僕は、柔道を通して培《つちか》われた友情や絆を重んじています。たとえライバルであっても、そこには友情があると信じている。いい歳をして青臭いと言われるかもしれませんが、心の底から信じている。だから、そろそろ逃げるのはやめにしませんか」

斎藤はハッとしたように、

「すみません、わかったようなことを言って。別に、また柔道を始めろと言っているわけじゃないんです。ただ、心にわだかまりを残したままでいるのは辛いだろうと――」

「ありがとうございます」

「いや、僕は――」

「お話を伺えてよかったです。ほんとうに……ありがとうございます」

それは星也の本心だった。

斎藤は困ったような顔で笑った。

6

葉月に続き、斎藤も早々に切り上げて行った。リビングからは徐々に人の波が引きつつある。葉月ほどの対人スキルのない星也はだれと話すでもなく一人になった。給仕する他は、壁によりかかり人々をながめていた。そんな星也を気遣ってか、巴がソファーに座るようにと手招きする。星也は首を振ったが、何度も何度も手招きを寄こす。根負けした星也は巴の隣に腰を下ろした。

「壁の花ならぬ、壁の岩ね」

「なんだよ、それ」

巴はソファーの上で大きく伸びをし、息を吐いた。

「今日は、ありがとうって言いたいひとたちみんなにお礼が言えた。こういう機会でも設けないと、なかなか言えないじゃない。それに、いつでも言えるとは限らないし」

「そうかもな」

「星也。ありがとう」

「なんだよ急に」

「華にも星也にもありがとうって言いたかったから」

満足そうに巴は微笑んだ。

「酔い過ぎだよ」

星也が言うと、ふふ、と巴が笑う。星也は膝の上で両手を組んだ。

「斎藤さんて――」

「ん？」

「いい人だな」

斎藤との会話の内容を知るはずもないのに、巴はなにかを察したように星也の横顔を見つめる。

「そうね」

それだけ言うとワインの入ったグラスを持ち上げ、一気に飲み干した。

華と勝人が近づいてくる。巴がソファーの上で姿勢を正す。

「お母さん、勝人さんお帰りになるって」

「今日はお招きいただきありがとうございました」

勝人が頭を下げる。巴も礼を返す。

「今度はゆっくり遊びに来てくださいね」

「お母さん、星也君。華さんとは真剣に、結婚を前提にお付き合いさせていただいています」

勝人を除いた三人の動きが止まる。

結婚？　華はそんなこと一言も言っていなかったのに。星也は思わず華を見つめた。当の華は意表を突かれたような顔をしている。

「今度は、結婚のお許しをいただきに参ります」

勝人が一礼する。巴はあたふたと、

「え、あ、はい」

言ってから、やっと勝人の言うことを呑み込めたようだ。

「華、そうなの？」

巴に問われても、華は呆然とした様子で答えない。場の空気が固まりかけた時、

「なに、結婚？」

耳ざとい招待客がすぐ側にいたようだ。酔いのまわった様子の男が割って入ってくる。

「そりゃあ、めでたい。さあ乾杯、乾杯」

男は、赤ワインがなみなみと注がれたグラスを勝人に渡し、派手にグラスを鳴らした。傾いたグラスを落とすまいと、勝人はグラスの脚を掴んだ。床で粉々になるのは避けられたが、グラスの中身の半分ほどが零《こぼ》れ出た。深紫色の液体は、勝人の近くにいた女性のスカートにぶちまけられた。

しんとなるリビングで、酔った男の陽気な声だけが響いている。

「すみません！」

真っ先に反応したのは華だった。呆然としていたのが嘘のように機敏に動き出し、キッチンへ向かう。巴も立ち上がる。片足でバランスを取りながら女性に近づこうとする。星也は慌てて巴に駆け寄った。

「かんなちゃん、大丈夫？」

巴にかんなと呼ばれた若い女性はショックからか青ざめている。深紫色の液体は、白いコットン生地に斬新な地図を描いている。近づいて見ると、婦人服に詳しくない星也ですら彼女の穿《は》いているスカートが量販店で買える代物でないことがわかった。異素材を組み合わせたスカートは側面にレースがあしらわれており、コットン部分は細かな刺繡が全面に施されている。染みはレース部分にまで領土を広げ、刺繡の凹凸《おうとつ》が濃淡を際立たせている。

「だいじょうぶです、だいじょうぶ」

かんなはだれにともなく呟くが、顔色を見れば感情と正反対の言葉であることは明白だ。周囲が慌ただしくなる中、それまで棒立ちだった勝人がおもむろに動き出す。星也は、かんなを気遣い続ける巴に肩を貸しながら勝人の動きを注視した。

勝人は、ガラステーブルの上に置かれていたクロスを手に取る。緩慢な動きだ。こちらに引き返して来る。立ち止まったかと思うと、突然かんなの前で跪いた。

周囲が静まる。

勝人がスカートに手を伸ばす。片手で裾を持ち上げ、クロスを押し付ける。押し付けた部分の色がすぐさま変わる。動転していたかんなはやっと状況を呑み込めたといった表情で、黙々と作業を続ける勝人に言った。

「自分でやりますから」

勝人は手を休めない。スカートの下部分には、ボリュームをもたせるためのチュールがあり、ワインはそこまで浸透していた。勝人がスカートを捲る。かんなの膝が露わになる。裾を捲られた彼女が短く悲鳴を上げる。

「ちょっ――」

動いたのは巴だった。

巴は、さっと手を伸ばしクロスを取り上げた。

「あとはこっちでやります」

遅きに失した華が、キッチンから沢山のクロスを手に戻って来る。巴はかんなに、

「ほんとうにごめんなさい。あたしの部屋へ行きましょう」

そう言うと、華に腕を伸ばした。

「支えてくれる？」

華に支えられた巴は、招待客に向き直った。

「お騒がせしてごめんなさい。個々にご挨拶できなくて申し訳ないけれど、今日はこれでお開きにしましょう。集まってくれてありがとう」

躊躇いと安堵が混じったような声が人々から上がる。巴たち三人がリビングを後にする。残された人々は顔を見合わせ、互いの顔にばつの悪い微笑みを見つける。一人が出入り口に向かうとぞろぞろと何人もが続く。星也は玄関口に向かい、招待客を見送った。最後の客が帰ると、星也は三和土を見下ろした。家族の靴は下駄箱にしまってある。ヒールの高い赤色のサンダルと革靴が一足ずつ。二足を、上がり框のすぐ近くに引き寄せ向きを揃える。巴の部屋から三人の声が聞こえる。華はまだ巴の部屋にいるようだ。

リビングは空だった。目の高さにはだれの姿も見えない。勝人はどこへ行ったのだろうと星也がいぶかりながら進んでいくと、両膝と片手を床についた勝人の姿があった。小さな紫色の水たまりを前に、じっと固まっている。

「代わります」

星也が声をかけると、液体から目を逸らさずに勝人は首を振った。

「でも――」

勝人は俯いたまま、クロスを持った方の手を突き出した。

「僕が片付けないと。僕が粗相したんだから」

囁くように、早口で勝人が言う。星也は、彼の声が若干震えているような気がしたが、そのことを深くは考えなかった。ゲストに掃除をさせるのは気が引けたが、むしろその方が本人の気も済むかもしれないと思い直し、その場は任せることにした。

テーブル上の食器やグラスをキッチンに運ぶと、みるみるうちに流しがいっぱいになる。これ全部は食洗機に入りきらないだろう――星也はそんなことを考えながら、ふとリビングに目をやった。

勝人が、先ほどと同じ姿勢で固まっている。汚れは拭き取られていない。まさか、掃除をしたことがないなんて言わないよな。星也は苦々しく思う。だいたい、クロスで床掃除しようというのもどうかしている。しばらく見ていたが、勝人が動き出す気配はない。

星也は目を凝らす。手は微動だにしないが、口元が動いている。なにかもぞもぞ言っている。

星也は半ば呆れ、雑巾を手にリビングへ向かう。その間も勝人の口は動き続けている。真後ろまで近づいた時、それは聞こえた。星也の腕にさっと鳥肌が立つ。

「かんなちゃん、ほんとうにごめんなさいね」

巴の声。三人がリビングに現れる。星也はハッとして勝人から離れた。

「星也、かんなちゃんを送って行って」

華のスカートを穿いたかんなは、片手を振りながら、

「一人で帰れます」

ショックは抜け、すっかり落ち着いたように見える。

「そうはいかないわ」

二人のやりとりの最中、星也は勝人の様子をうかがおうと目を向けた。こちらを見ていたらしい目が間近にあった。

いつの間にか立ち上がった勝人は星也を凝視している。

「……よねえ、星也」

呼びかけに、星也は我に返る。

「え？」

「やだ、聞いてなかったの？」

呆れ顔の巴が困ったようにため息を吐く。星也がなにか言うより早く口を開いたのは、

「ご迷惑でなければ、わたしがお送りしたいのですが」

紳士然とした勝人だった。

「こうなったのはわたしのせいですし——華さん、一緒に来てくれる？」

勝人が言うと、華はハッとしたように頷く。

「わたし一人じゃ、かんなさんも気づまりでしょうから。華さんがいてくれれば安心できるかと」

勝人は、思案顔の巴を通り過ぎかんなの前に立った。

「申し訳ありません。あの、少ないですが、クリーニング代です」

勝人が差し出したのは一万円札だ。重なっていて見えないが一枚ではないようだ。

かんなは驚いたようで、

「いただけません」

と頭を振る。

「わたしの責任ですから」

勝人はスラックスの後ろに手を回し膨らんだ財布を取り出した。そこからさらに数

枚抜き出すと、持っていた札に重ねる。

「あの……そういうことじゃなくて――」

見かねた巴が、

「矢羽田さん。彼女には、わたしからお詫びするので、それは――」

巴に諭《さと》され、勝人は札を財布にしまった。独特な飾りがついたチャックを閉めると、スラックスの後ろポケットに突っ込む。

「かんなさん、勝人さん、行きましょうか」

華に促され、三人は玄関へ向かう。巴は最後までかんなを気遣っていた。

星也と二人きりになった巴は機関銃のように喋り出した。勝人の非常識な振る舞いについて批難し、金銭感覚のずれを指摘した。いずれも華を心配してのことだ。

だが、星也の心配はまったく別のものだった。

ワインを拭き取ろうと勝人はかんなのスカートを捲った。巴はその行為が非常識だと憤っているが、あの行為は、汚れを落とさなければという気持ちの表れだと星也は思っていた。

気がかりなのはそんなことじゃない。

巴の演説が続く中で、星也は思い返していた。

スカートを捲られた時、ほんの一瞬ではあったが、かんなは嫌悪の眼差しを勝人に向けた。スカートを捲られたのだから当然の反応だ。彼はかんなの射るような眼差しを受け、ふいに俯いた。いたたまれなかったのだろう、とその時星也は思ったが、それは間違いだった。

その後、会の終了を告げる挨拶があったため、人々の注意は巴に逸れた。星也は勝人を見ていた。俯いた勝人が、一度だけかんなを見上げた。その目は星也をぞっとさせた。

勝人は人形のような目をしていた。それは一切の感情が死んだ目だった。あんな目をする人間を、星也はこれまで見たことがない。

そして——。

ワインの汚れを前に、勝人が呟いていた言葉。

「……ご——さいご——」

「え？　なにか言った？」

口の中で呟いてみた言葉は、勝人に凝視された時以上に星也を怯えさせた。

「……なにも」

それ以上星也の変化に注意を払うこともなく、巴は再び喋り出す。

「華ったら、もうちょっと――」

声は星也の耳に入らない。今、星也に聞こえているのは勝人の呟き。

勝人が繰り返していた言葉。それは、

「……さいごめんなさいごめんなさいごめんなさいごめんなさいごめんなさい――」

※

「ごめんなさい」

何度も。

「ごめんなさい、ごめんなさい」

何度謝っても赦してはもらえない。

冷たい床の上で、額をつけて謝り続ける。

「わたしの言うことがわかったの？」

「ごめんなさ――」

「謝罪は望んでいないのよ。成果が欲しいだけ」

「でも――」

女王には、なにを言っても通じない。やがては反論する気力すらなくなり、ただ謝罪を繰り返すだけになる。

女王が欲するのは完璧な自身の複製品と従順なペットだ。それが叶うまでは、

「ごめんなさいごめんなさい」

繰り返すしかないのだ。

7

星也と葉月がホームに降り立った時、二人を迎えたのはむっとした空気だった。ギラギラと照りつける太陽を恨めし気に見上げると、葉月は言った。

「なんだよ、全然涼しくないな」

「村だからって涼しいわけじゃないよ」

「もしかしたら、長野市より暑いかもしれない。それにしても――無人駅ってホントにあるんだな」

葉月は珍しそうにホームを見渡すが、あるのは錆《さ》びた「里田駅」の駅名標と、年季

の入ったベンチが一基。

「大志《たいし》がいたら大騒ぎだっただろうな」

葉月は鼻で笑う。

「散々バカにされたんだよ」

大志は横浜《よこはま》出身の、二人の共通の友人だ。

「長野には自動改札がないのかって」

「ばからしい」

「自動改札じゃない駅が多くて、それが衝撃だったらしい。あと、電車のドア」

「ドア？」

葉月は意地悪そうにニヤリとする。

「冬はドアの開閉が手動になるだろ。あいつ、それ知らなかったみたいでさ。初めての時、ドアが開かないから乗り過ごしたらしい」

県内の多くの電車は、冬季、車内の暖気を逃がさないためにドアを自動開閉しない。手動か、もしくはボタンを押して開閉する。

「大志に送ってやろう」

そう言うと、葉月はスマホをホームに向ける。

「わざわざいじられネタ知らせてやらなくても」

「ワトソン君。誹謗中傷とは、関心があるからこそ行うものなのだよ」

撮影を終えた葉月は満足気な表情で言った。

「行こう」

里田村は長野県北部にある山村である。

駅を後にした二人は、スマホの地図アプリを頼りに進んだ。葉月は時折スマホの画面に目を向ける。

「しかし、なんもないとこだな」

葉月は、田んぼと畑ばかりの景色を見渡す。

「せっかくの休みに悪かったな」

大学は夏季休暇に入っていたが、葉月は野球のサークル活動や店の手伝いで忙しいはずだった。

「星也の姉ちゃんは、俺にとっても姉ちゃんみたいなもんだし。気にすんなよ」

里田村に行こうと言い出したのは葉月だった。

勝人の結婚宣言後、巴は華の気持ちを問いただした。華は困惑した様子で「わからない」と答えるだけだった。すぐにでも二人は結婚するのではないかと思っていた巴はひとまず安心したようだが、星也は安心できなかった。華の気持ちはどうであれ、勝人は華と結婚するつもりでいるのだ。そう思うと不安が膨らんだ。

葉月に相談すると、勝人について調べることを提案された。勤め先である会社の情報はネットで手に入った。

「会社のことは大体わかったし、ここまで来る必要あったのかな」

「快気祝いの時、就活のこと訊いたら、『意外とスムーズだった』ってあのひと言ったよな。親の会社だとは言わなかった」

ながの彩り建設は、社長である勝人の母親が興《おこ》した会社だった。

葉月は冷ややかな目で星也を流し見た。

「親の七光りだってことはわかったよ」

「まずは会社の関係者に――」

「社員に訊いて回るのは意味ないよ。社長の息子を悪く言うはずないんだから」

「だったらここへ来ても同じなんじゃないか？」

葉月は深々とため息を吐いた。なにもわかってないな、という顔で。

「店の手伝いしてると、客から噂話とか愚痴とか散々聞かされるんだよ。で、気付いた。皆、ほんとはしゃべりたいんだって。言わない方がいいんじゃないの？　ってことは特に」

「隣近所のことだって悪くは言わないだろ」

「ここは会社じゃない。金銭が絡まないなら自分が損することはない。損することがなければ、ひとはしゃべるよ」

あーあ、と一つ伸びをすると、

「皆さ、ひとのことは言いたいんだよ。悪いことは特に。星也が知りたいのはそういうことだろ？　会社の人間が使うおべっかを聞いてそれを信じる方が楽だけど、姉ちゃんの幸せを想ったらそんなものはなんの役にも立たない。それがわかってるからここへ来た。そうだろ？」

葉月の言う通りだった。勝人のことを調べ始めたのは安心材料を探すためだと思っていた。しかし不確かな情報を手にする度、不安は増した。そこで気付いた。ほんとうに知りたかったのは決定的な否定材料なのだ、と。

「姉ちゃんの婚約者はここに住んでないんだよな？」

婚約者じゃない。星也は否定しようとしたが、面倒なので放っておくことにした。

「須坂市で一人暮らしだって、華が言ってた」

「鉢合わせするようなことは避けたいからな」

「それはもっとあり得ない。今日、華と会ってるはずだから」

葉月は意味ありげな目つきで星也を見ると、ふうんと言った。

「平日だから両親もいないだろうし」

星也が言うと、

「ここへ来たのは間違いじゃないけど、こんなにひとがいないとは思わなかったな」

葉月は辺りを見回す。駅からの道のり、だれ一人見かけなかった。

「駅の周辺て、普通はもう少し賑わってるものだけど」

星也が言うと、葉月はスマホを突き出した。

「これ見ろよ」

地図にはぽつぽつと建物があるだけだ。

「やっぱり車で来た方がよかったんじゃないか？」

あまりの暑さに星也は足を止めた。振り返った葉月は、眇めた目をして星也を見ている。

「こんなど田舎で見かけない車が走ってたら警戒されるだろ」

「どっちにしろ、見かけない男二人が歩いてたらそれも警戒されるんじゃないか」

葉月は考えるようにしていたが、

「今さら言っても仕方ないだろ。ほら、行くぞ」

しばらく行くと、郵便局が見えてきた。足を速める星也を葉月が制した。

「まさかあそこで話を聞くつもりじゃないよな」

「だって――」

「わかってないな。仕事中の人間じゃだめなんだよ」

郵便局の前まで来た時、葉月が自動ドアに目を向けた。星也も真似る。ドアの向こうでは、二人の局員がカウンターについていた。一人が顔を上げる。星也は目が合う前に顔を逸らした。

「それに、同僚がいるところで話すはずがない」

葉月の説に納得していると、

「地元のひとじゃない可能性もあるし。ほんとは酒が入った人間が一番いいんだけどな」

そう言って葉月は笑った。

郵便局を遠くに見ながら二人は歩く。古い民家が数軒あったが、葉月は素通りした。訊ねるまでもなく、星也にも理由はわかった。無人の家はひんやりとした独特な雰囲気を纏っているものだ。

二人が足を止めたのは、その家に引き寄せられたからだ。木造二階建ての家はデザインからしてこれまで二人が素通りしてきた家々より明らかに新しかったが、この家も無人なのは一目瞭然だった。窓は土埃で汚れ、玄関ポーチは蜘蛛《くも》の巣だらけだ。星也は胸の高さの塀に腕をかけた。塀の向こうでは雑草に交じって背の高いひまわりが無人の家を見上げている。

「この家も無人か」

葉月が呟く。星也は、軒下に放置されたままの子ども用の自転車を見つめていた。微風にのってアブラゼミの鳴き声が聞こえる。黄色いひまわりが花びらを揺する。

「その家になにか用？」

後ろから突然声をかけられ、星也は飛び上がりそうになった。振り返ると、手に草刈り鎌を持ち、つばの広い日焼け帽を被った背の高い婦人が立っていた。婦人とわかるのは、その声と、身に着けている衣服や手甲《てっこう》の柄から判断されるもので、顔はつばに隠れて見えない。

「この家の方ですか」

葉月の問いには答えず、婦人は繰り返す。

「その家になにか用か、と訊いているのよ」

片脚に体重をかけ、鎌を持ったまま器用に両腕を組んだ婦人が、つばの下からこちらを観察しているのを星也は感じた。

「いえ、あの——この家に用というわけでは——」

「僕ら、建築の勉強をしているんです」

しどろもどろの星也に代わって葉月が話し出す。

「方々を回って、珍しい建築物や古い家屋なんかを見るのが趣味で」

ここへ来る前、二人は口裏を合わせていた。華のことを出すのはまずい。万が一華や矢羽田の家の者の耳に入ったら、二人の関係を悪化させてしまう危険性がある。星也は、勝人との結婚には否定的だが、だからと言って華がその気なら邪魔をするつもりはなかった。

鎌の先がちょいと星也を指した。婦人は星也の意見も聞きたいようだ。

「——ながの彩り建設の矢羽田さんのご自宅は建築的評価も高いので、外観だけでも拝見したいと思って来ました」

婦人はなにも言わずに立ったままだ。矢羽田の家が有名なのは事実だった。ネットでも、矢羽田家を見に行ったという建造物マニアの投稿が何件かあった。

沈黙に耐えきれなくなったのか、葉月が口を開いた。

「この村は空き家が多いですね。ここへ来る途中も、何軒か見かけました」

「建築のことだけじゃなくて、村のことにまで興味があるの？」

「そういうわけでは……」

葉月は困ったように口を噤む。

婦人が無人の家を見上げる。ちらりと見えた口元は彼女が若くないことを表している。

「博希《ひろき》ちゃんのことがあってから、村を出る人が増えたのよ」

悲し気な声だった。家を見上げたまま婦人が言う。

「あなたたち、この辺のひとじゃないの？」

「長野市から来ました」

葉月の答えに婦人は納得したような声をもらすと、

「十五年も前に起きた小さな村の事件なんて知るはずないわね」

と言って俯いた。大きなつばが再び顔を隠してしまう。

「事件？　いったいどんな――」

「殺人よ。殺人事件」

急速に、時の流れが緩慢になるようだった。アブラゼミの鳴き声がいやに尾を引いて、額の汗がゆっくりと目尻に流れ込む。

「この家の、七歳になったばかりの博希ちゃんが殺されたの」

星也の頬に、すっと汗が流れた。


帽子をとった婦人は、六十代後半から七十代前半に見えた。高い鼻梁と上がった目尻は人々をまとめるリーダー的な印象を感じさせた。

「こう毎日暑くちゃ、そのうち溶けてなくなるんじゃないかと思うわ」

二人はひまわりの家の向かい、婦人の家の縁側に通された。庭に面した縁側は日陰になっていて、星也は背中にかいた汗がひいていくのを感じた。

星也と葉月が名乗ると、婦人は「あたしは良子《よしこ》」と愛想のない調子で言った。

良子は麦茶を振る舞ってくれた。喉がカラカラだった二人がそれを一気に飲み干すと、良子は呆れたように笑って麦茶の入った入れ物を星也たちの方へ寄こした。

「佐藤《さとう》さん家のお庭も草刈りしてやらなくちゃと思うけど、あたしも独り身で、この家の庭と畑の手入れで手一杯なのよ」

良子は縁側から続く居間の仏壇に目をやった。庭に咲いているヒメヒマワリが供《そな》えられている。

「うちのひと。長く腎臓を患《わずら》っていたのだけれど、五年前にいよいよいけなくなってね」

目をもどすと気を取り直したように、

「あなたたち、矢羽田さんの家に興味があるみたいね」

と言って麦茶のグラスに手を伸ばした。

「矢羽田さんの家は元々大地主で千景《ちかげ》さんの代までは地代で暮らしていたらしいのだけれど、娘の寿子《としこ》さんがやり手でね。借地にしていた土地を売ったお金で会社を興して成功させたの」

星也は確認のために訊ねる。

「寿子さんは彩り建設の社長ですね」

一つ頷くと、良子は麦茶を口に含んだ。喉元でごくりと大きな音がする。

「見た目は女王蟻《あり》だけど、中身は働き蟻みたいなひとよ」

彩り建設のホームページで見た寿子は、たしかに、眼光の鋭い女王といった風貌だった。

「もうじき古希を迎えるはずだけど、休みなく働いていて、あたしなんかには挨拶する余裕もないくらい忙しいみたいよ」

二人の視線に居心地の悪さを感じたのか、弁解じみた口調で、

「車に乗った寿子さんが毎朝家の前を通るのよ。こっちが会釈しようが手を上げようが、あのひと、こっちを見もしないわ。一代であれだけの会社にしたんだから能力はあるんだろうけど、礼儀を重んじるひとではないわね」

「ここから会社までというと、かなり時間がかかりますよね」

「設計したのも建てたのも自分たちだから屋敷に愛着があるんじゃないかしら。千景さんが亡くなってから離れにはだれも住んでいないし、広い母屋に家族三人なんて怖くないのかしらと思うけど」

「三人？」

星也は訊き返した。忙しなくグラスをなぞっていた良子の指が止まる。

「そうよ。寿子さんと浩司《こうじ》さん、それに勝人さん」

良子は、ほかにだれがいるの、と言いたげな目つきだ。

「浩司さんというのは寿子さんの――」

「旦那よ」

「彩り建設の専務ですね」

グラスを置くと、良子は両手を膝の上で重ねた。

「そう。気の弱い、線の細いひと」

大写しになった寿子の写真の下で、八の字眉の浩司はいかにも気が弱そうに見えた。

「寿子さんが会社を興した時の部下だって聞いたけど。――まあ、今も部下だけど」

一瞬、良子の口元が嘲《あざけ》るように引《ひ》き攣《つ》るのを星也は見逃さなかった。

「お二人の息子が、勝人さんですね。その――勝人さんも、実家で暮らしているんですか」

「そうよ。どうして？」

星也は、喉元まで出かけた言葉を呑み込んだ。知っている情報を広げて見せるのは簡単だが、そこから繋がりを察知されたら面倒なことになる。詮索を避けるため、星也は寿子の時と同じ感想を述べた。

「会社まで遠いですし、通勤が大変だろうなと思って」

勝人が嘘を吐いたのは、年下の華が一人暮らしをしているのに、三十近い自分が実家暮らしをしているのが恥ずかしいと思ったからだろうか。

「他所の家のことを、村の住民でもないあなたたちに話していいものか」

思慮深いようなことを言っているが、彼女が話をしたがっているのは口ぶりからして明らかだ。星也は、葉月の言っていた言葉の意味が、やっとわかった気がした。

「ぜひ伺いたいです」

星也が言うと、加勢するように葉月も頷く。

「そこまで言うなら」

良子が居住まいを正す。

「寿子さんがやり手なのは間違いないわよ。だって一代であれだけ大きな会社にしたんですからね。冬なんて暗いうちから出かけて行って一日中働いているんだから。あの歳で大したものよ」

「社長はまだ引退されるおつもりはなさそうですね」

突然勝人について切り込むより、社長である寿子について話を聞く方が自然だと気付いて、星也は話を振った。

良子は、そんなことは言うまでもないといった様子で笑った。

「もちろんよ。仕事が生きがいのひとだもの。きっと、百歳になっても今と変わらず働いているんじゃないかしら」

良子が気に入らないのは蟻でもキリギリスでもなく矢羽田寿子そのひとなのかもしれない。

「会社を興した当初はマンションを中心に建設されていたようですが、今では学校や橋も手掛けているとか」

星也は葉月の受け売り知識を活かした。

「初めから順調だったわけじゃないみたいよ。今じゃ女社長も珍しくないんでしょうけど、当時は女に社長は務まらないって嫌厭《けんえん》されたり見下されたりしたみたいだから。寿子さんがこぼすのを聞いたことがあるの。と言っても、滅多に愚痴を吐くようなひとじゃないし、そもそもあたしとなんか話をするような身分のひとじゃないからね、たった一度聞いただけ」

良子は、地位と財を持つ寿子を妬んでいるのではなく、それらを手に入れた寿子が〝こちらの世界〟に下りて来ないのを疎《うと》んでいるのかもしれない。

「夏祭りの時、寿子さんと金魚の屋台を任されたの。小さい村なりに、夏には盛大な祭りが催されるのよ。金魚にヨーヨー、綿あめ、焼きそば、かき氷。村の大人が出す屋台と、子どもの神輿《みこし》。その日ばかりは村が賑わうの。あなた方には理解できないかもしれないけれど、村にとっては大事な日で、村の人々にとっては祭典委員長になることは名誉なことなの」

良子の目が熱を帯びる。

「夏祭りの日は櫓《やぐら》が二基立てられるの。一基は太鼓を載せるためのもの。もう一基は祭典委員長だけが上れる特別な櫓。村から選ばれた、たった一人の男がね」

――「男」が。良子が強調したのはその点だ。

「あたしたちが低い場所に張られたテントの下で子ども相手にあくせくしている間〝彼〟は優雅に村を見下ろしている。寿子さんの目にはそんな風に映ったみたい。――実際はそんなにいいものじゃないの。櫓の上にたった一人なんて蚊は寄って来るしつまらないし、いいことなんて一つもないのよ。祭りの前後は目の回るような忙しさで、委員長になるのは名誉のためだけ。でも、それだけのためになりたいと願うひとたちがいる。祭典委員長になるのはたしかに名誉なことだと思うけど、男だったとしても、あたしはなりたいとは思わない。寿子さんはこの村で生まれ育ったから祭りに対する熱量があたしなんかとは違ったのね、きっと。彼女はほかの男たちと同じく、櫓の上に立つことを願った」

村で生まれ育った故の熱量――と良子は言ったが、はたしてそうだろうか。地位や名誉を欲する者は男女の別なく存在する。その割合が男に多いだけで、女だからといって名誉を欲しない理由にはならない。

寿子は渇望していたのではなかろうか。いくつもの櫓に上り詰めることを。

「男だったら、自分は間違いなく櫓に立っていただろうって寿子さんは言った。男だけが見下ろせる世界、男だけが優遇される社会、寿子さんはそれが気に入らなかった……いいえ、気に入らない、なんていうのは優し過ぎる言い方だわ。彼女はまるで、女であることを憎んでいるみたいだった。男だったらこんな想いはしなくて済んだ、男だったらよかった、男に生まれていれば——って。でもそう言った後、寿子さん、うっすら笑ってこう言ったの。

『矢羽田家に男が生まれるはずがないのにね』——って」

意味はわからないがひどく嫌な感じがするセリフだ。固唾を飲んで話に聞き入っている葉月を見る限り同じ気持ちらしい。

「矢羽田さんの家はなかなか男子が生まれなくてね。聞くところによると、矢羽田家に生まれた男子で無事に大きくなったのは、勝人さんと千景さんのお父さん——勝人さんの曾祖父ね——二人だけだそうよ」

無事に大きくなったのは——。なんともぞっとする言い方に、星也は背筋が寒くなった。

「千景さんにはお兄さんが二人いたのだけれど、いずれも二歳の誕生日を待たずに亡くなっているの。千景さんのおばあさんはとても厳しいひとだったみたいで、千景さんのお母さんはずいぶん虐《いじ》められたそうよ。でも、男子を産んだ時――千景さんのお兄さんのことだけど――手のひらを返したように優しくなったって。千景さんのおばあさんは、後継ぎ欲しさに男子に固執していたのね。それまで女しか生まれなかった矢羽田家で、唯一男子を産んだっていう自負もあったのかもしれないわね。お嫁さんにも男子を産むよう命じた」

命じるだけで子どもができ、かつ、性別まで選べるのなら苦労はしない。星也は、男女の産み分けを迫ること以前に、嫁を人間製造機のように扱う姑にゾッとした。

「でもその男子が亡くなって、次の男子も亡くなって。風当りがどんどん強まる中で千景さんは生まれた。おばあさんは、千景さんのお母さんを、すぐに死んでしまう軟弱な男と、後継ぎにもならない女しか産めない嫁だと言って責めたらしいわ」

星也は腹が立ってきた。強烈な男尊女卑である。時代のせいだと一括りにはできまい。まさに鬼の所業だ。

「もし今もおばあさんが生きていたら、あたしが抗議してやるとこだけどね。男、男って言うけれど、女がいなくちゃ男だって生まれないんだからね。自分も女なのに、よくもまあそんなことが言えたわよね」

その当時、良子のようなひとがいたら、千景の母も多少は心強かっただろうか。

「千景さんのお母さん、産後の肥立ちが悪かったみたいで、千景さんを産んで間もなく亡くなったそうよ。その後、千景さんには何人もの継母ができた——もちろんおばあさんの差し金でね。時には歳の変わらない若い娘もいたそうだけど、とうとう子宝には恵まれなかった」

良子は麦茶の入った入れ物を引き寄せると、まず二人のグラスを満たし、最後に自分のグラスに注いだ。

「年頃になった千景さんは、祖母の薦める七人兄弟の三男坊と結婚した。——ここまでくると拘《こだわ》りというより呪いのようにも思えるけれど」

良子は長々とため息を吐いた。

「千景さんが産んだのは三人。全員女の子だった。一番上が寿子さん。下の二人は遠くへお嫁にいったそうよ。千景さんがお元気だった頃、聞いたことがあるの。『祖母はずっと男子に拘っていたけれど、わたしは性別なんてどっちでもよかった。この世に生を受けた子は皆祝福されるべきだ』って」

寿子と名付けた千景の気持ちが、星也にはわかる気がした。

「ちなみに、千景さんの次女と三女のお子さんも全員女の子よ。他所から来たわたしですら知っている矢羽田家の話ですもの、寿子さんは生まれた時から聞いて育ったに違いないわ。それであんなことを言ったのね、きっと。夏祭りの時、寿子さんに子どもはいなかった。三十代後半だったと思うけど、彼女まだ独身だったの。会社が軌道に乗るまでは結婚するつもりはないって公言していたわ。でも丁度その頃結婚が決まったっていう噂を聞いていたから、おめでとうって言ったのよ。旦那さんはどんなひとかって訊いたら――」

良子が言葉を切った。葉月が訊ねる。

「――訊いたら？」

「あなたはどんな基準で旦那を選んだのかって逆に訊かれたわ」

そもそも「結婚相手を選ぶ『基準』」という考えが星也には理解できなかった。良子の顔にもそう書かれている。

「基準もなにも、好き合っていたから結婚したのよ、あたしは」

そう言って、良子は仏壇の方へ目をやった。

「だから寿子さんにもそう言った。そしたら彼女」

良子が薄笑いを浮かべているのを見て、星也は胸がざわついた。

「おとぎ話のようね、って。ああ、嫌味を言われたなと思ったけれどまともに取り合っても仕方ないから、『寿子さんは社長だし、頼りになる有能なパートナーを見つけたのね』って言ったら鼻で笑われたわ。『有能なのはわたし一人で充分だ』って」

星也は思わず葉月と顔を見合わせた。

「その後、村の噂で浩司さんが五男坊だって聞いて、わたし、千景さんのおばあさんの話を思い出したわ。血は争えないわね。けれど、もし自分が子どもを産んでも女子しか生まれないと思い込んでいたみたい。もちろん周囲の人間もね。だから、寿子さんが勝人さんを産んだ時は村中が驚いていたわ」

麦茶を一口啜り、良子は続ける。

「でも一番驚いたのは寿子さんじゃないか、とあたしは思うのよ。夏祭りに見た彼女のあの顔」

——矢羽田家に男が生まれるはずがないのにね。

「驚きの後にやってきたのは安堵だったかもしれないと思うの。自分がした苦労を子どもにはさせなくて済む、って。勝人さんが生まれた時、寿子さんは四十を過ぎていた。歳を取ってからの子はかわいいって言うけれど、寿子さんは例外だったみたいね」

「というと？」

星也が訊ねる。良子はわずかに肩を竦めた。

「全然変わらなかったの。子どもを産む前も後も。高齢出産で周りは心配したけれど本人はどこ吹く風で、産後間もなく仕事に復帰して、育児は全部千景さん任せ。ウチの一番下の子が勝人さんの二つ上だから学校が一緒でね。でも、寿子さんを学校で見かけたことはほとんどないわ。参観日や運動会、とにかく学校行事は不参加だった。いつも千景さんが来ていたっけ。寿子さんは家庭より会社を優先するひと。仕事人間は子どもに愛情を注げない、とは言わない。うちのひとなんか、腎臓を悪くするまでいつも仕事で家を空けていたけれど子どもはかわいがってくれた。でもね、寿子さんは違うのよ。なんていうか……後継者にするためだけに勝人さんを産んで育てた——という感じ。小さい頃から家庭教師をつけたり教育に必要なお金はかけていたみたい。衣食住と教育に関するお金は出したから、親の務めは果たしたと言えるのかもしれないけれど——」

良子が近くの棚に目を向ける。そこには写真立てが飾られていた。良子を中心に、十人以上の人々が笑顔で写真に納まっている。

「あたしが子育てで痛感したのは、子どもは親の思い通りには育たないってこと。でも、それが当然だし、それでいいのよ。『思い通りの子育て』なんて、結局は親の欲に過ぎないんだから。でも、寿子さんは実践した。実践して、成功させた」

良子は、写真立てから膝の上の手に視線を落とした。

「寿子さんは、とにかく気が強くてなんでも自分の思い通りにしたいひとだから、勝人さんに求めたものも多かったはず。当の勝人さんは浩司さん似なのに」

良子が言うには『気の弱い、線の細いひと』。会ったことはないが、話を聞く限り勝人が父親似であることは間違いなさそうだ。星也は、玄関扉の向こうに立っていた勝人の姿を思い出す。元来の気の弱さが覇気のない印象に映ったのかもしれない。

「寿子さんに強く言えないの。勝人さんが小学生の頃、屋敷に居着いた猫を可愛がっていたことがあるの。屋敷に行った時、千景さんが嬉しそうに話していたから覚えているんだけど。勝人さんは優しいって。野良猫を助けるような優しい子なんだって。それなのに、寿子さんたらずっと家に居着かれたら困る、屋敷が傷むって、猫を追い出しちゃったらしいのよ。千景さんは怒ったみたいだけど、男二人はなにも言えなかったんですって。大切なものを守るための反抗すらできないのよ、勝人さんは。そういうところは今でも変わらないと思うけれど」

猫も守れないような男に華を守ることはできるのだろうか。しかし――勝人がそうするのが当然の成り行きとでもいうように結婚宣言した時、星也は彼に確信と自信を見た。成人した彼は子どもの頃とは違うだろうし、今なら大事なものを守る覚悟があるのかもしれない。

「親の期待に応えるために子どもが払う努力や犠牲はどれほどかしら、と思うのよ。親から子への無償の義務と違って、子が親の期待に沿おうとするのは義務じゃないもの。

寿子さんはレールを敷くだけじゃ満足できず、反論できない勝人さんをトロッコに乗せて、そこから降りられないほど猛スピードで浩司さんに押させ続けた——あたしがあの家族に持っているのはそんなイメージ。勝人さんは、物理的には恵まれているんでしょうけど、愛情面では母親から受けるものはなかったんじゃないかしら」

良子は二人の顔を交互に見ると、

「他所の家のことを、憶測で言うなって顔ね」

とバツが悪そうに言った。

「いえ、そんな」

葉月が慌てて首を振る。

「こんなことを言うのもね、ある光景が忘れられないからなの」

良子は沈痛な面持ちだ。

「秋の、寒い雨の日だった。あたしは、傘を持たずに出かけて行った一番下の息子を車で迎えに行ったの。小学校の駐車場に着いた時、寿子さんの車が停まっているのに気が付いた。当時から派手な色の高級外車に乗っていたから、遠くからでもわかったわ。珍しいな、と思った。さっきも話した通り、寿子さんは学校に来るようなひとじゃなかったから。車を停めて昇降口へ向かう途中、寿子さんとすれ違った。彼女は赤い傘をさして、パリッとしたレインコートを着ていた。ヒールを鳴らして歩く姿はかっこよくて、しばらく見とれたほど。でも……その後ろを、勝人さんが傘もささずに歩いているのを見た時――」

良子は唇を噛んだ。その時のことを思い出しているのか、瞳が潤んでいる。

「胸が潰れそうだった。寿子さんはそのまま車に乗り込んで行ってしまった。勝人さんを残してね。あまりにも勝人さんが可哀そうで、あたし、声をかけたの。一緒に帰ろうって。そしたら、丁寧な言葉遣いで断るのよ。雨は止みそうにないし、風邪をひくわよって、何度も誘ったけれど、その度に首を振って結構です――って。しっかりしているところが余計に哀れでね……」

どんな事情があったか知らないが、別々に帰らねばならなかったのなら、せめて傘を置いていけばいいものを。巴ならきっとそうしたはずだ。

「千景さんがいなくなって、今じゃ寿子さんに意見できる人間は矢羽田家にはいないでしょうね。夫である浩司さんは寿子さんの言いなりで、ストレスで病院に通っているって噂も聞いたことがあるくらいよ」

視線を上げた良子の顔には、浩司が哀れだ、と書かれているようだった。

「寿子さんはなるべくしてトップに立ったひと。あのひとが男だったら、もっと早く、もっと大きなことを成し遂げられたんじゃないかと思うわ。彼女みたいなタイプは家庭には向かないのよ。家庭を持つための大事ななにかがあのひとには欠けている。実際に、寿子さんに会ってみればあたしの言いたいことがわかると思うわ」

良子は、はたと気付いたように言う。

「一人暮らしだと話し相手がいなくて、つい長話になっちゃうのよ。矢羽田さんの屋敷や建築のことはわからないから、あたしが話せるのはこんな話。いい話じゃないから、聞かせていいものか迷ったのよ」

弁解するように言うが、葉月の説を証明するように良子はずっと饒舌《じょうぜつ》だった。

――ほんとはしゃべりたいんだ。悪いことは特に。

二人の顔を見比べてから、良子は申し訳なさそうに言った。

「期待していたような話じゃなかったでしょ。ごめんなさいね」

星也は背筋を伸ばし、言った。

「いえ。ありがとうございます」

二人は揃って頭を下げた。先に顔を上げた葉月がおずおずと訊ねる。

「ところで――お向かいの家、なにがあったんですか」

それまで生き生きとしていた良子の顔がすっと翳《かげ》る。

「博希ちゃんのことね……」

嘆息を吐く良子は、ぐっと老けて見えた。

「十五年前に、埼玉から若いご夫婦が越して来たの。奥さんは大きなお腹をしていたわ」

良子の目が向かいの家に向けられる。

「田舎で子育てしたいから越してきたって言うの。子どもは自然の中で育てたいって言ってね。お腹の子が生まれた時、上の博希ちゃんは一年生だった。初めて博希ちゃんがランドセルを背負った姿を見た時は、うちのひとと二人で喜んだものよ」

良子は一旦唇を結び、決心したように話し出した。

「今日みたいに暑い日だった。取り乱した様子の奥さんがうちに飛び込んできたの。旦那の透析が終わって、あたしたちは丁度家に帰ってきたところだった。落ち着かせて話を聞いたら、博希ちゃんが学校から帰ってないって言うの。あたしは時計を見た。いつもの下校時間を三時間も過ぎていた。どうやら奥さんは、二人目の子が生まれてから寝不足だったみたいで赤ちゃんと一緒に眠り込んでしまったようなの。学校やお友だちの家にも連絡してみたけれど見つからないって。旦那とわたしも慌ててね。近所を探そうってことになったのよ。奥さんには家にいるようにと言って、あたしは、とにかく学校へ行ってみようと向かった。あと少しでどんぐりの道だって時に——」

説明が必要だと思ったようで、良子は、

「どんぐりの道っていう舗装されていない林みたいなところがあるの。夏場は子どもたちの虫採り場になるようなところ。

そこへさしかかったら——ものすごい勢いで救急車が通り過ぎて行くじゃない。嫌な感じが全身を貫いて、足がガクガク震えた。救急車は、どんぐりの道の途中で止まった。あたしはそこへ近づいて行った。救急車の後からやってきたパトカーから警官が降りて、大騒ぎしてた。あたしはヨロヨロと近づいた。気付いた警官に止められたけど、あたし、見たの。クヌギの樹の下に黒いランドセルが置かれていて、半ズボンから伸びた脚が——」

良子は耐えられないというように顔を俯けた。膝の上に作られた拳がわなわなと震えている。

「博希ちゃんだった。顔は見えなかったけど――その時はもちろんわからなかったけど、顔が見えなかったのは神様の思し召《おぼしめ》しだったのかもしれない――ランドセルの側に、博希ちゃんがいつも被ってる機関車の絵が描かれた帽子が落ちていたし、靴だって――。あたしは、博希ちゃんが樹から落ちて怪我をしたのだと思った。警官に、その子は向かいの家の子です、病院まで付き添いますって言ったら、警官の視線があたしの後ろへ逸れた。

奥さんが――博希ちゃんのお母さんが立ってた。居ても立っても居られなかったみたいで、赤ちゃんをおぶって探しに来たの」

良子の目が哀しみに染まっていく。

「今でも、思い出すと一番辛いのはこの記憶。博希ちゃんに取り縋ろうとする奥さんを警官が引き留めて、奥さんは倒れた博希ちゃんの前で胸の張り裂けるような声を上げた」

苦し気に目を閉じるのを見て、良子は、今でも彼女の悲鳴を聞くのだろうと思った。

「博希ちゃんは怪我したんじゃない。クヌギの樹の下で亡くなっていた」

「事故じゃなかったんですね」

葉月が言うと、良子は重々しく頷いた。

「樹の下の石に頭を打ちつけられて殺されたの。あんなにかわいい子を……あんなところに置き去りにして……」

「犯人は捕まったんですか」

星也の問いに、良子はすぐさま答える。

「ええ。子どもの写真を撮り漁《あさ》るような変質者がね」

良子はグラスを手にしたが、口に運ばず両手で包んだ。

「事件が起きるちょっと前に、不審者の情報はあったのよ。子どもの写真を撮っている気味の悪い不審な男がいるって。ただ、その情報源というのが認知症を患っているおばあちゃんでね。そのおばあちゃんのほかには男を見たというひとがいなかったの。ほら、田舎は見慣れないひとがうろついてると目立つのよ。あなたたちみたいに」

良子は二人を交互に見た。葉月が軽く肩を竦めるのが星也にはわかった。

「だからだれもおばあちゃんの言うことを信じなかった。でも結局、おばあちゃんの言う通りだった。男はいたし、子どもの写真も男の部屋から見つかった。ただ、不審な男ではなかった。男を知る村人にとっては」

言い終えると、良子は手のひらにおさめていたグラスをどんと置いた。底に残っていた液体が激しく波立つ。さざ波になるのを待ってから、星也は訊ねた。

「知っているひとだったんですか」

良子は答えない。夏の庭に目をやっているが、その目はなにも見ていないようだった。縁側に涼が運ばれる。それがきっかけになったのか、良子は二人を見つめ、犯人の名を口にした。

8

それまでじりじりと肌を焼いていた陽射しがクヌギの枝と葉に遮られ、ステンドグラス越しの光のようにキラキラと輝き星也たちを迎えた。今は土と小石だらけの「どんぐりの道」を、星也と葉月は歩いた。両側をクヌギの樹で囲まれた五十メートル程先は燦々《さんさん》と太陽が降り注ぎ、アスファルトの道を眩しいばかりに照らしている。

その樹はすぐにわかった。根元に供えられているのは子どもが好きそうな箱菓子とジュースのペットボトル。牛乳瓶には萎れたヒメヒマワリが挿してある。

その光景は、圧倒的な現実の渦《うず》となって星也を襲った。瞬時に思い出されたのは博希の家の光景だ。無人の家を見上げていた大きなひまわり。永遠に乗り手を失った自転車。そのどれにも色はない。白黒の世界は悪夢のように同じ景色ばかりを映し出す。

星也の脳裏に鮮やかな色彩を纏い浮かんでくるのは、博希の家族が過ごしたであろう時間だ。庭で自転車に乗る子ども。その後ろには自転車を支える父親。傍らで赤ちゃんを抱いた母親が幸せそうに微笑んでいる。彼らの日常。あたり前の景色。彼らだけの幸福。子どもがはしゃいだ声を上げる。両親の笑い声。おくるみに包まれた赤ちゃんが笑い声に応えるように小さな拳を振り動かす。そこへ突如として響く終了のシャッター音。

振り返った彼らに再びシャッターが切られることはない。なぜなら、犯人はもう手に入れたから。犯人は、一人の命だけでなく家族の日常と幸福を根こそぎ奪った。

感情を欠いた家族の顔がレンズに映る。赤ちゃんの手を這うほくろ大の黒い物体。それはあっという間に数を増し、無数の群れとなりおくるみごと覆い隠す。蠢く黒い物体に次々と覆われ、真っ黒な影になりゆく家族。

レンズを横切ったのは、一匹の黒い蜘蛛だった。

星也はあえぐように息をした。心臓が、ここから出してくれとでもいうようにどんどんと胸を叩いている。ひんやりとした汗が一筋、背中を下りていく。

木漏れ日が、萎れたヒメヒマワリにスポットライトをあてている。

「星也、おい」

顔を振り向けると、恐怖に見開かれた目で葉月が見ていた。

「大丈夫か？」

「……ああ」

鼓動は喉元で感じられるほどまだ激しいが、目の前の現実が過去の出来事を上回るくらいの分別はついた。

時間は関係ないのだ。どれだけ経とうと、起きてしまった出来事を過去のものとして葬り去ることはできない。ひとに想像の力がある限り。

「気分が悪くなるのも無理ないよ。俺だって――」

葉月が足元に視線を落とす。見ているのは供え物ではない。硬い土にがっちりと摑まれた石だ。

「ホームベースみたいだ」

そう呟くと、葉月は目を逸らした。星也にはその石が平べったい枕のように見えた。そう思った途端、おそろしく鮮やかな光景が目に浮かぶ。この石を枕のようにして倒れている子ども。仰向けの彼が見上げているのは――。

耐えきれず、星也は空を仰いだ。視線の先に広がるのは、組み合わせた両手のようなクヌギの枝の重なりだ。木漏れ日が目に沁《し》みる。

最期に博希が見たものが、どうかこの光景であってほしいと星也は願った。狂気に満ちた犯人の顔ではなく、博希を迎えるあたたかな光であってほしいと願った。

9

二人は矢羽田家を見上げた。大きな日本家屋である。見るものを圧倒する大きさもさることながら、建造物マニアがここまで足を運ぶ理由が星也にもわかる気がした。凝った装飾や真っ白な漆喰の外壁は普通の民家ではなかなかお目にかかれない。

「城みたいな屋敷だな」

屋敷を仰ぎ見ていた葉月が呟く。場所を教えてくれた良子は矢羽田家を「要塞のようだ」と表現した。たしかに、見ているだけで緊張感を抱かせる家だ。真っ白な塀は家屋をぐるりと囲んでいる。観音開きの白亜の門は開け放されており、玄関のすぐ近くまで車が乗り入れられるようになっていた。広いスペースには、申し訳なさそうに隅に寄せられた白い軽自動車が停まっているきりだ。

「家政婦さんがいるらしいから、きっとそのひとの車だろうな」

家政婦の情報は良子によるもので、彼女はさらに詳しい内情を教えてくれた。勝人が誕生してから千景が亡くなるまでは同じ家政婦が勤めていたが、その後は短期間で次々と替わっているらしい。良子は、泣きながら屋敷を出る家政婦に寿子が罵声を浴びせるのを目撃したことがあると言う。その時良子は、畑が屋敷の前にあるのでたまたま見えたのだと付け加えるのを忘れなかった。

「こんなでかい家に三人しか住んでないなんて、もったいないよな」

屋敷の周りを歩いていると、塀から立派な松の木が顔を出していた。

「この松の木は離れの庭に植えられているんだろうな」

立地的にも母屋から離れているし、葉月の言う通りだろう。

「土がいいのかな」

星也の問いに、葉月は、

「それだけじゃないだろ。庭師が手入れしてるんじゃないか？」

と言ってから、なにを想像したのか突然吹き出した。

「どこで聞いたか忘れたけど、庭のバラが枯れたのは庭師のせいだ――って言って、庭師の首を刎ねた女主人の話。なんでか、それを思い出した」

寿子の人となりを聞いた後では、まったくあり得ない話だと言って笑えない。

「こういう家は空き巣被害が出やすいらしい」

「なになに。星也の防犯講座か？」

「テレビで見た。隣家も遠く、高い塀に囲まれた家は侵入さえできれば、外から見つかる可能性は低いから仕事がしやすいそうだ」

「仕事って。でも」

塀に向かって背伸びとジャンプを繰り返した葉月は、

「たしかに。全然見えない」

と、納得したように言った。

「ちょっとしたマラソンコースだったな」

一周し、二人は再び門の前に戻った。葉月が、門から顔を覗かせているアジサイを指さす。

「知ってるか？　アジサイって、土で色が決まるんだ」

「どういうことだ？」

「このアジサイは青いだろ？　青のアジサイが咲くのは土が酸性だからだ。アルカリ性だと赤系に変わる」

親友の豆知識に星也が舌を巻いていると、

「あれは――ギボウシと桑《くわ》だな」

葉月が門から身体を乗り出して母屋の庭を覗き込む。

「それに空木《うつぎ》と――」

「葉月、入るなよ」

「わかってるよ」

答えながら、葉月はポケットから取り出したスマホを構えた。

「おい、なにする気だ」

「ばあちゃんに見せてやるんだよ」

葉月の祖母の趣味が庭園鑑賞なのは知っているが、ここで写真を撮るのはまずい。

「やめろって」

「……もうちょっと」

葉月の腕に手を伸ばした時、間近でクラクションの音。見ると、真っ赤なセダンが停まっている。慌ててその場から離れるが、運転席の人物はホーンパッドから手を離す気はないらしい。長々と切れ間のないクラクションが鳴り響く。執拗《しつよう》にクラクションを鳴らしている女性はサングラスをかけており、表情まではわからない。頭を下げるがなんの効果もない。高級外車のホーンは鳴りやまない。途方に暮れていると、屋敷からエプロンをかけた女性が走り出てくる。女性は星也たちをチラリと見てから車に駆け寄った。ようやく大音量が止まる。

女性の前でウインドウが下がる。運転席の女性の声。

「素性の知れない人間をうろつかせたままにするなんてどういうつもり？　あなた、明日から来なくていいわ」

そう言うと、女性の安全も顧みず車を発進させる。びっくりしたように女性が飛び退く。赤いハイブリッド車が門を潜る。エプロン姿の女性は啞然《あぜん》とした様子でそれを目で追っている。当惑しその場に立ち尽くしている星也たちの元へ、車を運転していた女性がヒールを鳴らし、見事な白髪を肩の上で揺らしながらやってくる。サングラスを外したその顔に、星也は見覚えがあった。矢羽田寿子だ。

謝罪の意味で頭を下げた星也は、顔を上げた時寿子が片手を出しているのに気付いた。

「あの――」

「出しなさい」

寿子の手は葉月に向けられている。葉月がスマホを取り出す。寿子は手のひらを上に向けたままだ。葉月がその手にスマホを置くと、慣れた手つきで操作を始める。赤いマニキュアを施した指が画面を滑る。操作を終えスマホを葉月に向ける。葉月が受取ろうと手を出した瞬間、寿子は手を引っ込めた。

「ネットにアップしてないわね？」

問われた葉月は狼狽《ろうばい》気味に答える。

「していません」

寿子は値踏みするような目で葉月を見ると、スマホを渡した。踵を返した寿子に葉月が思わずというように声をかける。

「あの！」

寿子がゆっくり振り返る。

「僕の責任です」

だから？　というように寿子が首を傾げる。

「あの女性のせいじゃありません」

なにかを追い払う時ひとがそうするように、寿子が手を動かした。

口を閉じていろ。星也はそう言われたように感じる。

「その頭がお飾りじゃなければ、軽率な行動を取る前に結果を考えるべきだったわね」

ぴしゃりと言うと、寿子は再び背中を向けた。

「でも！」

しゃんと伸びた寿子の背中に、うんざりしたような気配が漂う。

「彼女は無関係です！」

寿子が首を巡らす。その横顔が凍えるほど冷ややかなことに気付き、星也は葉月の腕を摑んだ。

「僕のせいで――」

振り解こうとする葉月の腕に星也は力を込める。

「相手を見て発言なさい」

それは、ついさっきまでとはまるで違う声、違う話し方だった。

「あなたがしたことは窃盗と同じよ。顚末も思い浮かべられないくらい頭が空っぽで可哀そうだと思ったから見逃してあげるのよ？　そんなこともわからないほど愚かなの？」

寿子は捲し立てるようにそう言うと視線を投げた。

「さあ。家の前から姿を消して頂戴」

もう、葉月もなにも言わなかった。

寿子は、相手をその場に縛り付け、自尊心をこそげ取り、人格、行動、存在意義すら叩き潰した。それは彼女の毒を含んだ言葉によるものではない。彼女は最後の一瞥だけでそれをやってのけた。

呆然と立ち尽くす二人の元に、

「こんな時間に帰って来たことなんかないのに」

ぶつくさと言う声が聞こえて来る。

「おかげで助かりました」

隣にやって来た女性が言った。葉月は困惑した様子だ。

「あの――」

「辞めたいと思っていたので」

「え、でも」

「これでも長続きした方なんですけどね。この家はころころ家政婦が替わるから」

家政婦は堰を切ったように話し出す。

「もっても二、三ヵ月の屋敷にわたしは半年勤めました。すごいと思いません？　ここへだけは派遣されたくなかったのに、所長に言われて仕方なく来ていたけど――明日からは来なくていいと思うとすごく気分がいい」

伸びをする家政婦は、家を飛び出してきた時よりたしかに血色がいい。

「自分のことばかりでごめんなさい。あなた方、大丈夫ですか」

葉月が曖昧に頷く。

「強烈でしょ、ここの奥さま。今日が特別なわけじゃなくて、ずっとあんな感じですよ」

「それは――」

言い淀んだ葉月が、

「大変でしたね」

と返すと、言い終わるや否や家政婦は話し出す。

「大変なんてものじゃないですよ。旦那さまと息子さんが優しかったからなんとかやってこられましたけど、まあー、奥さまは難しい方で。おかげで五キロ痩せました」

そう言って自嘲気味に笑う。

「でも、あの……解雇のきっかけになったのは僕ですし――本当に申し訳――」

「いやいや、さっきも言いましたけど、おかげで助かりました。この家に関しては家政婦側から辞めたいってケースが多くて、所長も頭を悩ませていたんです。わたしはそれを知っていますから、なかなか辞めたいとは言えなくて」

「これからの仕事に影響は――」

「ないない、ないです。大丈夫」

星也は葉月と顔を見合わせた。その顔に安堵を見つける。

「いわくつきの家に半年も勤めたんだから、褒めてもらいたいくらい」

思わずというように葉月が訊ねる。

「いわくつき――？」

「そう。ああ、奥さまのことじゃありませんよ。あれはなんていうか……パワハラって言うかストレスの元凶って言うか」

寿子に会ったことがなければ、つい数分前まで雇い主だった人物を悪し様に言うのは止《よ》した方がいいと家政婦を窘めたかもしれない。

「知りません？　昔、この家に殺人事件の犯人がいたって」

「勝人さんの家庭教師のことですか」

星也が言うと、家政婦は勢い込んで頷いた。

その話は良子から聞いていた。

「それそれ。怖いと思いません？」

「でも、矢羽田の人間が犯人だったわけではないですし――」

「でも、同じ日にこんな小さな村で二人も亡くなるなんて普通じゃないですよ。しかも一人はこの家で亡くなったんだから」

星也と葉月は顔を見合わせた。

10

里田村から戻った星也は、数日かけて事件を調べた。


佐藤博希殺害事件。

矢羽田勝人の家庭教師をしていた坂上等《さかがみひとし》が事件数日後に逮捕された。博希の爪の間から採取された皮膚片と坂上のＤＮＡが一致したことが逮捕の決め手となった。逮捕時、彼の腕には深いひっかき傷があった。また、坂上のアパートからは児童が写った大量の写真が見つかっている。坂上は博希に対するわいせつ行為は認めている。腕の傷はその時につけられたものだと本人は主張し、逮捕当初から殺害に関しては一貫して無実を主張していた。

だが、坂上等には無期懲役の判決が下り、現在服役中だ。


家政婦が言っていたのは勝人の祖母、千景のことだった。彼女の話では、千景は夕方、自宅庭で倒れているところを当時矢羽田家に勤務していた家政婦に発見された。その時すでに息はなく、家庭教師の坂上も矢羽田家を出た後だった。

同日、同じ時間帯に急性心不全で亡くなった千景のことは事件性がないと判断されたのかニュースになっていなかった。

星也は「里田村」に関する気になる記事を見つけた。博希の事件から約二年後、地元の女子中学生が行方不明になっていた。

里田村に住む林琴子《はやしことこ》十四歳が、部活の朝練に行くと言って家を出たきり行方不明になった。

警察、消防など大がかりな捜索がなされたが琴子は発見されなかった。琴子は転校生で、行方不明になる直前、クラスの数人に「元の家に帰りたい」「村を出たい」と言っていたことなどから本人の意思による家出が疑われたが、家を出る時彼女が持っていたのはテニスのラケットとバッグだけだった。学校への持ち込みを禁止されている携帯電話は家に残されていた。

駅は無人で防犯カメラもなかったが、その時間帯電車を利用した者で彼女を見た者はおらず、近隣の駅でも彼女の姿は目撃されていない。車で攫われた可能性もなくはなかったが、不審者や不審車両の目撃情報もなかった。里田村のような閉鎖的な村において、見慣れない人物や車がどれだけ目立つ存在になりうるかは星也も経験済みだ。

その後も捜索は続けられたが、十三年経った今も琴子は見つかっていない。

星也がそのニュースに引っ掛かった理由は二つ。一つは、小さな村で殺人事件と行方不明が立て続けに発生したこと。もう一つは、矢羽田勝人が琴子と同級生であるということだった。

自室にいた星也の元に葉月からラインが届いた。「やっぱり大志にバカにされた」というメッセージと共に里田駅の写真が送られてきた。家政婦から話を聞いた後、二人は数時間に一本しか走っていない電車が来るのをベンチに座って待ち続けた。

葉月が送ってきた写真は長野駅から里田駅に着いた時に撮ったもので、二人が座っていたベンチと駅名標が写っていた。星也はベンチ部分を拡大した。古びたベンチは男二人が腰かけるとぎいぎいと鳴り傾いだ。葉月がふざけて動くので、ベンチは益々グラついた。思い出し笑いをしていた星也はある物に気付く。ベンチから離れた場所にある電柱が写り込んでいたのだが、そこに人の顔が浮かんでいるのだ。どんどん拡大すると、ひと探しのポスターだとわかった。さらにそれが林琴子を探すためのものだとわかる。ポスターは、長年雨ざらしにされたような形跡は見当たらず、新しいもののようだった。

琴子を待ち続ける存在を想い、星也は胸が苦しくなった。

階段を下りて行くと、リビングからテレビ以外の声がする。巴の声だ。だれかと電話しているようだ。星也がリビングに入って行くと、巴はスマホを耳にあてていた。

「うんうん、わかった。でも、それなら今日帰ってくればいいじゃない」

巴の前を通り過ぎるとキッチンへ向かった。その間、巴は相槌を繰り返す。

「えっ!?　うん……うん」

冷蔵庫から麦茶を取り出した星也は扉を閉めた。リビングから巴がじっとこちらを見ている。

「うん、わかった。星也に部屋の掃除させとく」

リビングに移動した星也は通話を終えた巴に訊ねる。

「華、なんだって？」

「明日から、しばらくいさせてくれって」

「しばらくって――なんかあったの？」

「あたしの足が心配だとかなんとか言ってたけど、理由はあたしじゃなさそう。声が暗かったし」

真っ先に思いついたのは勝人のことだった。

「――あいつとなんかあったのかな」

巴は珍しく慎重な口ぶりで、

「さあ、どうかな」

と答えただけだった。星也はじりじりして言った。

「驚いて声上げてただろ。なんて言ってたんだよ」

「今日帰ってくればいいって言ったら、今病院だから無理だって」

「病院!?」

「落ち着いて。華は無事」

星也はほっと息をついた。

「職場の先輩が仕事中に怪我したとかで、付き添ってるんだって」

星也が時刻を確認すると、午後七時を回っていた。

「迎えに行った方がいいかな」

その呟きに、巴は呆れたように笑う。

「それはやり過ぎじゃない？　そのままアパートに帰るって言ってたし」

「華の職場から緊急で行くとしたら、駅裏の病院だろ？　そこから華のアパートまでは結構距離があるし――」

「こういう時こそ婚約者の出番でしょ」

「だってあいつとなんかあったのかも――」

「星也」

巴が急に真剣な表情になる。

「華は結婚するの」

「あいつがそう言ってるだけで、華は迷ってるじゃないか」

巴が同情に満ちた眼差《まなざ》しを注ぐ。

「マリッジブルーよ。星也が思う以上に女心は繊細なの。特に華は感受性が強いから思うところがあるんでしょう」

「あいつが華を不安にさせてるなら――」

「あいつなんて言うのはやめなさい」

巴はぴしゃりと言った。

「お義兄《にい》さんになるひとよ」

巴は、ため息とも鼻息ともつかぬ息を吐き出すと、

「あたしだって、矢羽田さんのことを気に入ってるわけじゃない。たった一度会っただけだし、その時の印象もあまりよくなかったから。でも、華が選んだひとなのよ」

巴は星也の肩に手を置いた。

「祝福してあげたいじゃない。おめでとうって笑って言いたいじゃない」

肩に置かれた手をそっと振り解くと、星也は言った。

「華を幸せにできる奴なら文句はないよ」

11

星也は、家政婦紹介所が入っている雑居ビルを見上げた。長年雨風にさらされたコ

ンクリートの外壁がまだらに変色したそのビルは、見る者に寒々しい印象を与えていた。三階の窓には紹介所の名前が貼られているが、「所」の字はあらかた剝がれてしまっている。自分を奮い立たせるように大きく息を吐くと、星也は薄暗いビルへ入って行った。

ひび割れた階段を三階まで上がると、手前に一つ、奥に一つ扉があった。手前のドアには表札らしきものはない。奥へ進む。ドアに貼られた細長いプレートには家政婦紹介所の名が書かれている。インターホンを押す。ドアの向こうで、ジイィ、という耳障りな音が聞こえる。ほどなくしてドアが薄く開かれ、隙間から目が覗く。たるんだ瞼の持ち主は、素早く星也を検分した。

「昨日お電話した砥石です」

「お話しできることはありません。お引き取り下さい」

言い終えるが早いか、彼女はドアを閉めようとする。星也は思わずドアの縁を掴んだ。ぎょっとしたように見開かれた目をしっかりと見つめ、

「所長の橋元《はしもと》さんですね？　どんな話でも構いません。だから、お願いします」

星也は縁から手を離し、頭を下げた。ひそやかなため息が聞こえた直後、こちら側にドアが開かれる。

「砥石さん」

星也が頭を上げると、困ったような顔をした橋元がこちらを見ていた。

「同じ話を繰り返すようで恐縮ですが、昨日電話で申し上げた通り、わたしに話せることはありません。そちらのご事情はわかりました。お姉さまの嫁ぎ先になるかもしれない家庭の事情をお知りになりたいと思うのは自然なことですから」

十五年前事件が起きた時、矢羽田家に勤めていたのは現家政婦紹介所所長の橋元ゆかりであると教えてくれたのは寿子に馘《くび》にされた家政婦だった。

所長という立場一つとっても易々と話してはくれないだろうというのは承知の上での電話だった。用件を伝えると所長は押し黙った。星也はその「間」に一縷《いちる》の望みをかけて、半ば押し掛けるようにここへ来た。

几帳面な性格なのか、ゆかりは後れ毛一本残さず髪をまとめている。そのせいで目立つ皺を一層深めると、ゆかりは言った。

「矢羽田家について話を聞きたい——そうおっしゃいましたね」

星也は無言で頷いた。

「家政婦に法的な守秘義務はありませんが、派遣先の家庭を離れたからといってよそ様の内情を話すのはモラルに反する行いですし、紹介所で働く家政婦たちも同じ考えのはずですから、わたし以外の者をあたっても無駄だと思いますよ。どうしてもお調べになりたいのなら、興信所のようなところへ行かれてはどうですか」

「それだと表面的なことしかわからないですよね。俺が知りたいのは勝人さんがどんな家庭で育ったのか、彼や両親のひととなりはどうなのか。家族の一員として間近にいた家政婦さんなら、あの家についていろいろとご存じでしょうから――」

「家政婦は『家族の一員』ではありません」

ゆかりはぴしゃりと言った。

「でも、長くお勤めされていたなら家族も同然でしょう」

「矢羽田家に限っては、あり得ません」

そう断言するゆかりの表情は厳しい。

「矢羽田家に派遣される家政婦さんはすぐに辞めてしまうそうですね」

眉間の皺を深くしたゆかりは、

「川村《かわむら》さんですね」

と、鍼にされた家政婦の名を出し、困ったようにため息を吐いた。

「でも――理由はわかるような気がします。数日前、矢羽田家のことを知るために里田村へ行きました。屋敷の前で偶然矢羽田寿子さんに会ったのですが、会話らしいものはなく、ただそしりを受けただけでした」

ゆかりの、頑なだった眼差しが揺らぐ。

「村のひとから寿子さんの人となりは聞いていたのですが、実際に会ってみると……」

寿子のイメージを、星也はオブラートに包んで表すことができなかった。

「自分の存在理由を根こそぎ奪われた――そんな感じでした。一緒にいた友人は、俺より強烈にそれを感じたようです。その時のことを夢に見てうなされると言っていましたから」

ゆかりは同情するような視線を星也に向けると、躊躇い気味に、

「たいてい、寿子さんとそりが合わずに辞めてしまうのです。わたしの時は千景さんが防波堤になってくださったので続きましたが、寿子さんの元で働くのは並大抵のことではありませんからね。それでも、矢羽田家に適した人材を送っているつもりなのですが」

「川村さんから聞いたのですが、橋元さんは矢羽田家へ派遣した家政婦さんだけに連絡を取るそうですね。あの家を気にかけるのは、所長という立場からですか？　それとも、以前お勤めされていたことが関係しているのですか」

ゆかりは返事をしない。堪えるように、じっと、星也を見つめ返すだけだ。

「たった一度、しかも数分会っただけですが、勝人さんの母親から受けたのは厳しさではありませんでした。身体の芯が冷えるような……心の深い部分を抉《えぐ》られるような、冷酷さ。そのひとが姉の義母になると思うと、不安しかありません。もちろん勝人さん本人にも会いました。母親に感じたような冷たさはありませんでしたが、なんというか……」

端的な表現が見当たらず唇を結んだ星也は、ゆかりから視線を外し、言葉を探した。巴の快気祝い。紫色の水たまりを前に膝をついた勝人。不鮮明な言葉、感情を欠いた目——。なんと表現すればいい？　あの時感じたものを、なんと言えば伝えられる？

正面のゆかりは続きを促すこともせず、相槌も打たず、ひたとこちらを見据えている。その顔を見た時、電話の「間」で抱いた望みがむくむくと頭を擡《もた》げるのを星也は感じた。彼女は待っているように見える。期待する話を待つ者のように見える。

星也は、あの時感じたままを口にした。

「不気味さを感じた瞬間があって。気の弱そうな印象しかなかったのに、その時だけは……厭《いや》なものを感じました」

その言葉は、ゆかりの纏っている硬い殻に穴を開けたようだ。彼女の表情からそれは読み取れたし、口を開こうとしているのも感じた。果たして、ゆかりは口を開いた。それは、同調を期待する声音だった。

「砥石さんも感じたのですか？　勝人さんの異常さを」

〝異常〟とは、随分激しい表現だ。しかも、言っているのは勝人の幼少期を間近で見てきた家政婦だ。星也は否定も肯定もせず、先ほどの言葉を繰り返した。

「厭なものを感じました」

ゆかりは瞳を揺らし、わずかに下唇を噛んでいる。

「お願いします。橋元さんは、矢羽田家がどんな家族なのかよくご存じでしょう」

「それはそうですが……でも……」

ゆかりが再び唇を嚙む前に、さらに背中を押す一言を言いたかったが、結局彼女は心の扉を先に閉めてしまった。

「やはりお話しできません。申し訳ありませんがお引き取り下さい」

最後は視線を外したまま、ゆかりは二人の間の扉を閉ざした。

12

家政婦紹介所から華の勤務するコーヒーショップまでは歩いて十分の距離だ。高校時代に華がバイトを始めてからこれまで、星也は店に入ったことがない。巴はサークル仲間とよく来ているようだが、星也は通り過ぎる際にちらりと店内に目をやるのが精一杯だった。中に入って華の仕事ぶりを見るなんて、なにやらとんでもなく気恥ずかしかったのだ。華はその逆で、星也がバイトするスポーツ用品店に用もないのにちょくちょく顔を出していた。もっとも、最近はそれもめっきり減ったのだが……。

「え、華ちゃんの弟さん？」

華の職場に来たのは、昨夜の電話が気になっていたからだ。星也が氏名を告げると、女性スタッフは営業スマイルを引っ込めた。

「華ちゃん、大丈夫ですか」

「え──？　あの──」

女性は星也の反応に戸惑った様子で、

「華ちゃん、具合が悪いんですよね？」

と訊いた。

「え、あの、姉は出勤してないんですか？」

女性は虚を突かれたような表情で答える。

「具合が悪いから休むって連絡がありましたけど――華ちゃんから連絡ありませんでしたか？」

星也が首を振ると、女性の顔が曇った。

「えっ、でも……実家に戻ってるんじゃ――」

星也の顔に答えを見た女性は、パンツの後ろポケットからスマホを取り出した。いくつか操作すると、星也の方に向けながら言った。

「昨日の夜、連絡が来て」

23時03分
華・遅くにすみません。具合が悪いので明日は休みます。
ハルナ・一人で大丈夫？　無理しないで！
華・熱が高くて、数日お休みをいただくかもしれません。実家に帰っているので大丈夫です。ご迷惑おかけしますがよろしくお願いします。

ハルナ・了解！　お大事にね。

画面には、前の会話も映っていた。星也はハルナに確認し、画面をスクロールした。

19時54分

ハルナ・西さん大丈夫だった？　付き添いさせてごめんね。

　華・病院出ました！　西さん、骨に異常はないそうです。ご迷惑をおかけしてすみません。

ハルナ・華ちゃんのせいじゃないよ！　気にしないでね。

　華・すみません。ありがとうございます。

ハルナ・まさか西さんのこと送ってないよね？　お願い、一人だって言って！

　華・一人です。病院の前で別れました。いろいろご心配おかけしてすみません。

「あの、これ――」

星也が気になったのは十九時台のラインだった。

昨夜七時頃、巴にかけてきた電話では「怪我をした職場の先輩の付き添いで病院にいる」とのことだったが。

「昨日、店でちょっとした騒ぎがあって……これも華ちゃんから聞いてないですか」

ハルナは首を傾げ、スマホをしまった。

「華ちゃんの知り合いが、ウチの男性スタッフに怪我させたんです」

「華の知り合い？」

新規の客がやって来た。ハルナに待つように言われた星也は隅に寄り、待った。

接客を終えたハルナがやって来る。

「お仕事中にすみません」

「全然構わないんですけど、なにしろ華ちゃんも西さんも休みだから忙しくて。えっと、怪我をしたスタッフが西です。で、怪我をさせたのが華ちゃんの知り合いで――彼氏なのかな？　よく知らないんです。前に華ちゃんに聞いたら『彼氏じゃない』って言うし。たしかに、そんな雰囲気ではなかったけど――」

「名前は言ってませんでしたか」

「うーん、そこまでは」

「じゃあ」

星也は勝人の身体的特徴を伝えた。するとハルナは何度も頷き、

「そのひとだと思います」

と答えた。

「西さんが掃除をしてて、そのひとのコーヒーをこぼしちゃったんですよ。そのひと、レストルームから出てきたと思ったら、もの凄い勢いで西さんの腕を捩じり上げて。華ちゃんが止めに入ったからあの程度で済んだけど、あのままだったら腕の骨折れてたんじゃないかな……」

思い出してゾッとしたのか、ハルナは自分の身体を抱くように腕を回した。

「コーヒーをこぼされて激怒したってことですか？」

「ちがうと思います。コーヒーがかかった直後にそうなったわけじゃないし、華ちゃんに『パソコンを覗かれた』って言ってましたから」

「西さんが、パソコンを勝手に――？」

「わたしはその現場を見てないのでなんとも言えないですけど……でも、西さんならやりかねないって言うか」

「と言うと？」

腕をさすりながら、ハルナは、

「西さん、華ちゃんがここで働き始めてからずっと目をつけてて。仕事中とか、こっちが引いちゃうくらいジロジロ見てて、こんなこと言うのもなんですけど、ちょっと気持ち悪いひとなんですよね。華ちゃんの交友関係とか知りたがってたし」

「西――」

華と巴の会話に、そんな人物がいたような気がする。二人の会話の大多数を右から左に聞き流していた星也の記憶にあるくらいだから、相当数登場した人物にちがいない。ただ、華が彼のことを嫌がっていた記憶はない。そうなら聞き逃すはずがない。

ああ、またか。高校三年の時、華は他校の男子生徒につきまとわれた。放課後はそれぞれ部活動があったし一緒に帰ることはほとんどなかったから、それに気付いたのは華が被害に遭ってからだった。

帰宅途中、待ち構えていた男子生徒に華は自転車ごと押し倒された。たまたま通りかかった女性がそれを見て悲鳴を上げた。男子生徒はその場から逃げ出したが、女性が通らなかったらと思うと今でもゾッとする。その時負った傷は数週間で治癒したが、傷跡はまだ華の肘と膝に残っている。

華はそういうやつだ。昔からそうだった。困っていることや悩みごとがあってもだれにも言わない。全部一人でなんとかしようとする。悩みごとがあってもいつも笑顔で元気いっぱいだから、見ている方はそれとわからない。西というスタッフのことも家族に心配をかけまいとして言わなかったのだろう。それにしても、働き始めてからずっと目をつけられていたということは——。五年！　五年の間、ずっと我慢してきたのか？

「昨日、華ちゃんの知り合いが来た時、西さんすごい目で睨んでました。わたしは、あのひとと華ちゃんはそんな関係じゃないって思うんですけど」

星也が黙ったままなのを否定と取ったのか、

「え、あのひと華ちゃんの彼氏なんですか？　違いますよね？　相手のひとが華ちゃんに好意があるのは間違いないと思いますけど、華ちゃんは……」

うーんと唸ってから、ハルナは言った。

「好きなひとを見る目じゃないっていうか。うまく言えないけど、あのひとと接する時の華ちゃん、本心を隠すために笑ってるみたいに見えて。あ、すみません、余計なこと言いました。それより、華ちゃん大丈夫でしょうか。ラインでは、実家に帰ってるって——」

「迷惑かけたくなくてそう言ったんだと思います。多分、アパートで寝てるんじゃないかな。すみません」

頭をさげた星也に、ハルナはびっくりしたようだ。

「あの、全然、大丈夫なんで」

「これから行ってみます。ご迷惑おかけしてすみませんが、よろしくお願いします」

再び頭を下げられ、ハルナは困惑気味に頷いた。

13

店を出た星也は、すぐさま華に電話をかけた。つながらない。

巴にかける。

「はいはーい」

会社が休みの巴はワンコールで電話に出た。

「あのさ、華帰ってる?」

「華?　来てないけど。まだ仕事じゃないの?」

「昨日の電話の後、なんか連絡あった?」

「ないわよ。どうして?」

トーンダウンした巴は、なにか感じたようだった。

「なんでそんなこと訊くの？　華になにかあったの？」

「いや、店の前通ったけど姿が見えなかったからもう帰ったのかなと思って」

巴のため息が星也の鼓膜を震わす。

「なんだ、そんなこと。店の奥にいるんじゃない？　恥ずかしがってないでコーヒー注文しておいで。働いてる華はキラキラしてるわよ」

「わかった、わかった」

「帰って来る時にコーヒー買ってきて。ええとね、あたしが好きなコーヒーは――」

「悪い、この後予定あるから。また後で」

一方的に通話を終えると、星也はもう一度華に電話をかけた。呼び出し音が鳴るだけで、華の明るい声は一向に聞こえない。星也は歩き出す。華に短いラインを送る。どんどん早足になっているのに星也は気付かない。手の中のスマホが震える。すぐさま確認する。巴からカタカナのコーヒー名を知らせるライン。落胆の直後、不安の種が萌芽《ほうが》する。

華はアパートにいる。迷惑をかけまいとして、独り、熱に浮かされて。だから電話にも出られない。

華に送ったラインは既読にならない。

星也は駆け出した。


華のアパートに着く頃には、星也は汗みずくになっていた。汗をかいた手のひらからスマホが何度も滑り落ちそうになり、その都度画面に目を落としたが、とうとう華からの連絡はなかった。息を切らしながら階段を上る。部屋の前まで来ると呼吸を整え、インターホンを押す。数秒待つが華は出てこない。もう一度鳴らす。応答はない。耳を澄ます。扉の向こうに生活の気配はない。疾駆することで振り払い、置いてきたつもりの不安がのしかかってくる。何度もインターホンを押した後、握りしめたままのスマホに気付く。華にかける。

扉の向こうで電話が鳴っている。

電話を切る。

華の部屋から聞こえていた音が止まる。

不安の種がはじけた。

14

リビングに飛び込んできた星也が空手なのに気付いたらしい巴は、洒落たコーヒー名を挙げ、「あたしのコーヒーは？」などと言っている。

「鍵は？」

「え？　なに？」

「華のアパートの鍵だよ。スペア、預かってるだろ？」

巴の顔色が変わる。

「なに。なにかあったの」

「わからない。……いや、なんでもない」

「なんでもないのにどうして華の家の鍵が必要なのよ」

巴が機敏に立ち上がる。

「なにがあったの」

「いや、だから――」

「華になにかあったの？」

二人の視線がぶつかる。短いその間に、華の母はなにかを感じ取ったようだった。

「あたしも行く」

手早く支度をしながら巴は言った。

「華が戻って来た時のために家に――」

「華は家の鍵持ってる」

バッグを肩にかけた巴はすでにリビングの扉に手をかけていた。

「行くわよ」


「華！」

アパートに向かう車中で、ハンドルを握った星也は巴に事情を話していた。巴の顔は険しさを増し、空っぽの部屋を見る頃には青ざめていた。

「星也……華は――？　華はどこにいるの？」

整理整頓された部屋。留守番の役をきっちりとこなすように、華のピンク色のスマホがテーブルの上に置かれている。

「忘れていったのかしら」

呟くように言った巴は、なにかに気付いたようで部屋のクローゼットを開けた。し

ばらく中を漁っていたが、

「いつも華が仕事に持って行く布のバッグと、最近買ったハンドバッグがない。職場のスタッフには熱で休むって連絡入れたのよね？　電話じゃなく、ラインで」

巴は華のスマホを手に取ったが、ロックがかかっていて中身を見ることはできなかった。苛立たし気に巴はスマホをバッグに突っ込むと、取り出した自分のスマホを素早く操作し耳にあてた。

「すみません、ちょっとお訊ねしたいのですが……今日、そちらで娘がお世話になったか知りたいのですが……え？　個人情報……そうですよね、ええ、それはわかっています。ただ、一人暮らしの娘が、熱もあるのにアパートにいないのが心配で。――ええ、はい。そちらにはもう十年以上お世話になっています。はい。華です、砥石華です。はい、待ちます」

どうやら巴が話しているのは砥石家のかかりつけ医のようだ。

「あ、先生。いつもお世話になっております、砥石です。――ええ、そうなんです。――え？　ああ、そうですか……ええ、熱があるみたいで。昨夜です。はい。……はい。そうですよね。――ええ。わかりました。お忙しいところ失礼いたしました」

通話を終えた巴は、

「はっきり答えてはくれなかったけど、先生のところには行ってないみたい。救急搬送された場合は家族に連絡がいくはずだからその心配はないだろうって。検査機器が沢山ある駅裏の病院へ行ったんじゃないかって先生はおっしゃるんだけど」

巴の、虚空《こくう》を彷徨《さまよ》っていた目が星也を捉える。

「華があの病院にかかったことは一度もないし、自分から行くはずがない」

「でも昨日、付き添いで病院へ行っただろ？　緊急で行くとしたらあの病院だろうし――なにより、何度も行って慣れてる病院だから変えたのかもしれない」

「それはない。付き添いで行ったのはそうするしかなかったからでしょう。華は、あの病院へは行かない」

「なんでわかる――」

「お父さんが死んだ病院だから」

ずしっと、胃の辺りが重くなるのを星也は感じた。

「大事なひとを失いそうで怖いから、あたしにもあの病院へは行かないでくれって華は言った。そう言う本人が行くはずないもの」

大事なひとを失う辛さは華と同じくらい知っている。自分も父親を亡くしたのだから。急に当時のことがよみがえりそうになり星也は軽口をたたく。

「俺は言われたことないけど」

張り詰めていた巴の表情が少しだけ和らぐ。

「あんたは丈夫で、滅多に病院へは行かないから」

ふうっとため息を吐くと、

「病院じゃないのかしら」

巴は上半身だけ考える人のようなポーズで落ち着きなく歩き回る。突然、弾かれたようにスマホの操作を始め、耳にあてた。

「あっ、沙彩《さや》ちゃん？　華の母です。──ええ、久しぶり──ええ。あの、今、華と一緒じゃない？　あ、ううん、そうじゃないんだけど。──ええ。ああ、そう。ううん、大丈夫。突然ごめんね」

通話を終えた巴に、星也は、

「森近《もりちか》沙彩さん？」

「華の友だちであたしが連絡先知ってるの、沙彩ちゃんと京香ちゃんくらいしかいないから」

そう言って、今度はもう一人にかける。

「──だめだわ、出ない」

巴は力なく床に座りこんだ。

「二人とも高校時代の友だちだから、連絡先だって変わってるかもしれない」

巴がなにかに気付いたように、

「ああ、もう。いるじゃない、相手が」

財布の中から一枚の名刺を取り出した。

「矢羽田さんよ！　彼と一緒なのよ」

痛めた方の足を投げ出し反対の膝を折ると、巴はテーブルの上に名刺を置いた。

「0、2、6――」

読み上げた番号を押し、スマホを耳に押し当てる。巴の喉が大きく音を立てた。

「わたくし砥石と申します。社長室室長の矢羽田勝人さんはお手すきでしょうか。――いいえ、仕事の話ではないです。――ちがいます。わたくし、勝人さんの婚約者の母です。――ええ。ええ、待ちます」

いくらか緊張を解いた様子の巴は、星也に頷いて見せた。待たされている間、巴は絶え間なく人差し指でテーブルを叩いた。何十回目かの時、持ち上がった指が宙で止まった。

「も――」

巴の動きが止まる。

「――――」

固まった表情が崩れ、頬が引き攣る。

「ちょっと――」

巴は、相手の話に耳を傾けているのではなく、捲し立てられているようだった。

「あの、勝人さんに代っていただけませんか」

巴の発言は相手にあしらわれたようだった。

「待ってください、娘が帰らないんです、それで――」

ここへきてようやく星也にも巴の電話の相手がわかった。寿子だ。

「ちょっ、なんですって？　今なんて言ったんですか。ひとの娘になんてこと――」

巴の顔が、一瞬のうちに憤怒のものになる。

「一体どういうつもりで――もしもし？　もしもし！」

耳からスマホを離した巴は、呆然と画面を見つめた。まるでそこに相手が映ってでもいるかのように。

「――信じられない」

スマホを置くと、巴は両手の付け根で目のあたりを押さえた。

「会社の社長が勝人さんのお母さんなんですって。知ってた？」

体勢を変えずに巴は言った。星也の答えを待たず、

「で、なんて言われたと思う？『ウチの勝人に婚約者などおりません』ですって」

ようやく顔を上げた巴だが、その目は怒りで爛々としていた。

「嘘を吐くなって。会社の迷惑になるから金輪際電話も寄こすな、婚約者だって言い続けるならこっちにも考えがあるって」

「――――」

「しかも華のこと――」

テーブルの上の拳が震えていた。

「ふしだらな娘だって鼻で笑ったのよ。だから帰らないいんだろう、お気の毒に、って」

巴の全身を怒りが包んでいた。バン！　巴の拳がテーブルを打った。

「なんなの？　親子揃ってひとをバカにして。勝人さん、言ってたわよね？『今度は、結婚のお許しをいただきに参ります』って。そこまで気持ちを固めた男が親に話してないなんてことがある？　もしもよ。もし、話してないとしたって、あの親の対応はないでしょ」

巴は手のひらでゴシゴシと顔を擦ると、気持ちを入れ替えたように言った。

「華を探さなくちゃ」

テーブルに手を突き、立ち上がろうとする巴に星也は手を貸した。

「俺が会社に行ってみるから、母さんは家で待ってて」

その提案に従うべきかどうか、巴が自身と葛藤しているのが星也に伝わって来た。

わずかな間の後、巴は一言、

「わかった」

そう言った。

15

ながの彩り建設の受付に座る女性は、笑顔で同じ文句を繰り返す。

「申し訳ございませんが、お通しできません」、「アポイントをお取りになってからお越しください」

薄化粧で清楚な印象の受付嬢は、目の前の男が引き下がらないとわかると視線を出入口の方へ向けた。それが控えめな退場の催促でないことがわかったのは、制服姿の守衛に声をかけられたからだ。

「申し訳ありませんが」

まったく申し訳なくなさそうに、守衛が言った。こんなところで揉める気はない。去り際、一礼した星也が顔を上げると、カウンターの向こうでは厄介事から解放されたとばかりに安堵した表情の受付嬢がこちらを見ていた。

有り難くない守衛の見送りを受け駐車場へ向かうと、社員数人が会社へ戻るところだった。集団から離れた男性に声をかけると、彼は特別訝《いぶか》しがる様子もなく勝人が昨日から出社していないことを教えてくれた。巴に電話をかける。巴はタクシーで病院へ向かっている、と言った。具合が悪いのかと心配する星也に、

「やっぱり病院にいるかもしれないと思って。駅裏以外の病院に行ってみる。バッグがないのは出かけたからだろうし」

バッグが二つないことに、巴は触れなかった。不安要素はいくつもあるが、それを考えると悪い方へ思考が傾いてしまうからだろう。だから星也は、勝人の会社に来たが会えなかった、とだけ伝えた。巴は早口になにか呟く。どうやら勝人の会社に連絡したことを後悔しているようだった。

「成人した娘と半日連絡がつかないくらいで交際相手の勤め先に電話するのはまずか

ったわよね。先方の対応もどうかと思うけど、相手からしたらこっちの方が非常識なわけで。職場に弟まで押しかけて、勝人さんに迷惑かけちゃったわね。華にも、なんて言ったらいいのか」

大丈夫、わかってくれるよ。星也はそう言うと通話を終え、車に乗り込んだ。冷静さを取り戻す巴とは反対に、不安と焦りは色濃くなっていく。その二つは今や手を組み、「嫌な予感」さえ生み出していた。たしかに華は一人で抱え込むところがある。だが、こんな形で家族に心配をかけるだろうか？　華に熱があったとする。心配をかけたくなくて連絡しなかった——？　あり得る。病院の診察を終えてから連絡をしようと思っていた——？　あり得る。バッグ二つは持ったがスマホは忘れた——？　あるかもしれないが、そもそもなぜバッグを二つも持って行く必要があった？　昨日「アパートに帰る」と巴に連絡をしておきながら仕事を欠勤し、電話も寄こさない——？　勝人絡みで揉め事があった。勝人も出社していない。偶然か？　偶然かもしれない。でも、そうではないとしたら？　勝人と一緒にいる。恋人同士が一緒にいる。なにもおかしいことじゃない。だが、華は仕事を投げ出して恋人と過ごすようなやつじゃない。

では、今、華はどこにいるのか？

16

追い返した人物が戻って来たのに、彼女は大して驚いていないようだった。むしろ、星也が戻って来るのを予想していたようだった。

「お入りください」

ゆかりは星也を待たず進んでいく。星也はあわてて後を追った。

「こちらへ」

ゆかりは、部屋の真ん中に置かれたオフィス用テーブルのパイプ椅子を一脚引いた。星也は礼を述べ、腰を下ろした。ゆかりは部屋の隅の小さな流しへ向かう。

部屋は十畳ほどの広さで、壁際に棚が並んでいる。棚の中身はほとんどが青色のファイルで、背には数字が書かれたラベルが貼られている。窓際のデスクもきれいに片付けられ、整然とした印象の室内だった。

「どうぞ」

星也の前にアイスコーヒーを置くと、ゆかりは正面に座った。

「何度も押し掛けるような真似をしてすみません」

星也はここを去ってからの事情を話した。

「それは――ご心配ですね。でも、お母さまのおっしゃる通り、病院にいらっしゃるのではないですか。子どもではないのですから、一人で病院くらい行くでしょう」

「傍から見たら、成人した姉に過剰な対応だと思われることは承知しています。でも、俺の姉はこんな形で家族に心配をかけるような人間じゃないんです」

冷静なゆかりが顔色を変えたのは、勝人とも連絡がつかないと聞いた時だった。

「せめて、勝人さんの自宅の番号を教えていただけませんか。彼の職場では門前払いされて、ほかに探すあてがないんです」

「勝人さんも……いないのですか？」

「昨日から出社していないそうです。二人でいるのかもしれませんが、姉は仕事を投げ出すような無責任――」

ゆかりの様子がおかしい。明らかに動揺しているし、顔色も悪い。

「あの、橋元さん――」

ゆかりは平坦な調子で、

「もう少しお待ちになったら連絡があるかもしれませんし――わたしに言われても困ります」

と言うと俯いた。

「……先ほどこちらに伺った時、橋元さんに矛盾を感じました」

そっと、ゆかりが顔を上げる。

「話せることはないから帰れと言うわりになにか言いたそうに見えました。俺が戻って来ても驚かなかった。……もしかして、橋元さんは待っていたのではないですか？　矢羽田家について、だれかが訊きに来るのを」

たちまち、ゆかりの身体から力が抜けていった。どうやら星也の考えは見当違いではなかったようだ。一回り小さくなったように見えるゆかりは、

「そうかもしれません。……いいえ、多分そうです」

そう認め、口元の皺を深くした。

「なにかあるんですか？　勝人さんに――矢羽田家に」

部屋にいるのは二人だけなのに、ゆかりは押し殺した声で、

「寿子さんに実際にお会いになったのならおわかりでしょうが――わたしが内情を話したと知れば、紹介所の運営にも支障が出かねません」

それは星也の望むところではない。

「もちろん口外はしません。姉の幸せだけが俺の望みですから」

かすかにゆかりの表情が和らいだ。

「頼りになる弟さんがいてお姉さまは幸せですね」

そう言って立ち上がると、デスク上の固定電話に向かった。プッシュボタンを押しながら、

「川村さんが解雇されてから日が浅いので、まだ家政婦を派遣していないのです。ですから――」

ゆかりは耳を澄ませた後、静かに受話器を戻した。

「矢羽田の家にはどなたもいらっしゃらないようです」

ゆかりは星也の正面に座ると顔を上げた。

「わたしの話が役に立つかはわかりません。わたしが知っているのは幼い頃の勝人さんですから、今いるところですとか、行きそうな場所の見当もつきません。それでもいいのでしたらお話しします」

星也は力強く頷いた。ゆかりは決意するように深く息を吐き、話し始める。

「わたしが矢羽田の家で働き始めたのは二十七年前、勝人さんの誕生と同時でした――」

第三章　儀式

1

矢羽田家を仰ぎ見た時ゆかりの胸は躍った。この家は、家政婦を始めた頃に思い描いていたような、純和風の立派なお屋敷だったからだ。ここに住んでいるのがたったの四人と聞いて、呆れるやら羨ましいやら、ため息を漏らすことしかできなかった。

ゆかりは幼い頃を思い出し、世の中は不公平だと思った。家族五人で、アパートの六畳間に折り重なるように眠るのは不幸せではなかったがしんどかった。それなのに、このお屋敷にはたったの四人。しかも一人は赤ちゃんで、離れに住むのは老人一人だと言う。

なんとも贅沢なお屋敷である。この屋敷の主は、おそらく恰幅《かっぷく》の良い髪の薄くなった中年男性だろう……と想像していたゆかりは、並んだ四人を見て驚いた。

ヒョロリとした気の弱そうな男性、がっちりとした体格の女性、わずかに背中が丸まった高齢女性。高齢女性の腕の中にはおくるみに包まれた赤ちゃん。

だれもそうとは言わないが、自分とそう歳の変わらない女性が家長に違いない。四角く張ったエラ、きつそうにつり上がった目、薄情そうなうすい唇。ワンレンでストレートの髪は、美容院でセットしてもらったように肩の上で揺れている。

家長の女性が一代で大きくした会社の社長だと知っても、ゆかりは驚かなかった。それよりも、離れに住む優しそうな老人の実子であるということに驚いた。てっきり、影の薄い建前上の家長が実子だと思っていたが、彼は婿養子らしい。小柄で華奢な老人に比べ女性は背も高く骨太だったし、老人の朗らかさも、瞳に宿る聡明な光も見いだせなかった。

四人からの紹介を受けた後、ゆかりは老人に伴われ離れに向かった。仏間に通されたゆかりは紅葉《もみじ》色の座卓を挟んで老人と向かい合った。

千景と呼んでちょうだい。老人は言った。わかりました、千景さん。ゆかりが答えると彼女はニッコリと笑った。素敵な笑顔だった。お茶を淹《い》れると言う千景をゆかりは慌てて制し、それはわたしの仕事ですと申し出たが、千景は笑顔でそれを躱《かわ》すと、するりと仏間を出て行った。

カチカチと古い壁掛け時計の秒針が動いている。

ゆかりは立ち上がると、壁に沿って歩いた。仏壇の前で足を止めたゆかりは、その荘厳さに目を瞠った。黒檀の、重厚な仏壇である。派遣先が高齢者の住宅だと仏壇を置いている家が多かったので、掃除や、中には主の代わりに香を焚いたりお仏飯《ぶっぱん》を供えたりもしたが、この家の仏壇はこれまで見てきたそれとは別格だった。

精巧な細工が施された仏壇に置かれた遺影を見て、ゆかりは得心した。

家長はこの女《ひと》に似ている。顔つきそのものも似ていたが、なによりその目が。紬《つむぎ》の着物に身を包んだその女性は、他者を虐《しいた》げる目をしていた。写真ですら感じるのだから――一瞬を切り取る写真だからこそより強く感じるのかもしれない――生前は、さぞ周囲の人間は生きづらかっただろうと同情を禁じ得なかった。

そうと確信するのは、過去に、同じ目をした人間にゆかり自身が虐げられていたからだ。

一家の住むアパートが火事で焼けたのは、ゆかりが十歳の時だった。泊りがけの学校行事に出掛けていたゆかり一人が助かった。両親と姉弟をいっぺんに亡くしたゆかりは、高校卒業までの八年間を叔父の家で過ごした。叔父の妻が、遺影の女性と同じ目をしていた。叔母は言葉の鞭《むち》を——時に物理的な意味でも鞭を——振るい、存在意義を根こそぎ奪った。叔父もそのことに気付いていたようだが、決して助けてはくれなかった。彼女はいつもこれと同じ目をしていた。虐げ、服従させるための目だ。家長も同じ目をしている。

毎日この遺影を見ている千景は苦しくないのだろうか。老婆心ながら、初めて会った依頼人の家族を心配していると、当の本人が盆を手に戻って来た。

千景は穏やかな女性だった。主人に先立たれたこと、これまで長く居た家政婦（千景は女中と言った）が急死し、孫の面倒をみるために家政婦が必要になったことなど本人にとっては痛みを伴う話を、終始微笑みを絶やさずに話してくれた。ゆかりのことも訊ねられたが、これまで家政婦として働いてきたということ以外に話すことはしなかった。それは、ゆかりが家政婦として働いて得た教訓だった。家政婦は沈黙も仕事の一つだということ。勤務中に得た情報を漏らすことは禁忌《きんき》だが、傷を持つ人間は特に過去を語るべきではない。自分のことを語ろうとしないゆかりに感じるものがあったのか、それ以降千景がゆかりのプライベートを訊ねてくることはなかった。

仏間の掃除は息がつまった。遺影の中の女性に終始見られているという感覚が付き纏った。息がつまるといえば、家長——寿子と同じ空間にいる時も同様だった。仕事で一日中家を空けることの多い寿子と顔を合わせる機会はあまりなかったが、たまに一緒になると気疲れして仕方なかった。

不思議なのは、いつ見ても母である寿子が「仕事の顔」をしていることだった。夫婦共働きの家庭で家政婦をしていたこともあったゆかりは、仕事の顔をしたままの彼女たちが帰宅し、子どもと顔を合わせた瞬間、母の顔に変わるのを幾度となく目にしてきた。子どもがいないゆかりでも、その瞬間は胸が熱くなった。亡き母も同じ顔をして自分や弟を見つめていたな、と思い出した。だから、母とは皆そうなのだと思っていた。

だが、寿子には「与える」母の愛は皆無だ。常に遺影の中の女性と同じ目をしており、我が子に向ける氷のような視線には、愛情の片鱗すら見当たらなかった。可愛い盛りのはずの我が子をその腕に抱きもせず目もくれない寿子に、ゆかりは啞然とした。夜だけは一緒に母屋で過ごしているようだったが、朝、目の下にクマを作った主人に比べ、寿子はいつ見ても快眠後といった様子で、その目に、その耳に、その心に、我が子の叫びが届いているとは思えなかった。

赤ちゃんが成長しても寿子の態度は一貫していた。自分は自分。子どもに関しては一切タッチしない。私の生活を侵食しないで。全身がそう言っていた。

千景が骨身を惜しまず世話をしているのも憐れだった。彼女は幸せそうだ。子育てにやりがいと喜びも感じているようだが、はたしてそれが孫に響いているかというと、それは話が別だ。勝人は、祖母にとてもよく懐いているように見える。千景はそのことに安心しきっているようだが、勝人が時折見せる空っぽの表情には気づいているのだろうか。

それに。

家族のうち一人でも、勝人の異常性に気付いている者はいるのだろうか？

2

勝人が七歳の時だった。

その夏、矢羽田家の庭のあちこちに昆虫や爬虫類の死骸が転がっていた。蛙や虫が多く出る時期でもあったし、初めは気にもしなかった。しかし、徐々にその数が増え始めた。例年と比較してもこれほどの数が死んでいるのはどうもおかしい。しかも、その死に様が異様だった。庭掃除はゆかりの仕事だったが、気味が悪いのでよく見ずに片付けていた。しかしあまりに数が増えるので死骸を観察してみると、死骸のほとんどが、からだの一部が無かったり腹を裂かれていたりした。生き物同士で争ってできたものとは思えなかった。

矢羽田家の庭は広い。立派な塀がぐるりと庭を囲んでいるものの門扉は夜にならないと閉めないので、子どもが入り込んだ可能性もあるが、他所の子がわざわざ他人の家の庭で昆虫を虐殺しているとも思えなかった。と、すると、考えられる犯人は一人。

一寸の虫にも五分の魂ということわざを勝人に説いて聞かせようかとも思ったが、七歳の子どもにまだ早いかと思い直した。——三つ子の魂百までということわざも頭を過《よぎ》ったが、気付かぬふりをした——何故なら、家政婦は各家庭の躾に関しても沈黙が仕事のうちだからだ。

人が死んだわけでもあるまいし、こんなことで騒いでも詮方《せんかた》ない。そうしてゆかりは目を瞑った。

その年の、冬のある日。

朝から雪が多かった。いつもは車で通勤していたゆかりだが、その日は雪の多さから電車を利用した。ところが夕方、倒木のせいで電車が不通になってしまった。帰宅できなくなり途方に暮れるゆかりに千景が言った。「離れに泊ればいいわ」

午後九時半、ゆかりは仏間に布団を敷き横になった。矢羽田家に泊るのは初めてのことだった。家は静まり返っている。針の落ちる音にも気付くくらい静かだ。あまりにも静かでこわいくらいに。こんな夜は思い出したくもない過去がじわじわとよみがえってしまう。

ゆかりはきつく目を閉じた。もう十代の子どもじゃない、こわがることなんてなにもない。自分に言い聞かせ、ゆかりは瞼の力を抜いた。眠りは友のように訪れ、心地よい夢にいざなう。ふわふわと漂い、向かう先は巨大なベッドだ。見るからにふかふかで気持ちよさそうなベッド。ゆかりはジャンプして飛び乗る。膝も腰もどこも痛くない。なぜなら彼女は子どもに戻っているから。ベッドには、歳を取っていない両親と姉弟がいる。

「みんなどこに行っていたの？」

子どものゆかりは訊ねる。みんな、ただ笑っている。ゆかりの問いには答えない。笑って笑って、そのうちゆかりも一緒に笑い出す。突然、両親の顔から笑いが消える。どうしたの――ゆかりが口を開きかけた時、姉弟も両親と同じ顔になる。感情が消え去った彼らの顔を見るのはなんだかこわい。それに、嫌な臭いがする。ベッドの下からそれは漂い、やがて視界が曇り始める。いつの間にか大人に戻ったゆかりは唐突に悟る。これは煙の臭い。すべてを焼き尽くす絶望の臭いだ。

今や真っ白になった視界の中で、ぼっ——と火が上がる。立て続けに起こる火は自分を除いた家族の数。ゆかりは叫ぶ。だれかたすけて、わたしの家族をたすけて、火を消して。叫び声はかすれ、自分の耳にすら届かない。腕を伸ばそうとしても身体が動かない。

炎から手足が飛び出す。あれは母だ。熱で丸まった指先、くずおれた脚で進む先には火の粉を上げる一回り小さな炎。弟を焼き尽くそうとしている炎。それを抱く母。まるで、そうすれば我が子を救えるとでもいうように。二人の炎が重なり、火柱が高く上がる。父の炎、姉の炎がそれに加わり、さながら龍のように天に昇ってゆく。火は生きものだ。猛獣より恐ろしい生きものだ。わたしはまた家族を失う。

やめて!!

声にならない叫びを上げ、ゆかりは跳ね起きた。心臓が躍《おど》り狂い、しとどにかいた汗が額と背中を濡らしている。ぜいぜいと息を切らし、ゆかりは額の汗を手の甲で拭った。

これまでも家族を失う悪夢を繰り返し見てきた。家族が炎に包まれた時、現場にいなかったからこそ様々な夢を見た。実際には煙《けむり》にまかれて亡くなった家族が生きながらにして業火に焼かれる夢を見た。おそらくは、死ぬまで見続けるのだ。そうして何度も何度も失う。再会できたと思った矢先に家族を失う。

　残酷過ぎる。せめて夢の中でくらい、記憶の中の家族に会いたいのに。手のひらで顔を覆う。泣き出しそうな自分に許しを与えようとした時、不気味な物音が。

　ぎぎぎ、ぎぎ――。

　ぞっとして、ゆかりは耳を澄ました。

　ぎぎぎ、ぎぎぎ――。ぎうう――。

　恐怖のせいで止まっていた呼吸を再開させる。足音だ。だれかが雪を踏みしめる音だ。

　ゆかりは布団から出ると窓辺へ寄った。薄く障子を開ける。いつの間にか雪は止み、月が高く昇っている。月明かりが、庭に積もった雪をきらきらと照らしている。母屋の方へ目をやると雪を踏みしめながら玄関へ向かう寿子の後ろ姿があった。ゆかりは部屋の壁掛け時計で時刻を確認した。午前零時。こんな時間に、しかもこんな雪の中帰宅するなんて。

　つと、寿子の足が止まる。ゆかりはぎくりとして障子にかけていた手を離した。さっと、寿子が顔を振り向ける。猜疑《さいぎ》に満ちた目を間断なく動かしている。そうして気が済んだのか、再び歩き始める。寿子の姿が完全に見えなくなるのを待ってから、ゆかりは障子を閉めた。それから胸に手を置き、大いに安堵した。

寿子の帰宅時間が何時なのか、ゆかりは知らない。今日は雪のせいで特別遅いのだろう。そうでなければ朝の早い寿子の睡眠時間は極端に短いことになる。

汗を吸った寝間着が夜気にさらされ身体が冷えた。このままでは風邪をひいてしまう。逡巡した末、ゆかりは千景の寝室へ向かった。彼女はよく眠っていた。ゆかりは音を立てないよう慎重に箪笥を引き出すと、中から寝間着を取り出した。黙って借りるのは気が咎めたが、わざわざ起こすのはもっと悪い気がした。

仏間に戻ったゆかりは急いで着替えた。火の気のない部屋はおそろしく冷える。布団に潜り込むと、手足を引き寄せ丸くなった。

カチカチ鳴る壁掛け時計が煩《うるさ》い。意識すればするほど耳につく。手も足も、指先が冷え切ってジンジンする。手を擦り合わせるが効果はない。

時計の音は煩いし、だれかに見られているようで落ち着かない。その原因はわかっている。仏壇の遺影のせいだ。どうせ眠れないのだ、しばらく起きていよう。

ゆかりは明かりも点けず、薄暗いキッチンに立った。ポットのお湯を湯呑みに注いでいると、どこからか鳴き声が聞こえてくる。こんなに寒い夜になにが鳴いているのだろう。ゆかりは湯呑みを持ったままリビングに移動した。　微かだが、間違いなくにかが鳴いている。犬だろうか？　それとも鳥？

　ゆかりは特に考えたわけではなくカーテンを開けた。窓の向こうでスピードをつけたなにかが屋根から落下する。ひとの顔のようにも見えたそれは雪の塊だった。驚いて、危うく湯呑みを落とすところだった。千景を起こさずに済んでよかった。ゆかりがカーテンを閉めようと手を伸ばした時、母屋の灯りが目に入った。寿子がまだ起きているようだ。そこでゆかりは、はたと気付く。

　聞こえてくるのは、鳴き声ではなく泣き声だ。それも子どもの——。

　椅子の背もたれに掛けてある千景のカーディガンを羽織ると、ゆかりは母屋へ向かった。

　ブーツが、ぎうぎうと雪を踏みつける。ダイヤモンドのように輝く雪の結晶が道しるべとなりゆかりを導く。雪を被っていない車から足跡が続いている。何気なく振り返ると、自分も離れから深い跡を残していた。

　玄関前でブーツの雪を払い、ゆかりは離れから持ってきた鍵を使って中へ入った。

　玄関は暗かった。真っすぐに延びる廊下のつきあたり、右手から光がもれている。寿子の部屋だ。他に明かりが点いている部屋はない。寿子と浩司の寝室は別なので、やはり寿子だけが起きているのだろう。

「イイイッ――」

泣き声。ゆかりは頭上を見上げた。勝人の部屋は二階、玄関の真上だ。

「ヒ、イ……ぅ」

眉をひそめ、ゆかりは廊下にもれる灯りに目を戻した。声は寿子の部屋から聞こえる。まさか寿子が泣いている？　それは断続的に、食いしばった歯の隙間からもれるような声だった。ゆかりは、だしぬけに頬が熱くなるのを感じた。寝室が別でも、夫婦の営みは同じ部屋にいなければできない。呆れるほど野暮な勘違い。玄関扉を開けた時、気付かれなくてよかった。玄関扉の引き戸には最近油をさしたばかり。すべて、タイミングがよかった。

こそこそと背を向けた時、ひときわ大きな声が上がった。

「ぎゃっ！」

今のは？　性の快楽を貪《むさぼ》る人間が発する声とは思えない――。

「ごめんなさい！」

ゆかりの混濁した頭は澄み渡り、自身が望まないほどものごとを見通せるようになった。

「――――」

だれかが――まちがいなく寿子が――捲し立てている。おそろしく早口でなにか言った後バシッという音が響く。それは身も凍るような音楽だった。

「ぎいいいイッ――イ……」

ゆかりは振り返れなかった。勝人の痛みに悶《もだ》える声が、細く長く、廊下を渡ってやってくる。

「――――」

寿子の声。平坦で、抑揚に欠けた素早い呟き。勝人の押し殺した悲鳴。

ゆかりは、足も身体も動かせなかった。これは条件反射のようなもの。なぜなら動いてはいけないからだ。「罰」を受ける時は――それが正当な理由であろうとなかろうと――直立不動の体勢でしっかりと目を開けていなければならない。「罰」を与える人間は、腫れ上がった傷ではなく、痛みの感情が如実に表れる見開かれた二つの穴に悦《よろこ》びを感じるからだ。

「ごめんなさい、ごめんなさい！」

ゆかりは咄嗟に思う。口を閉じていなさい！　謝れば謝るほど彼らは悦に入り、さらに激しい痛みを加えてくるのだから。

何十年も前に受けた心身の痛みが再現されるようで、ゆかりは恐怖と屈辱を同時に感じた。

鳴き声だろうか？　離れにいる時そう思った。それはある意味正解だった。彼らにとって、わたしたちが上げる声は鳴き声と同じだからだ。最小限の鳴き声は彼らを愉しませる。ところが、絶叫は激しい体罰の標的になる。秘密の行いを、招かれざる者に知られてしまう虞《おそれ》があるからだ。

勝人も、それがわかっているからこそ——今日が初めてではないからこそ——声を殺して痛みを受けているのだ。

ゆかりは、爪が喰い込むほど強く握りしめていた手から力を抜いた。行かなければ。

そう思っても、足が動かない。ゆかりは、身体の震えが寒さのせいではないことに今さらのように気付く。励ますように腿をさすり、口の中でおまじないを唱える。だいじょうぶ、だいじょうぶ、乗り越えられる。これさえ耐えられればだいじょうぶ。

昔の文句でも効果があったようで、ようやく足が動く。ブーツを脱ぎ、上がり框に足を置く。それから幽霊のように 跫《あしおと》 も立てず廊下を進む。灯るようだった光源が、強烈な明るさとなってゆかりの瞳に射し入る。寝室のドアは開け放されていた。

「――なの、どうしてなの、いったいどういうつもりなの、わたしのなにがいけないの、こんなことをいつまで続けるの」

熱に当たると溶けてしまう氷のように、ゆかりは光を避け、壁に身を寄せた。

「何度言えばわかるの、言ってもわからないのはなぜなの、理解できない程度の頭しかないからなの、役立たずの頭を働かせることはできないの」

寿子の声は詰問のそれではない。まるで、自分自身に悪態をついているように聞こえる。

「五体満足に産んでやったのに欠陥品なのはなぜなの、頭は形だけで中身は空なの、それはただの飾りなの」

ゆかりは部屋を覗いた。自分が見ているものが信じられなくて瞬きもできなかった。

中にいたのは三人。手前で、丸まった背を向けているのは浩司だ。首を垂らし、まるで自分が叱られているような恰好だ。その奥に寿子と勝人。寿子はしゃんと背筋を伸ばし正座している。膝の上に置かれた手は竹の定規を握っている。全裸の勝人がそのすぐ脇に立たされていた。

めまいがした。寿子の行いに吐き気が込み上げる。

「できない、できないできない、できないことだらけ」

バシッ。

「ぎゃっ！」

寿子の横顔は、愛息の悲鳴を聞いてもなに一つ変化しない。能面のようなその顔に、ゆかりは戦慄する。

「クラスで一番になれないのはどうしてなの、わたしはずっと一番だった、一番になれないと悔しかった、一番になっても認めてもらえなかった」

ふいに、能面の中の瞬きしない目が虚空を漂う。感情のこもらない寿子の声は、時折聞きとれないほど早口だ。

「わたしが女だから、女に生まれたばかりにわたしより劣るくせに——見下されて、クソッ、どいつもこいつも下品で——偉そうに、クソッ、クソッ、今に見て——やる踏み潰してやる跡形もなく踏み潰してやる」

勝人の臀部《でんぶ》に向かって竹の定規が一閃する。

「イ——ぅ」

見えなくなるほど固く結ばれた唇の向こうで、勝人の悲鳴が出口を求めて悶えている。ふっと、寿子の表情が和らぐ。声音も、傷ついた我が子を労わるように変化する。

ああ、これは——。あの眼は。あの声は。ゆかりは、下顎の震えを止められなかった。奥歯が鳴り出すのを防ぐためには顎の力を抜くよりなかった。

死にかけた生きものを見るような眼、痛みに寄り添うような声。

耳を塞ぐための手は錘と化し、聞きたくないのに、聞いたら全身に毒が回ってしまうのに、耳の穴から流し込まれる呪詛《じゅそ》を止められない。

「わたしの子に生まれてきたのはなぜなの？」

幾筋もの涙の痕を上書きするように、新たな雫が勝人の頬を伝う。

「平均点を取って平均的な人生を送るためならよそに生まれればよかったのよ。なぜ、わたしに似なかったの？　父親に似たっていいことなんて一つもないのに」

浩司の背中はぴくりとも動かない。息子を助けることもせず、じっとしている。勝人には縋《すが》れる希望もない。

「男なのに」

寿子の眼が変化する。下瞼がヒクつき、蔑《さげす》みの色が濃くなる。

「わたしがおまえだったら」

その眼は、勝人の存在自体を批難、否定しているようだった。毒を含んだ言葉や身体に受ける痛み以上に、それは相手を貶《おとし》む。

あんな眼を向けられたら心が砕けてしまう。

「わたしが男だったら。男でさえあったら。おまえはわたしを煩わせるために生まれてきたの？　わたしの足を引っ張るためにだれかに送り込まれたの？　毎晩毎晩、わたしの睡眠時間を削るためにわざと粗相をするの？」

勝人の夜尿症はゆかりも気付いていた。勝人のベッドにシーツをかけるのはゆかりの仕事だったから、新しいものに換えられているとすぐに気付いた。それが頻繁《ひんぱん》に起こることも。

「栓をしておいたらいいわ」

寿子が取り出したものを見て、ゆかりは悲鳴を上げそうになった。咄嗟に両手で口を押える。

「ほうら、ね」

陰茎の先を洗濯ばさみで挟まれた勝人は、堪え切れない叫びを口の端から迸《ほとばし》らせ、嗚咽した。

「せっかく男に産んでやったのに、なぜなの。わたしが手にできなかったものすべてを手に入れられるのに、なぜ、わたしの子どもは」

寿子の瞳に広がる暗晦《あんかい》には微かな光も存在しない。

「なぜ生まれてきたの」

ぎゅっと瞑った勝人の目から、とめどなく涙が溢れる。

「空っぽのまま生まれて空っぽのまま死んでゆくの？　わたしになれないのなら、せめて複製品になってちょうだい。拡大しろとは言わない、模倣でいい、お飾りの役員でいい、だからお願い。わたしの会社を潰さないでちょうだい。下衆な男たちに吸収されないようにしてちょうだい。体裁は保ってあげる、それはわたしにとっても重要なことだから」

こんな時に寿子はなにを言っているのだ？　会社？　複製品？　今相手にしているのは部下でもなんでもない、彼女の息子なのだ。まだ小学校に上がったばかりの子どもなのだ。

「命より、なにより大事な会社を託せるようにわたしの複製品になってくれればいいの。ただそれだけなのよ。難しいことじゃないわ。できるわね？」

「ごめんなさいごめんなさいごめんなさい」

「謝罪は望んでいないのよ。それはわかっているでしょう。わたしの言うことを理解した？　わかるまで何度でも言うわ。わかったの？」

勝人は鼻孔を膨らませ空気を肺に取り込みながら、正しい返事をしようと必死だ。頷きかけた頭を傾げ、苦しそうに首を振る。能面を脱ぎ捨て、さも残念そうに眉を下げた寿子が定規を振るう。

これ以上は耐えられそうになかった。言うことをきかない膝になんとか力を入れると、ゆかりは廊下を引き返し始めた。よろよろと進むうち、指先が壁にかけられた絵画の額縁に当たりこつんと音を立てた。後方の部屋が静まり返る。乾いた咽頭が窄《すぼ》まる。ゆかりの耳に、

「母よ」寿子の声。「紫のカーディガンが見えた」

寿子や浩司がやって来る気配はない。寿子は再び定規の鞭を振るい出し、部屋からは勝人の押し殺した悲鳴が響く。

いつの間にかゆかりは泣き出していた。涙を拭うこともせず、一度も振り返らず、ゆかりは母屋を後にした。

冷たい布団の中で震えながら、ゆかりはぐるぐると考え続けていた。「母よ」寿子は言った。それを聞いた浩司は驚きに声を上げるでもなく、言い訳しようと追いかけて来るわけでもなかった。勝人にしても、祖母に助けを求めることをしなかった。

千景も知っているのだろうか。だから、寿子も浩司も冷静だった？　我が子が孫に鞭を振るっていると知っていて、平然と暮らしていられるものだろうか。

いくら考えても答えは出なかった。

薄暗い部屋で身体を起こしたゆかりは決断しないことを決断した。

答えを出すのはわたしではない。

着替えを済ませ、部屋を出ようと仏壇の前にさしかかる。ゆかりは女性の遺影を摑むとばたんと伏せた。

一睡もできないまま朝を迎えたゆかりの顔を見て千景は笑った。枕が変わると寝られないタチなのね、などとのんきなことを言っている。

今言おうか。でも――。

ゆかりは喉元まで出かけた言葉を呑み込んだ。

千景と共に母屋へ向かったゆかりは、世にも珍しいものを目にする。ゆかりの姿をみとめた寿子の顔色が変わったのだ。

「あなたどうして――」

寿子の問いに千景が答える。

「昨日の雪で電車が不通になってしまったのよ。だから離れに泊ってもらったの」

「——そう」

雪の中、辺りを窺っていたのと同じ猜疑に満ちた眼で見られていることにゆかりは気付いた。

玄関前で見送る際、寿子の視線が離れと母屋の間を行き来した。その直後、鋭い一瞥がゆかりに投げられる。

蔑み、貶むその視線は、ゆかりの心を重く沈ませた。

二つの建物を渡る足跡の種類は二つ。千景の長靴がつけた片道だけの新しい跡。それより一回り大きいゆかりのブーツの痕が往復と半分。

覗き魔の正体を知った寿子は能面のような顔でハンドルを握っていることだろう。

ゆかりは身震いした。

母屋で朝食の準備を進めるゆかりの後ろを、寝起きの浩司が通り過ぎる。

「おはようございます」

いつもとなんら変わりない浩司の様子に、ゆかりはかすかな安堵と激しい苛立ちを覚える。手を上げる妻から我が子を守るでもなくただじっと座っていた父親。二人とも同罪だ。いや、むしろ、傍観者でいられる父親の方が罪は重いのかもしれない。

浩司の後ろ姿をねめつけるゆかりは、いつの間にか強く包丁の柄を握っていた。リビングの入り口で、パジャマ姿のままの勝人がじっとこちらを見ているのに気付き、包丁をまな板の上に置いた。

「おはようございます」

勝人はゆかりの挨拶に応えず、上目遣いにこちらを見るだけだ。

「勝人」

千景が嬉しそうに勝人に近づく。白い顔の中の目は、ゆかりを捉えたままだ。ゆかりは浩司が部屋から出たのを確認してから二人に近づいた。勝人が目を瞠る。

「どうしたの、もう起きたの？」

千景の問いかけにも応答しない。ゆかりが千景に話しかけようとすると、勝人は持っていたタオルケットをかき抱き、右手の親指を咥《くわ》えた。それに気付いた千景は仰天したように、

「勝人、どうしたの。おしゃぶりなんてやめなさい。赤ちゃんみたいよ」

勝人は頑としてやめない。だれにも触ることを許さないタオルケットを抱いたまま指を咥えている。

何年も洗われていないタオルケットを寿子が無理矢理にでも捨てないのは、それさえあれば息子と離れていられるからだ。慕って追い回されることがないからだ。ぼろ

ぼろのタオルケットをきつく抱いた勝人を見ると、ゆかりの決心は揺らいだ。

でも、このままにはできない。

「千景さん、あの――」

祖母の視線が外れるのを待っていたかのように、勝人が素早く首を振った。

いっぱいに見開かれた小さな目は、

「言わないで」

間違いなく、そう言っていた。

3

今、星也に聞こえるのはエアコンの作動音だけだ。喉がカラカラなのは暑さのせいではない。膝の上で固めた拳はじっとりと汗をかいていた。

話の途中、ゆかりが寿子の行為に「吐き気が込み上げた」と言ったが、星也もまさに同じ気分だった。

「それで――」

なんとか絞り出した声はかすれて自分の声とは思えない。

「それで、そのままにしたんですか」

思いがけず責めるような口調になったのは、あまりにも鮮明に虐待の光景が目に浮かんだからだ。

「見て見ぬふりをしたんですか」

責めるべき相手は目の前の女性ではないと頭ではわかっているのに、言わずにはいられなかった。今、星也が思い浮かべるのは成人した勝人ではなかった。だれでもないが、確実に存在し、傷つけられた子どもだった。

「見て見ぬふりをしたんですか」

星也は繰り返した。それが精一杯だった。自分はその場にいたわけじゃない。でも、もし彼女の立場だったら絶対にそのままにはしなかった。たとえ、相手があの寿子でも。

ゆかりは何度責められても顔色一つ変えなかった。まるで、そんなことは何万回も自問自答したのよ、とでもいうように。

「そうですね。そう言われても仕方ありません。あのことを口にしたのは今が初めてですから」

淡々と語る彼女からは感情らしきものを感じることはできなかった。

「寿子さんや浩司さんに直談判することはありませんでしたし、千景さんにも言えませんでした。千景さんには何度言いかけたかわかりません。でもその度にタオルケットを抱いた勝人さんの顔が思い浮かぶのです。色のない顔で、必死に首を振っていた勝人さんを」

「虐待する親の元にいたいなんて思うはずがない。引き離すべきだったんだ」

ゆかりがさっと顔を上げた。その目は、星也の無知を嗤うようでもあり、純粋さをうらやむようでもあった。

「どんなにひどい親でも、その子にとっては唯一の親なのですよ」

「その親が彼を傷つけた。彼は子どもだったんですよ。一人じゃなにもできない子どもだったんだ。大人のあなたが助けないで、いったいだれが彼を救えたんですか」

対峙する二人の間に沈黙が落ちた。

ゆかりは息を吸い込んだ。

「今、やっと救われているのかもしれませんよ。あなたのお姉さんに」

星也に言えることはなにもなかった。

「砥石さん。あなたはお姉さんと勝人さんを結婚させるのが不安なのでしょう？　矢羽田家の過去からあらを探して、それを勝人さんに突き付けるためにここへいらしたのではないのですか」

「あらだなんて、そんな――」

「幼少期の勝人さんにひどく同情なさっているようですが、そうならむしろよかったのではないですか。勝人さんに対する見方が変わって、結婚に賛成できるのでは？」

「それは――」

「親から愛を受けられなかった勝人さんが、やっと自分を愛してくれる人に出逢えたのだとしたら？　もしそうなら、二人にとって不安材料なのは砥石さん、あなたなのかもしれませんよ」

返す言葉がなかった。なにもかも、ゆかりの言う通りだったからだ。

「わたしが離れに泊ってから数日後、寿子さんは家政婦紹介所に要員の交替を申請しました。知られてはならないことを知られたわけですから、当然ですね。わたしもそうなるものだと覚悟していましたので、連絡を受けてもまったく驚きませんでした。もしかすると、矢羽田家を去ることがわたしにとってはいいことなのかもしれないと思い始めていましたし。でも、交替を知った千景さんが反対しましてね。寿子さんに言い負かされそうになっても引き下がらず、結局わたしは矢羽田の家に残ることになりました。わたしはその後、然るべき所へ通報することもしませんでした。それは、わたし自身の苦い経験のせいです。加害者が親からほかの親族や他人に代わるだけで、もっとひどい状況になるかもしれない。なにより、勝人さんがそれを望んでいないのに、親子を引き離す権利がわたしにあるとも思えませんでした」

星也はまたしてもゆかりを責めそうになるのを、ぐっとこらえた。

「そうこうしている間に気付いたことがありました。砥石さんがおっしゃるように、わたしは勝人さんを救えませんでしたが、抑止力にはなっているのだと」

「……抑止力？」

「ええ。他人に知られている、という事実が寿子さんの中で抑止力となったのです」

「橋元さんは通いの家政婦だったんでしょう？　あなたが帰った後、目撃した夜のようなことがなかったと、どうして言い切れるのですか」

「まず、寿子さんが変わりました。それまでわたしに一瞥すらくれなかった彼女が、毎朝わたしの様子を窺うようになったのです。わざわざ会話を交わすようなことはしませんでしたが、わたしの存在を意識しているのは明らかでした」

「それは、毎晩同じことをしていたからかもしれない。翌朝、あなたに気付かれてはいないかと様子を窺っていたのではないですか」

「いいえ。あれ以来、勝人さんのシーツを換えるのは、わたしの仕事になりましたから」

「というと――」

「勝人さんはそれまでは、毎晩汚れたシーツごと剝がされ立たされていたのが、わたしが抑止力になってからは、冷たいシーツの上で目覚めることになったからです」

すでに過ぎ去ったことなのに、星也は胸を撫でおろさずにはいられなかった。

「勝人さんの、その――」

「夜尿症ですか？　十歳まで続きました。毎晩続くこともあれば、しばらく治まる期間があったりと波がありましたが、十歳の時、ぴたりと治まりました」

「よく覚えていますね」

星也の言葉にゆかりは薄く笑った。その自嘲的な笑みは、星也を不安にさせた。

「ある日を境に治まったのです。それは、わたしの二度目の黙認とほぼ同時でした。

始まりは――」

4

始まりは小春日和のある日、きっかけは洗濯物だった。

離れには濡れ縁があり、そこで乾いた洗濯物を畳むのがゆかりの日課だった。濡れ縁は広い庭に面していたから眺めもよかったし、なにより風があたって気持ちがよかった。仕事をしながら仕事だということを忘れられる、貴重な時間だった。

いつも通り濡れ縁で洗濯物を畳んでいたゆかりは、風に煽《あお》られ庭に落ちたタオルを拾おうと身を屈《かが》め、縁の下で光る二つの目を見つけた。よく見ると、それは腹の大きな雌猫だった。ゆかり自身猫は好きだったが、住み着かれても困るだろうから追い払おうかと進言すると、千景は柔和な顔で首を振った。

「出産間近の猫は警戒心が強いの。無理に追い払おうとすれば怪我をするわよ。それに、産後住み着く猫は少ないわ。子猫を外敵から守る為に巣変えをするから。でも――」

縁の下を気にしながら千景はおどけたように言った。

「縁の下じゃ、家賃は貰えないわね」

ゆかりは思わず吹き出した。

それから、ゆかりはちょくちょく縁の下を覗くようになった。母猫は大抵同じ場所に丸くなっていたので、ササミや煮干しを床下に置いたりした。警戒しているからかすぐ餌に喰いつくことはなかったが、翌日覗き込むと餌はきれいに無くなっていた。

一週間後のある朝、昨晩の餌が手つかずになっていた。具合でも悪いのかと心配するゆかりに、千景は「もうすぐ生まれるのね」と言った。

勤務時間内に母猫が出産することはなかったので、翌朝、可愛い子猫が見られるとゆかりは期待に胸を膨らませ矢羽田家へ向かった。

離れに着くと迷わず縁の下を覗きこんだが、そこに子猫の姿はなかった。母猫の姿もない。

もしかしたら——昨夜降った雨で、千景が離れに入れたのかもしれない。そう思い、離れに入ってみたが猫の姿はなかった。行方を訊こうにも千景の姿が見当たらない。母屋でそわそわした様子のゆかりを見て、新聞を広げた浩司が「探し物ですか」と訊いてきた。「いえ、なにも」ゆかりは答えて仕事に取りかかった。

母屋の脱衣所で洗濯物の仕分けをしていると、ゆかりは袖口がひどく汚れたシャツを見つけた。勝人のシャツだ。それはどう見ても血の汚れだった。ゆかりは思い返す。昨日、帰って来た時怪我をしていたかしら？　気付かなかったけれど。染み抜きの作業をすると、ほとんどわからないくらいに落ちた。

ダイニングに戻ったゆかりは朝食の準備を進める。矢羽田家の朝食は相変わらず寿子を除いた全員で摂る。ゆかりは、寿子が運転中でも食べられるようにお握りやサンドイッチなどを前夜にこしらえる。だから、二人は朝のわずかな時間——寿子がゆかりの様子を窺うくらいの時間——しか顔を合わさなかった。

浩司の話によると、千景は回覧板を届けに隣人宅へ向かったらしいが、耳の遠い一人暮らしの隣人は、家を訪ねてくる人を引き止めるのが常だった。もしかしたら千景は朝食をお腹に入れて帰って来るかもしれない。浩司も同じ考えだったようで、二人は千景抜きで食事を始めた。給仕をしながら、ゆかりはさりげなく勝人の手首を観察した。特に怪我をしている様子はなかった。鼻血が出て擦ったのかしら？　勝人に限って友達を怪我させたりはしないと思うけれど——可愛さ故の確信ではなかった。

ゆかりは子どもが好きだし、なによりこの家に勤めて十年、新生児の頃から見てきた——時には世話さえした——勝人に、過分な愛情を抱いていいはずだった。しかし、ゆかりが勝人に抱く感情は愛情とは程遠く、同情以外のどんな感情も抱けずにいた。

この子は、他の子とは違う。

三年前の出来事以来、矢羽田家に居続けることで抑止力としての役割は果たしてきたつもりだ。ただそれは、同じような目に遭った者としての同情と、大人としての責任感からだった。

この子は、なにかがちがう。

そんな思いがゆかりの胸に長く居座っていた。

勝人は大人しい子どもだ。いつも控えめで目立つことはしない。

頭では愛さねばならない対象だとわかっていても、心の奥底にあるなにかが、そうすることを拒んだ。表面上可愛がるふりをするのが精一杯だった。勝人の異常性を感じてからは不信感が先に立った。

勝人は、薄い唇と張ったエラ以外は父親に似ていた。特に気弱なところなどはそっくりだった。いじめられることはあってもいじめることはない子だ。ましてや暴力を振るうなど考えられない。

二人を見送ると、ゆかりは食洗機に汚れた食器をセットした。脱衣所に向かう途中で洗濯終了のブザーが聞こえる。絶妙なタイミングに、ゆかりは鼻歌交じりで洗面所に向かう。丁寧にシワを伸ばしながら、勝人のシャツを確認する。袖口の染みはきれいにとれていた。

物干しは離れの庭にある。濡れた洗濯物を下げて長い距離を移動するのが年々億劫になる。最近肩も上がりにくいし、嫌でも歳を感じる。ああ、でもいいお天気だこと！　空気はちょっと冷たいけれど、それがかえって清々しく良い朝だ。洗濯物を竿に吊るし終えると、ゆかりは腰に手を当てて首を回した。次に肩の体操でもしようかと腕を上げかけた時、視線の先の植え込みに違和感を覚えた。

春になると株いっぱいの紅白の花弁が競演する矢羽田家の躑躅《つつじ》は、それだけでも見事なものだ。この時期、花のない躑躅は殺風景で華やかな色はなにもない。なにもない、はずだ。しかし。

目を凝らす。

やっぱり。躑躅の根元に、色がついている。地味な色なのでよくよく見ないと分からない。黒に近い、グレー。肥料かしら？　ゆかりは却って肩が凝りそうな体勢のまま躑躅に近づいた。

グレー。毎日見ていた丸い塊。あれは——。

躑躅の根元に野ざらしにされていたのは、縁の下にいるはずの母猫だった。

ゆかりは猫たちから目を逸らせずにいた。子猫は全部で四匹いたようだ。断定できないのは、バラバラにされた猫がいたからだ。一見無傷のように見える子猫も、とても息をしているようには見えない。そして、それらの子猫は母猫が産んだのではない。産んだのではなく、引きずり出された。母猫は腹を裂かれていた。母猫の開いたままの目に雨水が溜まって、まるで涙を流しているようだった。

体中の血が冷えて、心臓が不気味に脈打っているのが分かる。込み上げた悲鳴と吐き気を、目を逸らす事でゆかりはなんとか抑えた。

――何が起きたの？

口元を押さえても、指の間から低い呻きが漏れた。

――戻ろう。

ゆっくりと後退しようとするが、膝が笑って上手くいかない。

背後から突然声をかけられ、ゆかりは今度こそ悲鳴を上げ、尻餅をついた。振り返ると、困惑顔の千景が立っている。彼女は猫たちを見ていないようだ。まだ、気付いていない。

ゆかりは自分でもびっくりするくらい俊敏に立ち上がった。その場に立ったまま、サフランの開花はまだかと庭を見ていたと、スラスラと嘘がでてきた。

千景は訝る様子もなく母屋へ引き返して行った。ゆかりが、まだ震える膝に手をつこうとした時、また千景が顔を出したので、ゆかりは飛び上がった。もう一度お隣へ行ってくるという。その後もなにか話していたが、全く耳に入らなかった。

千景が門を出るのを確認すると、ゆかりは行動を起こした。物置から出してきたシャベルの先を、松の木の下に突き立てた。青天の下、ザクザクと土を掘る音がやけに大きく響く。無機質なその音は、耳と心に記憶されて、ゆかりはしばらく悪夢にうなされることになる。猫の死骸と土を掘る音。これはいつもセットで蘇る。

雨で柔らかくなっていたのは表面だけで、徐々に硬くなっていく土にシャベルの先はなかなか喰い込まず、ゆかりの手首はジンジンと痛んだ。一度だけ、猫たちを見る為に振り返ったが、あとは無心で掘り進めた。穴を掘り終えると、母屋から古くなったシーツとゴム手袋を持って来た。墓穴にシーツを広げ、そこに母猫から順に、そっと下ろしてやった。死んだ猫のからだは固く、しかし毛並みは柔らかく、その相反する感触が視覚よりも強烈に、死の現実をゆかりに突き付けた。

すべての猫を納めると、ゆかりはシーツで包《くる》んだ。母猫は我が子を見る事もなかっただろう。子猫は、小さな目を開けることなく死んでいったのだろう。痛ましく憐れで、ゆかりの頬に涙が伝っていた。

シャベルは土の汚れをきれいに落とし、物置にしまった。血のついたゴム手袋は新聞紙で何重にも包んで捨てた。そうして猫の送葬を終え、ゆかりは濡れ縁にドスンと腰を下ろした。体の力が抜け、魂までどこかへ行ってしまったように感じる。

さやさやとそよぐ風をうけ、ほつれた髪が頰を撫でた。それが呼び水となって、ゆかりはようやく思考できるようになった。

犯人は勝人だろう。

母屋にシーツとゴム手袋を取りに行った時、下駄箱下の空間から庭の手入れの時に履く長靴を取り出した。その時、そこに押し込まれた水色の雨合羽と泥で汚れた長靴を見つけた。そんなものを見なくても、シャツの汚れだけで充分だった。そう、犯人は勝人だ。

しかし——。わたしにできることは？　墓を掘る以外に何がある？　勝人を叱る？　このことを矢羽田の誰かに告げ口する？　誰に？

「お隣のおばあちゃん、話が長くて。でも、つきあってあげるのもお付き合いだからら」

隣人から解放された千景が戻って来た。よいしょ、と言いながら、ゆかりの隣に腰を下ろす。

逡巡しているゆかりに、千景は少女のような目を向けた。

「そう言えば、店子《たなこ》は増えたのかしら」

言わんとしていることがゆかりにはわからなかった。それが顔に出ていたのだろう、千景はおどけた顔になって人差し指を下に向けた。

ああ、子猫のことか。

猫は全部、勝人が殺してしまいましたよ。だからわたしが松の木の下に埋めました。

「さあ。朝見た時には、母猫の姿はありませんでしたが」

千景は驚いたように口をOの字に開くと眉根を寄せた。そして、心から落胆したように言った。

「子猫が生まれるのを勝人も楽しみにしていたのに。きっと残念がるわ」

張りつめていた糸がぷつんと切れた気がした。溺愛する孫が小さな殺戮《さつりく》者だと知ったら、千景はどんな顔をするだろう。

裂かれた腹。飛び出しそうな眼球。切り取られた尻尾。小さな骸《むくろ》。

浩司に言ってみようか——あの気弱な男に何ができる？　自分の子どもが目の前で痛めつけられているのになにもできないような男になにができる？　では寿子に？　そんなことをしたら、再び夜の儀式が始まるのでは？　そもそも、成績以外に興味のない彼女が今度のことだけ関心を持つとも思えない。

勝人を叱る？　何のために？　大人の正義？　勝人がそのことを歪曲《わいきょく》してだれかに話したら？　勝人が千景に懇願したらどうなるだろう？　今の家政婦さん嫌だよ。替えてよ。

わたしがいなくなったら――抑止力がなくなったら――再び始まるのでは？

墓を作ってやった。それで充分じゃないか。あとは家族に任せればいい。

だから、ゆかりはそのことを誰に報告するでもなく、勝人を問い詰めるでもなく何もしなかった。小さな殺戮者を知るのは、ゆかりと松の木だけ。

それ以降、村から野良猫が姿を消した。それを知っても、ゆかりはただ、松の木を眺めるだけだった。

5

「――その後は抑止力として残ったのですか」

星也はアイスコーヒーのグラスを取ると、半分ほどを飲み干した。嫌な気分だった。何ともいえない気分の悪さだった。飲み込んだものが大人しく胃の中で納まることを星也は祈った。

「そのつもりでした。今思えば、自分にそう言い聞かせていただけなのかもしれません。勝人さんが不憫でしたし、なにより勝人さんを見捨てて逃げるようで辞めるに辞められなかったからです」

「そう言えば、里田村で聞いたんです。勝人さんが野良猫を飼いたがったけれど、寿子さんに反対されて叶わなかったことがある、と」

ゆかりはしばらく考えるようにしていたが、

「そのような記憶はありません。わたしが矢羽田の家を出た後の話ではないですか」

今度は星也が考える番だった。良子は何と言っていたか。

「いいえ。勝人さんが小学生の頃の出来事だったはずです」

「だとしたら、今の話のことでしょうね。猫がいなくなった言い訳を、周囲にはそのようにしたのだと思います」

星也は、胃の中のコーヒーが波打っているような気分になった。

「松の木の下を掘ってからは、なんと言うか――庭で沢山虫が死んでいたのを見た直後の気持ちがよみがえって、勝人さんに対して唯一感じていた同情心が薄れていったのです。成績のことしか頭にない寿子さんや、息子に無関心な浩司さん、孫のことを見ているようでなにも見えていない千景さんに対しても、怒りを通り越した呆れのような心境にもなっていました。それなのに、なぜ矢羽田の家に残ったかと言うと

――」

ゆかりが口を閉じた。言葉を探しているようだった。

「寿子さんに対してではなく、わたしの存在が勝人さんの中にある『なにか』の抑止力になりはしないかと思ったのです」

「それはつまり――」

「砥石さんも感じたのでしょう？　勝人さんはなにかがちがうと」

ゆかりはしっかりと星也を見据えた。

「勝人さんは上手く『それ』を抑えつけていて、よくよく注意してみないとわかりませんが、確実に『それ』は存在しています。猫の一件以来、わたしは確信しました。ただ、口を噤んでしまった。野良猫を見かけなくなっても、犯人は勝人さんだと確信しているのにそれをだれにも言いませんでした。それでも、わたしは重しの役目を果たしていると信じていたのです。猫を殺すことはやめられなくても、それ以上にはなり得ないだろうと高をくくっていたのです」

星也の腕にすっと鳥肌が立った。

「なにが言いたいのですか。まさか、勝人さんが――」

「ひとを殺したわけではないのだし」

星也はハッとしてゆかりを見つめた。

「いったいなにを――」

「勝人さんはひとを殺したわけではない。だから、騒ぐ必要などない。当時のわたしはそう自分に言い聞かせていたのです」

星也は固唾を飲んで話の続きを待った。

「わたしの選択は、すべてがまちがいだったように思います。夏の庭、寿子さんの行為、十歳の秋のこと……いずれか一つでもだれかに話せていたら。そうしたら――」

「話せていたら？　そうしたら、なにがちがったのですか」

ゆかりは肩を落とした。

「わたしの存在は、勝人さんの中にある『なにか』の抑止力にはなりませんでした。むしろ、勝人さんにとってわたしは実験台だったのかもしれません。狡猾に動くためにはどうすればよいかを学ぶための」

「なぜ」

星也の喉元がごくりと音を立てた。

「なぜ、そんなことを言うのですか」

「わたしが矢羽田の家を出たのは千景さんが亡くなった後すぐです。紹介所にも寿子さんにもそれが理由で辞めたいと申し出ました。わたしが言わなくても寿子さんから解雇通告があったはずですが……耐えられなかったのです、あの家にいることが。勝ゆかりは、テーブルの上で組んだ両手を固く握り合わせた。

「千景さんが亡くなった日は、里田村にとって――すべての親と子にとって、あってはならない日でした」

「佐藤博希君のことですね」

「そうです。砥石さんはその事件のことについてご存じのようですので、ここで詳しくは申しませんが。

あの日、わたしは紹介所の会合を終えて出勤しました。思いがけず長引いて、矢羽田の家に着いたのは六時過ぎでした。村の様子がおかしいことにはすぐ気が付きました。パトカーを何台も見かけましたし、村の人があちこちに群れを作っていましたから。その時にはなにが起きたのか知る由もありませんでしたけれど……。

門扉《もんぴ》が閉ざされていたので、わたしは車から降りました。大きなお屋敷ですが、矢羽田家には車庫がありませんでしたから、車の出入りがしやすいように門扉はいつも開け放されていたのです。おかしいな、と思いながら扉を開けたのを覚えています」

星也は思い返す。葉月と一緒に矢羽田家を訪れた時も門扉は開いていた。

「扉の向こうに千景さんが倒れているのが見えて――慌てて駆け寄りました。でも、膝をつく前に、もう亡くなっているとわかったのです。仰向けに倒れた千景さんは、余程苦しかったのか、喉元に爪を立てていました。両手が、こう——」

ゆかりは実際に、その様子を再現してみせた。両手の指が関節ごとに曲がり、手のひらが見えないなにかを必死に摑んでいるようだった。

「曲がって、顔が苦悶に歪《ゆが》んでいました。中でもその目が……いっぱいに見開かれた目が、おそろしいものでも見たように——」

一旦言葉を切って、ゆかりは続ける。

「まるで視線の先にまだそれがいるようで、わたし——わたし、思わず見上げてしまったのです」

ゆかりの目が恐怖に染まる。

「こちらを見下ろしている勝人さんと目が合ったのです」

星也の全身に悪寒が駆け抜けた。

「勝人さんの部屋は玄関の真上に位置していましたから、窓を覗けば門扉の辺りがよく見えるのです。勝人さんがなぜ——どういうつもりでこちらを見ていたのかはわかりません。でも、あの時の勝人さんはまるで……まるで、千景さんが亡、亡、亡くなっ、なっ、ていることを知っ、知っ、ていて、続きを見ようとしていたように見えました」

「それは――それは、勝人さんが祖母を殺したという意味ですか」

ゆかりは即座に首を振った。

「千景さんは病死です。急性心不全でお亡くなりになったのです」

まるで、自分に言い聞かせるようにゆかりは言った。

「家庭教師は？　博希君事件の犯人は勝人さんの家庭教師だとか。事件当日も矢羽田の家に行ったのですよね」

「そのようです。家庭教師の坂上さんが来る日は、週に一度の全校一斉下校の日と決まっていました。その日は学校から早く帰宅できるのです。たしか、三時頃だったように記憶しています。坂上さんは、五時から一時間程度勝人さんを教えていました。あの日、わたしが矢羽田の家に着いた時にはもういませんでした。勝人さんも、六時に坂上さんが家を出るのを千景さんと一緒に見送ったと警察に話したようです」

「彼は怪我をしていたそうですが……だれも不審に思わなかったのでしょうか」

「手当てをしたのは千景さんだと思います。仏間のテーブルの上に、救急箱が出しっぱなしになっていましたから。それは警察の方にも話しました」

「その時、千景さんが事件に気付いた可能性はないでしょうか。それで千景さんのことも――」

「それは警察も疑ったようです。直前に起こした殺人を知られて千景さんのことも手にかけたのではないかと。でも、千景さんは司法解剖されて、まちがいなく病死だと判明したのです」

「門扉はいつも開け放しているのが常だった、と話にありましたが、その日に限って扉は閉まっていたのですね。普段は開け放したままの扉を、だれが閉めたのでしょうか」

ちょっと考えるようにして、ゆかりは言った。

「そのことは何度も考えました。千景さんか勝人さんしか考えられませんが、勝人さんは否定しました。となると、千景さんが閉めたのでしょう。理由があってのことなのか、今となってはわかりませんし、万が一、その時扉が開いていたとしても事態が変わったとは思えません。後で知ったことですが、急性心不全は突然起こって死に至るまでさほど時間はかからないようですから」

「勝人さんが中学二年の時、クラスメイトが行方不明になっているのですが、そのことはご存じですか」

ゆかりの顔色が変わった。博希や千景の話をした時には見せなかった変化だ。

「知っています。テレビや新聞で報道されていましたから」

テーブルの上の両手を、ゆかりは落ち着かない様子で組み替えている。

「殺人の被害者と行方不明者が、あんなに小さな村で続けて出るなんておかしいと思いませんか」

ぎくりとしたように、ゆかりは身を強張らせた。

「そんなことをわたしに言われましても――」

「橋元さん、大丈夫ですか。顔色が悪いですよ」

ゆかりは若草色のブラウスを着ていたが、その明るさをもってしても顔色の悪さを誤魔化すことはできなかった。華の居どころがわからず勝人と連絡がつかない――そう聞いた時、ゆかりは今と同じように顔色を変え、動揺を隠せなくなった。

「大丈夫です。ただ少し、話し疲れただけで」

ポケットから取り出したハンカチで、ゆかりは額の汗を拭う。

「もしかして、なにかご存じなのですか？」

ゆかりが目を剝いた。

「まさか。わたしはその時すでに矢羽田の家とは無関係でした。おかしなことを言うのはやめてください」

「なにをそんなに焦っているのですか。だれも橋元さんが犯人だとは言っていないのに」

　ゆかりは色のない唇を噛んだ。

　勝人を間近で見てきたゆかりは彼の異常性に気付いた。勝人の中にある「なにか」＝異常性は、年を追うごとにエスカレートしていった。自分の存在が抑止力になると信じゆかりは矢羽田家で家政婦を続けたが、異常性にブレーキをかけることはできなかった。千景が病死だと明らかになっても、ゆかりは勝人の「続きを見ようとしていたような目」を忘れられなかった。

「ずっと疑っているんですね、勝人さんのことを」

　眉を吊り上げたゆかりはなにか言おうと口を開きかけたが、観念したように、

「千景さんを殺したのは勝人さんではない。いくら自分に言い聞かせても駄目でした。あの時の勝人さんの顔――。猫のこともそうです。あの時わたしが口を噤んだばかりに――。わたしが黙っていたせいで諸々の事件が起きたように思えてならないのです。先ほど申しましたように、わたしがなにか一つでもだれかに話していれば」

「行方不明者は出なかった？　勝人さんの関与を疑っているのですね」

「こういうのを心証と言うのでしょうね。証拠はなにもありません。ただ、思うのです。猫の次は、もっと大きな獲物が必要だったのかもしれない、と」

顔色は悪いままだったがゆかりは落ち着いていた。落ち着き払った口調が、星也はより恐ろしかった。

「夢の話をしたでしょう？　わたしの家族が炎に包まれる恐ろしい夢です。家族を火事で失ってから、同じような夢を繰り返し見ました。ところが、ある日を境に見る夢が変わったのです。わたしは夢の中でいつもシャベルを持っていて、松の木の下を掘っています。ザクザクという音も、手に伝わる土の硬い感触もなにもかもがあの時の再現なのです。ただ、一つだけちがう点があります。わたしが埋葬しようとしているのは猫ではなくシーツに包まれた人間の遺体だということ。それも一体ではなく、何体もの遺体が庭に横たえられ列をなしてわたしに埋葬されるのを待っているのです」

星也は唾を飲み込みたかったが、口腔内はカラカラに乾いていた。

「お姉さまと早く連絡がつくといいですね」

二人を隔てる鉄の塊がゆっくりと閉ざされる。狭まる向こうの世界で、ほんのわずかだが肩の荷が下りたような顔をしているゆかりが見えた。

ドアがバタンと音を立てる。じめついた空気が星也を包む。まるで、世界中の湿気を纏った気分だった。心も身体も重かった。階段を下りる度に重さを増す言葉があった。

『ひとを殺したわけではないのだし』

『続きを見ようとしていたように見えました』

ビルを出ると星也は三階を見上げた。窓辺にゆかりが立っているのが見える。

『猫の次は、もっと大きな獲物が必要だったのかもしれない』

疑念を振り切るように一礼すると、星也は鼠色の建物に背を向けた。

6

里田村に着いたのは午後八時過ぎだった。

ゆかりから話を聞き終えた星也は家へ帰ったが、いたのは巴だけだった。巴は個人医院数ヵ所を回ったと言った。念のために駅裏の病院も寄り、最後にアパートへ行ってみたが華はいなかった――そう言って肩を落とした。

国道を走っている時には空を緋色に染めていた太陽も、村道を走る頃にはすっかり沈み、車のライトが唯一の光源になった。そんな中で、矢羽田家は異様な佇まいを見せていた。真っ白な漆喰の建物は闇の中でも威容を浮かび上がらせていた。

門扉の前でエンジンを切ると、星也は車から降りた。開いたままの門扉を潜り、母屋の玄関へ向かう。灯りがもれている。インターホンを押すとパッとライトが点灯した。目を射られ思わず顔を顰《しか》める。夜間の訪問者はみな、この洗礼を受けるのだろう。

「どちらさまですか」

勝人の声ではなかった。蚊の鳴くような男の声だった。

「砥石と申します。勝人さんはご在宅ですか」

「――家にはおりません」

「いつ出かけましたか？　今朝ですか、昨日ですか」

インターホンが沈黙した。かすかなノイズの後、

「お引き取り下さい」

囁くような声だった。直後、唐突にライトが消えた。焦った星也は再びインターホンを押した。強力な光が顔を照らす。

「勝人さんに訊きたいことがあって、どうしても連絡を取りたいんです」

返事はない。

「姉と連絡がとれないんです。おそらく勝人さんは俺の姉と一緒です。お願いします！　勝人さんの行き先を教えてください」

ジジ……。雑音混じりの沈黙が続く。返答はない。

「お願いします」

今度は即答だった。

「お引き取り下さい」

インターホンが切れた。

星也は庭の駐車スペースを見回した。白いセダンが一台停まっているきりだ。これは今応対した勝人の父、浩司の車だろう。

巴の車に引き返した星也はダッシュボードからメモ用紙とボールペンを取り出した。そこに自分の名前と携帯番号を書きつける。門扉横のポストを通り過ぎ、庭で拾った小石を重石にし、玄関前に紙を置いた。今度はインターホンを鳴らさず、大声で言った。

「連絡先を置いていきます！　勝人さんと連絡がとれたら報《しら》せてください！」

白い要塞は沈黙したままだった。

7

午前七時、巴はリビングのソファーにぐったりともたれかかっていた。星也はコンビニで買って来たおにぎりの包みを剝がし、巴に差し出した。

「食べろよ」

巴は力なく首を振った。星也は持っていたおにぎりをテーブルに置くと、

「昨日から食べてないだろ。全然休んでないし」

「あんたが食べて」

里田村から帰る途中、星也は思いつく限りの場所へ寄り華を探した。華の職場のコーヒーショップはすでに閉まっておりハルナから話を聞くことはできなかった。彼女の連絡先を聞いておくべきだったと後悔しながら、ダメもとで彩り建設にも行ってみた。もちろんのことながら会社は閉まっており、人がいる気配は皆無だった。近所のコンビニやファミレス、深夜営業している店は隈なく探したが、華を見つけることはできなかった。

巴は星也の帰りを待つ間、警察官である斎藤に連絡を取っていた。斎藤のアドバイ

スに従い、巴はもう一度華のアパートへ向かった。自らの意思で計画的にいなくなった可能性を調べるために、アパートからなくなっているものを調べるようにと言われたのだ。

銀行の預金通帳、財布、クレジットカード、車の免許証、パスポートや保険証などの身分証明、洋服、鞄、アクセサリー。また、書き置きなどがなかったかどうか。

預金通帳と印鑑は小物入れに入っていた。保険証と車の免許証、クレジットカードは普段から財布に入れて持ち歩いていたから、消えたバッグの中にあるのだろう。

洋服については、クローゼットも衣装ケースも、ごっそり一部だけ消えていることもなかったし、巴が覚えている限りなくなっているものもなさそうだった。もちろん書き置きもなかった。

「念のためにもう一度華のアパートに寄って、それから警察署へ行ってくる」

巴は、朝までに華と連絡が取れなかったら行方不明者届を出すと決めていた。斎藤もそれを勧めたようだった。

「着替えてくるわね」

よろよろと立ち上がり、巴は自室へ向かった。

星也は華の職場へ行ってみるつもりだった。西という男がいれば彼からも話を聞きたかった。ハルナに見せてもらったラインからわかるのは、華は西を送らず病院の前で別れたということ。華が勝人と一緒でないなら、西が華と一緒にいた最後の人物だ。別れ際、もしかしたら華はなにか話したかもしれない。星也は、なんでもいいから手がかりが欲しかった。

支度をしようと立ち上がった時、巴のスマホが鳴り出した。ソファー上のスマホを見ると『京香ちゃん』と表示されている。昨日、華のアパートで巴が連絡を取ろうとした華の高校時代の友人だ。星也は電話に出た。

「もしもし、砥石です」

電話の向こうで相手が躊躇っている気配を星也は感じた。

「もしもし。橘《たちばな》京香さんですか。俺、星也です」

京香と華は仲が良かったから、星也も彼女のことは知っていた。高校でも顔を合わせたし、家に遊びに来た京香と何度か話したこともある。

相手は無言だ。

「覚えていませんか」

星也の問いに答えたのは京香ではなかった。男性の声だった。

「京香のことを知っているのですか」

相手の声がいくらか震えているようだった。咄嗟に思い浮かんだのは、京香の彼氏が怒りで声を震わせているのかもしれない、ということだった。

「俺は、京香さんの友人の弟です。もしかして、姉が京香さんと一緒にいるんじゃないかと思って――」

「いないのですか」

「え？」

男の声はもう震えていなかった。

「華さん、行方不明なのですか」

声が出なかった。話の流れから導き出せる答えではあるが、これまで星也が連絡を取った人々は口を揃えてこう言った。「華ちゃん、い、い、いないの？」と。「行方不明」という言葉を使ったのは、この男ただ一人だ。

「そうなんですね」

「どうして――あなたはいったい――」

「京香の父です。京香も行方不明なのです」

8

ハルナは今日も一人で奮闘していた。テイクアウトの客が次々とやって来るため、星也は邪魔にならないよう彼女の手が空くのを待った。

ハルナが近づいてくる。

「ごめんなさい。朝は忙しくて」

ハルナは席の横に立ったまま、

「華ちゃんの具合どうですか？」

と訊いた。星也は事情を話した。ハルナの表情が一変する。

「なにそれ……大丈夫なんですか？　事故に遭ったとか、事件に巻き込まれたとかじゃないですよね？」

「西さんはいらっしゃいますか」

星也の問いは思いもよらないものだったようで、

「え？　西さん？」

考えるようにして、

「……来てません。昨日も無断欠勤だった──」

突然肩を摑まれたので、星也は驚いてハルナを見つめた。不安と恐怖がハルナの顔を覆っていた。

「西さんが華ちゃんに変なことしたんじゃないですよね？　まさか、ちがいますよね？」

星也はかけられた手もそのままに、

「姉のスマホはアパートにありました。西さんと病院で別れて、その後アパートに戻ったのだと思います」

ハルナはわずかに安心したようで表情を和らげた。

「西さんの連絡先を教えてもらえませんか」

と星也は言った。ハルナは弾かれたようにスマホを取り出すと、素早い動作で星也に知らせた。

「住所はご存じないですか」

「……ホントかどうかわからないですけど、店から見える大きなマンションに住んでるって自慢してました。ほら、あそこ」

ハルナが指さすのは、家政婦紹介所が入る雑居ビルの辺りだった。ここから見えるのは濃い橙色の大きな建物だ。

「親が買ってくれたとか。ずっと実家暮らしだって言ってたのにどうしたのかなと思ったら、お兄さん夫婦が実家に入ることになったみたいで。まあ、体よく追い払われたんでしょうね」

自動ドアが開いた。ハルナは申し訳なさそうに、

「華ちゃんと連絡取れたら絶対知らせてください」

と言い置いてカウンターに向かった。

早速、西に連絡を入れようとスマホを取り出す。八時四十分だった。近づいてくる人影に星也は顔を上げた。星也が待ち合わせ時刻より早く来たのはスタッフから話を聞くためだったが、相手が二十分も早く来たのは焦燥感からだということは一目でわかった。

「はじめまして、橘です」

カウンターのハルナは肩透かしを食らったような顔で、注文もせずに席に向かった客を見つめている。橘は、薄い緑色のポロシャツとしわだらけのチノパン姿だ。目の下のたるみとクマが著しく彼を老けて見せているが、それは加齢のせいではなさそうだ。

「砥石星也です」

星也は立ち上がり、頭を下げた。ちょっとすみません、と断ってからカウンターに向かい、自分と同じものを頼んだ。ハルナが詮索気味に星也と橘を見比べている。席に戻ると、橘の前にグラスを置いた。

「すまない。今、代金を――」

「結構です。それより、話を聞かせてください」

焦燥感に駆られているのは星也も同じだ。

橘との電話は短かった。会って話を聞きたいというのが橘の意向だった。

「星也君、と言ったね。昨日電話をもらった時、職場でゴタゴタがあってすぐに出られなかったんだ。いつもは――と言っても最近は滅多にないが――すぐに対応できるようにしているんだが。職場でも京香の携帯は持ち歩いている。いつでも出られるようにね。砥石さんからの電話に気付いた時には深夜だったから、すぐには折り返せなくて。じりじりしながら朝を待ったよ」

他人への午前七時の電話は常識的ではないが、娘の身を案ずる親としてはギリギリ粘った結果だろう。

「華さんがいなくなったのはいつ?」

「連絡が取れなくなったのは昨日です」

「一日……」

にわかに嫉妬が入り混じった声で、

「私の娘は五ヵ月だ。五ヵ月、ずっと見つからない」

星也は絶句した。京香が行方不明と聞いた時は、華と同じタイミングでいなくなったものとばかり思っていたからだ。

「恥ずかしい話だが、具体的に、いつ、娘がいなくなったのか私にはわからないんだ。星也君とちがって私たちは一緒に暮らしていたのに」

星也はすぐにでも華について話を聞きたかったが、悲嘆に暮れる父親の話を遮る気持ちにはどうしてもなれなかった。

「うちは父子家庭で京香とは生活パターンも異なっていたから、すれ違いが多かった。たまに一緒になると映画を観たりしたが――私の再婚が決まった辺りからは露骨に避けられるようになってね。何日も、時には何週間も帰ってこないことが多くなった。腹に据えかねた私は生活態度を改めるよう娘を叱った。その直後だ、娘がいなくなったのは。はじめは、いつものことだろうと思っていた。また友だちのところにでも行っているのだろうと。だが、娘を叱ったことがどうにも気になって、私は電話をかけた。二度目の電話で状況が一変した。電話に出たのは京香ではなく、娘の携帯を拾ったという女性だった。その女性は、市内の公園で携帯を拾ったと言うんだ。警察へ届けようと思っていたという女性に頼んで、その公園で待ち合わせた。彼女は、自分の子どもが遊んでいるのを見ている時、座っていたベンチの裏に携帯が落ちているのを見つけたそうだ。いよいよおかしいと感じた私は警察に行方不明者届を出した。華さんは？　警察に行方不明者届は出したかい？」

「はい。今、母が警察署に行っています」

「置き手紙のようなものはなかったんだね？」

「ありませんでした」

橘は納得したように頷く。

「それならきっと特異行方不明者扱いで、警察も身を入れて行方を捜してくれるだろう」

「特異――？」

「行方不明者の扱いには二種類あるんだ。特異行方不明者というのは、たとえば子どもだね。いや子どもでなくても、誘拐や犯罪などが疑われる場合や、自傷他害のおそれのある場合なんかも含まれるみたいだ。ところが、京香の場合は『行方不明者』扱いだった。自分の意思でいなくなった、いわば家出人だから、警察も特異行方不明者ほど力を入れて捜してはくれない。京香は、いなくなる前にも数週間帰ってこないことはざらにあったし、なにより未送信のラインが――」

橘は可愛らしいケースのスマホを取り出した。

『ごめんなさい』

短い一文。

「娘は成人しているし、これまでの行動から見ても自分の意思で家を出たのだろうと言われたよ」

「でもスマホは――」

「私に居場所を突き止められないよう故意に捨てていったのだろうと」

橘は深々とため息を吐き出した。

「『ごめんなさい』というメッセージも、警察は、黙って家を出ることへの謝罪だろうと言ったが、私はそう思わない。京香はひねくれたところがあって、面と向かって謝ることができない。自分が悪いと思っていても素直に口にできなくて、こういう手段で伝えてくることがあった。送信はされなかったが、これはケンカの謝罪だと私は思う。――メッセージでも謝れない時はこれの出番でね」

橘は、自身が着ているポロシャツを抓んで見せる。

「市販されているシャツやタオルにオリジナルの刺繍をして、プレゼントしてくれるんだ」

シャツの胸元には凝った刺繍が施されている。

「京香は家事全般不得意なんだが、刺繍だけは得意でね。別れた妻の趣味が刺繍だったから、おそらくは母親の影響だと思う。京香が中学生の頃、反抗期でえらく手を焼いてね。激しい言い争いの後、数日口をきかなかった。朝起きていくと、テーブルにこれと同じ刺繍のハンカチが一枚置かれていた。ごめんなさいと言う代わりに、京香は言った。

『お父さんをイメージして考えた刺繍よ。世界中探しても同じものはないんだから』

私の誕生日や父の日だってプレゼントなんてなかったのに――。その後も、大きなケンカの度に刺繍入りのプレゼントは増えた」

目の縁を赤くした橘は、涙を堪えるように俯いた。

「……姉は、料理の腕は母より上ですが、裁縫だけは不得意で……学生時代縫ってもらったゼッケンはどれもガタガタでした」

橘は俯いたままだったが、それでも微笑んだのはわかった。

「もし決意の上でのことだったならこんな方法で出て行く必要はなかった」

そう言って、橘は顔を上げた。

「一人暮らしがしたいのなら話してくれれば賛成したし、やりようはいくらでもあったはずだ。それに本気で捜されたくないのなら徹底的に居場所を突き止められないようにしたはずだ」

星也がなにも言えないでいると、橘は、

「華さんは？　どんな状況だったんだい」

ようやく華の話に舵が切られた。

「職場にいると思ったんですが、欠勤していて。アパートに行ってみましたが荷物を持って出た形跡はなく、スマホも置いたままでした」

厳しい顔つきで、橘はなにか考え込んでいた。

「いなくなる前の行動や会った人物はわかるかい」

星也はハルナに聞いた話を聞かせた。

「それなら、スタッフの女性に送られてきたラインも警察に見せた方がいい。警察が彼女に話を聞きにくるかもしれないが」

組んでいた両手を解くと、橘は掌底《しょうてい》で額を押さえた。

「まさか華さんまでいなくなるなんて」

星也は、電話の時に感じた疑問を口にした。

「電話で、自分の名前は名乗りましたが姉の名は口にしていません。すぐに名前が出たのはなぜですか」

――華さん、行方不明なのですか。

「砥石というのは珍しい苗字だし、彼女には先月会ったばかりだからね」

「姉と会ったんですか」

華は一言も言わなかった。おそらく巴も知らないはずだ。

「いつですか」

額から手を離した橘は考える間もなく答えた。

「七月二十日だよ。前日、京香の携帯に華さんから連絡があった。私は娘の交友関係に疎くて、電話で聞くまで華さんのことを知らなかった。連絡先にも載っていなかったし。華さんに事情を話すと、会いたいと言われた」

「姉から、ですか」

「私は、京香の携帯に連絡をくれた人物とはできる限り会って話を聞くようにしているから、喜んで応じた。実際に会うのは目を見て話したいからだ。万が一にも、京香の行方を知っている者がいないか確かめるためにね」

電話では気付けない嘘を見抜くためだろう、と星也は思う。

「それで、七月二十日この先の喫茶店で華さんと会った。私が店に着いた時、華さんは既に店内にいた」

星也はその光景を思い浮かべる。常に焦燥感を募らせている橘より早く店に来ていた華は、一体なにに追い立てられていたのだろうか。

「電話では簡単にしか話をしていなかったから、私は詳しく――と言っても、さっき星也君に話したのと同じ内容だが――語った。華さんは真剣に話を聞いてくれた。私は彼女からなんらかの情報を得られるのではないかと期待していたがそれは叶わなかった。華さんは、京香とは四年間まったく連絡を取り合っていないと言った。誤解がきっかけで仲がこじれてしまった、と。具体的に話すつもりはなさそうだったから、私は京香の話ならどんなことでもいいから聞かせてほしいと頼んだ。少し躊躇った後、聞かせてくれた」

二人が疎遠になった理由を知っているかい――橘に訊ねられ、星也は首を振った。巴なら知っているかもしれないが、星也は聞いたことがなかった。

「その日二人は駅前で待ち合わせをしていたそうだ。華さんが先に着いた。携帯で時間を潰していると名前を呼ばれた。顔を上げると男が立っていたそうだ。そいつは当時京香が付き合いだしたばかりの男だったが、華さん曰く『実際に会ったのは初めてだったが、一目でダメな男だとわかった』そうだ」

驚いたことに、橘は口の端を上げて笑った。

「私を見て育ったせいか、京香は男を見る目がなかった」

自虐的にそう言うと、話を進める。

「男は馴れ馴れしく話しかけ、さらには華さんの肩に手をかけたり腰に手を回したり、行き過ぎたボディータッチをしてくるようになった。華さんは男をひっぱたいてやりたかったそうだが、京香の彼氏ということもあって我慢した。そこを京香が目撃した。そのまま出て行って男と話をつければそれで済んだのに、娘はそうしなかった。なぜなら『嫌がっているようには見えなかった』し、『華が誘ったと彼は言っている』後に京香からそう言われたそうだ。そして、『嘘を吐いた』というのが決定的な怒りになったようだ。京香はずるいことに姿を現すことをせず、二人の様子を眺めながら華さんに連絡をした。遅れる旨の話の後、だれかと一緒か、と訊ねた。華さんは一人だと答えた。これが娘の言う『許せない嘘』だったようだが、『京香の彼氏にからまれている』とは言えなかっただろう。華さんは誤解を解こうとしたが、娘はそれに応じなかった。その時京香は男にベタ惚れだったらしく、なにを言っても聞く耳を持たなかったそうだ。それまでも華さんは、素行の悪い男や信用ならない男との交際は反対したそうなんだが、京香は聞かなかった。悪い男に惹かれる駄目な部分がたしかに京香にはあった」

悲しそうに、橘は言った。悲嘆に暮れる父親に言ってもいいものかと迷いながら、星也は、

「あの――こんなことを言うのもなんですが、京香さんの失踪には異性が関係しているのではないですか」

「真っ先に私もそれを疑ったよ。だから、過去に関係のあったらしい男には会って話を聞いたし、裏も取った。とは言え、私一人では限界があったから興信所に調査を依頼した。だが、私の望むような答えは得られなかった」

「では、五ヵ月の間――」

「なんの手がかりもない」

重苦しい沈黙が落ちる。

自動ドアの開閉音。客のぼそぼそ呟く声に、てきぱきとしたハルナの受け答え。

「すまない、自分の話ばかりして。なんの話をしていても、なにをしていても、結局

京香のことに戻ってしまうんだ」

橘は、目の前に置かれたグラスを両手で包んだが口をつけようとはしなかった。

「姉と会った時、他に話はありませんでしたか」

間があった。華との会話を思い出すためではなく、娘のことを一旦脇に置くのに必要な時間なのだろうと星也は思った。

「見て欲しいものがあると言われた。一つはストラップだった。輪になった短い紐の先にガラス細工がついたものだったが、私には一目でそれがなにかわかった。同じ物を、京香も持っていたからね」

ガラス細工のストラップ。なにかがひっかかった。ただそれは大海に落ちた一滴の雫のようなもので、心に変化を起こすほどのものではなかった。

「一時期まったく見なかったが——思い返せば、見かけなくなったのは華さんと疎遠になるきっかけがあった頃だけだったが——そのストラップを、京香はずっとここにつけていたから」

橘は、京香のスマホを持ち上げた。ケースの下方に小さな穴が開いているが、今はなにもついていない。

「ケースは何度も替えていたが、必ずそのストラップをつけていた。私のような中年でも今時携帯にストラップはつけないから、京香がずっと同じものをつけているのが不思議だった。でも、華さんに話を聞いて納得したよ。そのストラップは高校の修学旅行先のガラス工房で作った、世界に一つだけのものだったそうだ。お互い、相手のイニシャルを模様にしてプレゼントし合ったらしい。見せてもらった華さんのガラス細工には『H』とあった。思い返してみると、京香が持っていたものには『K』とあった」

そのストラップなら星也にも覚えがある。華も高校からの数年間、京香と同じように携帯のストラップにしていたからだ。ここ数年は見ていないし、すっかり忘れていたが、独特な模様が特徴のガラス細工で、イニシャルも市販されているような綺麗な『H』を描いていたわけではなく、歪んだアルファベットだった。京香のストラップを見た記憶はないから確かなことは言えないが、おそらくそれも歪んだKだったのではないか。

突然、大海に滴下された雫が強力な劇薬のごとく海水の色を変えた。深紅に染まったのは星也の胸だ。息が止まるほどの衝撃だった。

知っている。歪んだ『K』のガラス細工を、どこかで見ている。

記憶の波を掻き進む星也に答えを与えてくれたのは橘だった。

「それと、写真を一枚見せられた」

「写真？」

「そうだ。携帯に保存されている画像だった。男性だったよ。見覚えはないか、京香の彼氏ではないかとね」

劇薬の大波に襲われ、星也は息も吐けなくなる。

「見覚えはなかったし、京香の彼氏でもなかった。実際私が会った人物の中にも興信所から見せられた資料の中にも、その男性はいなかったように思う。その人物は京香のタイプとは正反対だった。京香は、茶髪とか金髪で顔中ピアスだらけの十字架柄ファッションに身を包んだような男がタイプなんだが、写真の男性からは真面目な印象を受けたよ」

まさか。

「笑顔の写真で、八重歯と目尻の皺が目立つやせ型の男性だった」

主要なピースは出揃った。真実はそれらを合わせなくても見えている。答えは、考えるのも恐ろしい未来を示唆していた。

「そういえば、名前も聞かされたな。聞き覚えはないかと。なんと言ったかな――？」

「矢羽田勝人」

即座に星也が口にした名に、橘は手を打たんばかりに頷いた。

「その男性と京香にどんな関わりがあるか、星也君、知っているのかい」

関わり――？

――猫の次は、もっと大きな獲物が必要だったのかもしれない。

「星也君、顔色が悪いが大丈夫かい」

「――ですか」

「え？」

「京香さんのストラップ、なくなっているのに気付いたのはいつですか」

ただならぬ雰囲気の星也に気圧されながら、橘は答える。

「記憶にある限り、いなくなる前はずっと付けていたと思う」

「公園で発見された時には、なかった」

「そうだ」

すぐにでも店を飛び出したい衝動を抑え、星也は続ける。

「姉に見せられた写真の男に見覚えはなく、京香さんからその男性の話を聞いたこともないと」

「そう言っただろう？　その男が京香の失踪と関係があるのか？」

星也は、膝の上に置いた拳に力を込めた。

「わかりません。——今はまだ」

懐疑的な目で見据えられても、星也には答えられなかった。

「今は……か」

確認するように呟くと、橘は押し黙った。

おもむろに橘が立ち上がった。

「もう行くよ。星也君はきっと今、居ても立っても居られない心境だろうから」

星也は心の内を見透かされた気がした。目を合わせられない。

——実際に会うのは目を見て話したいからだ。万が一にも、京香の行方を知っている者がいないか確かめるために。

「気持ちはわかるよ。私だって同じ気持ちだ。だから、手がかりがあるなら教えて欲しい」

星也は俯いたまま首を振った。握りしめた拳に青い血管が浮き出る。

「——そうか」

顔を上げられない星也の前から橘は動こうとしない。頭を下げて謝罪しているような図のまま、時間が経過する。

「星也君」

呼びかける声は労《いた》わりに満ちていた。星也は思わず顔を上げた。その先にあったのは、悲痛に歪む顔だった。星也をハッとさせたのは、張り裂けそうな悲しみの中で彼が微笑んだからだ。

「私は娘のためならなんでもできる。なんでもだ」

去り際、橘は、

「華さんが見つかることを祈っているよ」

と言った。心の底からの声だと星也は思った。


星也は、汗をかいて水たまりを作っている二つのグラスを交互に見つめた。

――手がかりがあるなら――。

歪んだ『K』のイニシャルが描かれたガラス細工のストラップ。

ただし、それはストラップではなく、財布のチャックの抓みに取り付けられていた。巴の快気祝いでクリーニング代だと言ってスラックスの後ろポケットから取り出した厚みのある財布。あの時、勝人は財布を開こうと抓みに手をかけた。その部分、それこそ。

　華はいつそれに気付いた？

　――捨てないでね。

　あの箱か。エメラルドグリーンの小さな箱。華の部屋に運ぶ際、箱の中のものがカタカタと音を立てた。硬い、小さなものの音。あの箱の中身はガラス細工のストラップだった？

　――大事なものだから。

　そうだ。時期も合うし、すべての辻褄が合う。勝人の財布についているものと比較するため、橘に見てもらうためにもストラップが必要だった。

　勝人は二人の関係性を知っていたのか？

　――偶然じゃない。必然だ。

　華に近づいたのは、京香にしたのと同じことをするため？　京香は今――。

　――ザクザクと土を掘る音が。

　――列をなしてわたしに埋葬されるのを待っているのです。

　持ち主が替わってしまった世界に一つだけのガラス細工。それだけだったら華も偶然と考えたかもしれない。ところが、親友だった京香が何ヵ月も行方不明だと知った華は、いよいよ勝人に対する疑惑を深めたのだろう。

「え!?」

開けてもいない唇に、星也はぎゅっと力を込めた。声を上げたのはハルナだった。カウンター越しに口にしてしまったのかと思ったのだ。知らず知らずのうちに、考えを口にしてしまったのかと思ったのだ。


にいる二人の男がなにか話している。ハルナは動揺した様子だ。しばらくして助けを求めるようなハルナと目が合う。そばに行くと、スーツの男たちが星也に目を向ける。

「大変なの」

ハルナはそう言うと、今度は男たちに、

「華ちゃんの弟さんです」

と言った。男たちが胸ポケットから取り出したものを見て、星也は衝撃を受ける。

彼らは刑事だった。

「華に——姉に、なにかあったんですか」

一人が一旦口を結び、それから答える。

「ここへは、西恭介《きようすけ》さんの件で伺いました」

「西さん——？」

「二十二日深夜、西さんは駅裏の病院近くの路上で、意識不明の状態で発見されました。頭を殴られたようです」

「今、警察のひとには話したんだけど……」

ハルナは、事件当日に店であった騒動とその顛末を警察に話していた。

星也をしっかりと見据えた刑事が、言う。

「砥石華さんと連絡が取りたいのですが」


二人は刑事たちを見送った。星也の隣でなにか言いたそうに口を開いたハルナは、結局なにも言わなかった。客がやって来る。ハルナがカウンターへ向かう。星也は店を出た。

星也は知っているすべてのことを話し、何度も華の捜索を懇願した。

おそらく、西と最後に一緒にいたのは華だ。華は五年もの間、西の執拗な誘いを受けてきた。その華が姿を消した。警察は華を容疑者と考えているのかもしれない。

警察が、ハルナと星也の話から勝人を疑ったとしても、すぐに捕まえられるものだろうか？　勝人に捜査の手を伸ばすにはそれなりの証拠が必要だろう。華の捜索も手順を踏んで行うはずだ。

警察では間に合わないかもしれない。

そう思った途端、星也の全身を悪寒が駆け抜ける。すでに気温三十度を超えた暑さの中、星也は全身に鳥肌を浮かせ立ち尽くす。

ふいに、ゆかりの言葉が浮かぶ。

——こういうのを心証と言うのでしょうね。

警察は心証では動けない。

星也は改めて決意する。全身を包んでいた氷のような悪寒は消え去り、滾《たぎ》る熱意は焔《ほむら》のように星也を包んだ。


華は、絶対に俺が救い出す。

※

星也に見えているのは、勝者の笑みを浮かべる矢羽田勝人の顔だった。

口元に浮かぶのは勝者の笑みだ。女王は常に勝者なのだから当然だ。

過ぎる。

　裸足の足裏から、凍える冷たさが這い上がって来る。丸裸で直立不動のまま時間が過ぎる。

「今日のノルマを果たさなければベッドに入ることは許さないわよ」

　ノルマ、成果、ノルマ、成果。女王が言うのはそればかり。

「この世に、生きている価値がない人間なんていないわ」

　そう聞いて安心したのも束の間。

「そういった人間は強者に従属する役割があるのだもの。尽くすこと、そして役割を果たすこと。それすらできない人間は――だれかには必要かもしれないけれど、わたしには必要ないわ」

「できないわけがないでしょう？　どんなに低能でも、これくらいはできるでしょう」

「会社はわたしの命、魂よ。どんなことをしても残さなければならないの。他人に渡すなんて絶対に許さない。わたしの、完璧な複製品が必要なのよ。わかるわね？」

　それは、痛いほどわかっている。

　そう、痛いほど。

第四章　華

1

歪んだ『K』のイニシャルが描かれたガラス細工を華はじっと見つめた。瞬時に思い出されたのは京香との記憶だ。

『ブサイクな形』

『ドット柄にしたかったのに血みたいになっちゃったね』

お互いのイニシャルを描いたガラスは一円玉くらいの大きさで、アルファベットは歪み、血が流れたような模様が周囲を飾っていた。それでもそれは二人にとって大事なもので、スマホケースから外した今も忘れることのできない宝物だった。

京香にあげたそのガラス細工を客が持っている。財布のチャックの抓みに変化しているが、間違いない、これは京香のものだ。だってこれはわたしが作ったのだから——。

「もう一度注文を繰り返したほうがいいかな？」

目の前の客が言う。

「あ、あの、すみません……アイスコーヒーですね」

すでにカウンターに置かれた一万円札に華は手を伸ばした。おつりを数え、客に渡す。

客の財布を、華はもう一度見つめる。やっぱり、京香にあげたものと同じもののように見える。

ガラス細工のこと、訊いてみようか？　初対面なのに突然そんなことを訊かれたらびっくりするだろう。京香がこのひとにあげたのかしら？　彼氏とか？　京香のタイプには見えないけれど——。

アイスコーヒーをカウンターに置くと、華はスラックスの後ろポケットにしまわれた財布に目をやった。丁度抓みの部分が見えている。

抓みが裏返らないかと思う。そうすれば確実にわかるのに。裏側には、京香の好きな十字模様の金具を埋め込んである。ひっくり返れ、ひっくり返れ。

客が背を向け席に向かう。結局、抓みは裏返らなかった。

どうにもガラス細工のことが気になって何度も客の方を見てしまう。その度に客と目が合って気まずい気持ちになる。

大きな音がした時、華は丁度客を見ていた。客は表にいるだれかをじっと見つめているようだった。視線の先を辿った矢先、なにかがガラスに直撃した。華は慌てて店外に飛び出した。

真っ黒な躰は衝撃で潰れ、地面に落ちている。窓にへばりついた体液を掃除せねばならない。道具を取りに店内に戻る際、華は客が見ていた人物と目が合った。彼女も物音に驚いたのか、それとも店から飛び出してきた華にびっくりしたのか、配っていたチラシを胸に抱き、こちらを見ていた。顔を傾けているせいで長いピアスが左右に揺れ、キラキラと輝いている。

掃除を進めると、店内にいる客が窓に手を伸ばした。指先がガラスに触れ、丸い形を作る。

拭き残しがあるようだ。客はそれを指摘したいのだろう。汚れが残る箇所を確認するために華は客を見た。客はじっとこちらを見返す。どうやら指先が置かれたところがそれらしいが、華が見る限りはきれいに見える。触って確かめようと、華はガラスに触れた。ツルツルした感触。拭き残しはないように思えた。客はまだこちらを見ている。先に目を逸らすのも悪い気がして、相手がほかに視線を向けないかと華は待った。店から西が出てくる。自然と目を逸らせたことに、華はほっとした。

テーブルの拭き掃除に向かった華は客の忘れ物に気付いた。床に落ちていた財布を拾い上げ、しばし逡巡した後、抓みの部分をひっくり返す。ガラス細工の裏側には十字の模様が埋め込まれていた。

店に戻った華は客からもらった名刺を確認した。

矢羽田勝人。かつと、の『K』。

そうとわかると、あれは絶対に京香のものだという確信が揺らいだ。でも――。

あれは、京香のものに似ていた。

2

これまで華が付き合ってきたのは、いわゆる体育会系の男だった。がっしりした体格で覇気のある男たち。

　勝人は真逆だった。見た目も気の弱そうなところもタイプではないのに、どういうわけか一緒にいると安心できた。なにより彼の穏やかな性格と思考が意外にも自分に合っているような気がした。

　善光寺での会話。絵画も小説も小難しい説明なんていらない、感じたままでいいという勝人の言葉は嬉しかった。感性やものの考え方が似ていると思った。なにも言わず、歩調を合わせてくれる優しさ。雨が降って来たと空を見上げる無邪気な顔。雨宿りする親子に傘を差し出す思いやり。

　勝人に惹かれていると気付いた時、思い浮かんだのは京香のことだった。財布の抓みのガラス細工がどうにも気になった。会う度それとなくチェックしてきたが、やはり京香にプレゼントしたもののように見えた。

　勝人は京香の元カレ、もしくは現在付き合っている可能性（そうなると二股されているということになる）を否定するため、華は三回目に会った時京香の写真を勝人に見せた。

　勝人の反応はとても京香を知っているとは思えないものだった。安堵の後には古傷が痛みだした。京香に連絡してみようか。あれから四年経っている。例の彼とはもう別れているかもしれないし、時間の経った今なら誤解も解けるかもしれない。

　そう思う反面、時間が経ってしまったからこそ連絡しづらくもあった。だが、いつまでも二の足を踏んではいられない。できることなら京香と仲直りしたかったし、うやむやのまま勝人との関係を進めたくはなかった。だから飛び込み台からジャンプするような想いで、華は京香に電話をかけた。


「星也が部屋に置いておいたって」

　机に置かれているのはエメラルドグリーンの小箱だ。華は小箱と対峙した。箱を開けることをためらう自分に驚き、また、そんな自分を嫌悪した。確認してしまったら戻れない。その想いが華をためらわせた。

　時間だけが経過する。浮かんでくるのは京香との思い出だ。一緒にテスト勉強したこと。いつも京香は先にやめて寝てしまった。服を買いに行っても好みがまるきり違うから、お互いあでもないこうでもないと文句を言いながら。それでもその時間は楽しかった。失恋するとその度に京香が慰めてくれた。京香は強いふりをして自分が失恋しても決して泣かなかったけれど、きっと甘えたかったはずだ。父が亡くなった時も京香は支えてくれた。自分はお父さんと上手くいっていなかったのに。そんなことは一言も言わずに、いつも強くて頼りになる親友を演じて。

机に置いた手の側面が汗をかいている。通りから、女の子たちの笑い声。

華は思い切って箱を開けた。


巴の快気祝いに訪れた勝人は、屈託のない笑みを浮かべ、笑うとのぞく八重歯を隠すように右手の甲で口元を隠している。華を見つめる目は優し気だが、その奥に強い光を宿している。恋する者の目だ、と思っていたが、それは思い込みだったのかもしれない。

殺意と愛情は対極にあるように思えるが、実は表裏一体なのだ。その二つは似通ったパワーと情熱を持っていて区別がつかない。いや――判断に迷うのは、少しでも彼に気持ちが残っているからだろうか？　親友の行方不明の原因を作ったかもしれない男に？

「そんなに見つめられると照れるよ」

恥ずかしそうに、でもこれ以上ないほど幸せそうに勝人は笑う。

「ごめんなさい」

華はいつも以上に笑顔でいることを心がけた。心の内をわずかでも悟られないように。

勝人は嬉しさでほころぶ口元になんとか力を入れようとしているようだった。その顔をどこかに向けると笑みを消した。きょろきょろと、なにかを探しているようにも見える。

「どうかしました？」

「――子どものゲストもいるのかな……？」

華は人でごった返すリビングを見渡した。

「いいえ。お迎えした時点ではいなかったと思いますが」

「見間違いか」

勝人は誤魔化すように笑うと、グラスの中のものを一気に飲み干した。

一緒にいる時、時折勝人は今のような動作をすることがあった。なにかを探すような、だれかを探すような――。

「華さんのお母さんて明るくて気さくで、なによりすごく……いいひとだね」

大勢に囲まれた巴は、楽しそうにグラスを掲げている。

「わたしが言うと身びいきに聞こえてしまうけれど、とても情に厚くて優しいひとなの」

華が勝人を招待したのは、巴や星也に先入観抜きで彼を見てほしかったからだ。今の自分は曇りのない目で勝人を見ることができない。二人が勝人と会ってどんな印象を抱くのか知りたかったし、万が一――。万が一、京香の身に起きたようなことが自分にあった場合、手がかりを残しておきたいという気持ちもあった。

「こう言うと失礼かもしれないけど……血が繋がってないとはとても思えないよ」

勝人は巴に目を向けたままだ。華は黙って続きを待った。

「華さんの家族は春のような温かさがある。こんな家族が待っていてくれるなら、きっと家に帰るのも楽しみだろうな。俺の家族は血の繋がりがあるのに温かみはないから、きっと、家族って血じゃないんだろうね。なんだろう、信頼？　絆？」

「愛情でしょう？」

即答した華に、勝人が顔を振り向ける。

「愛情？」

「だって、それがなければただの同居人ですもの」

意味を吟味するように、勝人は押し黙った。

華は「愛情が土台の家族」像を、考えなければ理解できない勝人を慮《おもんぱか》った。

このひとは一体、どんな家庭で育ったのだろう？

3

華が、勝人の財布の装飾が増えていることに気付いたのは八月七日、四回目に会った時だった。

その日もランチの時間に待ち合わせ、支払いは勝人がした。華が知る限り、彼は決してクレジットカードを使用しない。必ず現金で支払う。初めてコーヒーショップを訪れた時と同じく膨らんだ財布に多額の現金を入れている。

レジ前を通る際、華は勝人の手の中の財布に目をやった。開いた財布の内側、札の厚みで膨らむ札入れ部分に煌めきを見た。

釘付けになりそうな視線をやっとの思いでほかに移す。同じタイミングで、勝人が振り向く。

華の心は恐怖に満ちた。

いい、いい、いい、
あれはだれのもの？

店を出た二人は駅方向へ歩いていた。華は、隣の勝人を見上げた。嬉しそうに口の端が上がっている。華といる時、彼はいつも嬉しそうだった。嬉しくてたまらないといった顔をしている。昼に会い、暗くなる前には別れる。それに、手をつなぐ以上のことを勝人は求めてこなかった。

すべて勘違いなのではないか。

京香の父と会った直後に深まった疑惑が、勝人本人に会うと薄れてしまう。京香のことを探ろうと会う度に、思い違いをしている気分になる。すべては疑念、確たる証拠はないのだ。

「お願いしまーす」

顔を前方に向けると、キャップを被った男性がなにかを配っていた。男性の前を通過する時、華は差し出されたポケットティッシュを何の気なしに受け取った。隣の勝人は受け取らず、笑顔で躱している。

ティッシュをしまおうとハンドバッグに手をかけた時、華はあることに気付く。

「華さん？」

足を止めた華に、勝人が気遣うような声をかける。

「どうかした？」

答えなければ。なにか、もっともらしく聞こえる答えを。

「……このお店に行ってみたいな、と思って」

ティッシュの袋に挟まれた宣伝用の紙は、レストランの開店を報せるものだった。

勝人は華をじっと見た後、胸が締め付けられるほどの笑顔を咲かせた。

「じゃあ、今度はその店に行こう」


華は、勝人が改札をくぐるのを待った。勝人は何度も振り返り華に手を振った。勝人の姿が完全に見えなくなると、華は踵を返した。

駅前の、華が勤務するコーヒーショップ前では今日もチラシを配る人物がいた。遠目でも、それは女性だとわかる。黄色いキャップを被り、道行く人に声をかけながらチラシを配っている。女性は華に背を向ける恰好だ。ほとんどの人が女性を無視し通過していく。近づくにつれ動悸が激しくなる。女性の後ろで華は立ち止まった。気配を感じたらしい女性が振り向く。

キャップの下の顔に、華は見覚えがなかった。

「なにか？」

眉をひそめた女性が距離を取る。

「あの——少し前に、ここでチラシを配っていた方は？」

眉間の皺を深めた女性は、

「美加《みか》の知り合い？」

と、逆に訊ねてきた。

「わたし、そこのコーヒーショップに勤めているんですが、ここを通った時にチラシを配っていた方の落し物を拾ったんです。キラキラした、長いピアス」

あの日、華が窓の掃除に出た時、衝突音に驚いたらしい美加と目が合った。傾げた首のせいで、美加の耳元では長いピアスが煌めいていた。華は、同じ煌めきを勝人の財布に見た。

女性の顔から不審気な表情が消えた。

「美加のお気に入りのやつだ」

そう言うと、女性は苦し気に顔を歪めた。チラシを胸に抱き、その場にしゃがみこんでしまう。華は膝を折って女性と向き合った。

「美加さんは、いまどちらに？」

お願い、お願い、無事だと言って。

女性は俯いたまま声を絞り出すようにして言った。

「わからない。ずっと連絡が取れなくて」

唐突に頭に浮かんだのはオオクワガタの死骸だ。足元に転がった黒い死骸は二度と動かない。窓にへばりついた体液。その向こう側にいるのは——勝人だ。

勝人の財布につけられたガラス細工が気になって、華は衝突音がする直前も勝人を見ていた。彼は窓辺の席からじっと誰かを見ていた。視線の先にいたのはチラシを配る美加だ。

そもそも勝人がコーヒーショップに来たのはなんのため？　窓際の席に長時間座った勝人はパソコンを広げ、仕事をしているようにしか見えなかったが——。

いいいいいい、美加を観察するため。

『大きな仕事が終わった』

そう言っていたのはいつだった？　あれは善光寺の後、二度目に会った時。六月三十日。大きな仕事が終わったからこれからは時間が取れそうだと彼は言った。以降、勝人がコーヒーショップに来ることはなかった。

美加を見かけなくなったのは？

「美加さんと連絡が取れなくなったのはいつからですか」

思い出そうとしているのか、眉間の皺を深くした女性は、

「六月の下旬。突然バイトに来なくなって」

——仕事が終わったから。

「警察は——」

「え？」

「警察には行ったんですか」

初めて会った人間にどこまで話すべきか女性は悩んでいるようだったが、やがて口を開いた。

「行ったけど……」

女性は、空いている方の手を頭にやった。黄色いキャップが握られ、ぎゅっと皺が寄る。

「事件性はないだろうって。これまでの素行をみたら家出したんじゃないかって。あたしが必死で頼んでも、はいはいみたいな感じであいつら」

警察なんてなんの役にも立たないゴミだ。女性は吐き出すように言うと、

「美加、悲惨な家で育って。中学の頃から家出ばっかしてたから。今回もそうじゃないかって。家族はだれも捜そうとしないし」

家族もゴミだ。そう言って、美加の友人は膝に顔をうずめた。

4

「砥石さん、付き添ってくれてありがとう」

緊急外来の待ち合いスペースにはぐったりとした様子の患者や、泣いた子どもをあやす親子連れなどまだ数組が診察の順番を待っている。西は診察を終え、あとは会計を待つだけだ。

「お礼なんて――あの、こちらこそご迷惑をおかけしてすみませんでした」

西の表情が強張る。勝人に捻られた腕を無事な方の手で包むように抱えると、

「砥石さんがなにかしたわけじゃないんだから。謝るならあいつだよ。あいつにやられたんだから」

だれもいない空間を睨みつける西の目はぎらぎらしている。華はふいに不安になる。

「彼にはわたしから言いますから、今度のことは――」

「彼？」

華に向けられた目は血走り、揺れている。

「砥石さんさあ、あいつと付き合ってるの？」

なんと答えたらよいのかわからなかった。それに、なんと答えたら正解になるのだろう？

華の迷いを肯定と受け取ったのか、西は下卑《げび》た笑いをもらす。

「あんなやつのどこがいいわけ？」

西の踵が忙しくリノリウムの床を打つ。タンタンタンタン。

「今回のことは、出るとこ出てハッキリさせるよ。ああいう奴は懲らしめないと同じこと繰り返すから」

タンタンタンタン。

耳につく音だ。華は、足を動かすのを止めてくれればいいと思いながら床に目を向ける。父親の闘病中、この床にどれほど目を落としたか知れない。――天井を見上げたことはあっただろうか？

苛立ちと比例するように西の踵の動きが速まる。タンタンタンタン！

そうだ、たった一度見上げたことがある。父が亡くなった日、その時一度だけ。

「砥石さんにも証言してもらわないと。彼氏には悪いけど」

彼氏じゃないと言っていればこんな話の流れにはならなかったのかもしれない。華はかすかな後悔を感じたが、それを凌ぐ疲れが全身を覆っていた。

「彼氏にも伝えておいて、俺が出るとこ出るって――」

「西さんの気が済むようにしてください」

タンタン――。音が止む。

「西さんがおっしゃるように、繰り返すといけませんから」

問題は、勝人がなにを繰り返しているか、ということだ。華は、その考えにぞっとした。

「砥石さ――」

会計に呼ばれた西は、しぶしぶといった様子で立ち上がった。西が会計の窓口で手間取っているのを見かね、華は支払いを手伝った。

病院を出たところで西が口を開く。

「余計なお世話かもしれないけど」

いつもの粘つくような態度は影をひそめていた。あるのは、怯えたような表情だけだ。

「これからもあいつと付き合うつもりなら、一度、パソコンのチェックをした方がいいと思う」

「え？」

周りにだれかいないか確かめるように、西は素早く辺りを見回した。

「チラッと見えたんだ、あいつのパソコンの画面」

華は、西が故意に勝人のパソコンを見た可能性を指摘しようと思ったが、話をこじらせたくなかったので口を閉じていた。

迷っているのか言葉を探しているのか、西は間を置いてから言った。

「砥石さんさ、スタンリー・キューブリックの『シャイニング』って映画観たことある？」

突然の話の転換に、華の頭は混乱した。

「映画ですか？　どうして今そんな話――」

「その映画、主人公がタイプを打ち続けるシーンがあるんだ。何日も何日も、本人は小説を書いてる気でいるんだけど――。実はそうじゃなくて、積み上げられたタイプ用紙には同じ文句がぎっしりと並んでる」

西がなにを言いたいのか、その映画を観たことのない華にはわからなかった。だが、西の怯えと警戒が混在する目は、華に危機感を抱かせた。

「それと似たようなものを見た気がするんだ、あいつのパソコンに」

早口に呟くと、西はぶるりと身震いした。そしてもう一度華に礼を言った。

「じゃあ、また明日」

西が近くの建物を曲がるのを待って、華はスマホを取り出した。ハルナからラインがきている。何度かやり取りしてスマホをバッグに戻した時、手の甲に紙があたる。病院の領収書だった。

「いけない。西さんに渡さないと」

華は西を追うために建物の陰へ向かった。


まず思ったのは、こちらに背中を向けて立つ人物が救急車を呼ぶために電話をかけているらしいということだった。なぜ華がそう思ったのかと言えば、それは、携帯を耳にあてる人物の足元にひとが倒れていたからだ。

角を曲がった途端に見えた光景に驚き、華は足を止めた。

「――だ」

通話する声がやけに落ち着いて聞こえる。足元に倒れたひとがいなければ、仕事の話をしているのではないかと思うほどだ。背の高い男性は仕事帰りなのか、白いワイシャツとスラックス姿だ。片手に黒いビジネス鞄を提げている。長時間外にいたのか、汗でシャツが背中に張り付いている。

　華は、足裏をこちらに向け倒れているひとへ視線を向けた。側に立つ人物の陰になって下半身しか見えないが、意識がないのか投げ出された脚はぴくりとも動かない。

「指示してほしい」

　救急のオペレーターに指示を仰いでいるのか、男性は言う。その後、男性は短い相槌を何度か繰り返した後、通話を止めた。耳から離した携帯を力なく下ろす。通話が終わっても彼はその場から動かない。

　華は病院を振り返った。距離を考えれば救急車の到着を待つより倒れているひとを担ぎ込んだ方が早い。そう思い一歩前に出た時、立ったままだった男性がその場に膝をついた。

　華は息を呑んだ。倒れているのは西だった。

　西の顔は穏やかで眠っているように見えるがそうではない。なぜなら彼の頭の下には血だまりができている。駆け寄ろうとした華は、ハッとして動きを止めた。膝をついた男は西のポケットを探り、財布を手に取った。

　あのひとはなにをしているのだろう？　混乱する頭が様々な可能性を導き出す。持病を示すカードかなにかを探しているのかもしれない。救急車が到着した時のために身分がわかるものを探しているのかもしれない。

だが、男は中身を検《あらた》めるでもなく、脇に置いてあった自分の鞄に西の財布を突っ込んだ。かすかな違和感は大きな齟齬《そご》となり、息苦しさを感じるほどになる。そのひと、わたしの知り合いです。いったいなにがあったんですか——タイミングを逸した言葉がぐるぐると頭を回る。

次に、男は落ちていたスマホを拾い上げた。男のものではない。男のスマホは自身のポケットにしまわれているし、その派手なスマホケースに華は見覚えがあった。西のスマホが黒い鞄にしまわれる。男は西を見下ろしたまま動かない。西の身体の向こうに落ちている物を見た時、華は迸りそうになる悲鳴を必死で堪えた。

血の付いたコンクリートブロック。

視線は男から離さないままショルダーバッグを漁るが、こんな時に限ってスマホが見つからない。

男が、ふいに声を発する。華はぎくりとして手を止めた。男はなにかを呟いている。切れ間なく、同じ言葉を繰り返している。それは華に強烈な衝撃を与えた。華の心を凍りつかせたのは不明瞭な男の言葉ではなく、声だった。通話の時には気付かなかったその声に、華は聞き覚えがあった。それどころか、その声に華は何度も励まされ、慰められ、癒された。

たたらを踏んだ華の足が小枝を踏む。乾いた音は稲妻のように張り詰めた空気を切り裂いた。男の背中に緊張が走る。声が止む。華は、泣き出しそうになっている自分に気付く。

男が振り向いた時、華はすでに泣いていた。

5

膝をつき求婚する勝人を、華は驚愕の想いで見返した。

勝人は不安げに、かつ懇願するような口調で、

「華さん？　受けてくれるね？」

と訊いてくる。華は返事ができなかった。返事など、できるはずがあろうか？　なぜなら目の前の男は――。だいたい、ここはどこだろう？　窓から見える景色に見覚えはなかった。

勝人が手を伸ばす。手を握ろうとしたのだろうが、華はすんでのところで引っ込めた。ショックも露わな顔で勝人が見上げる。

「急な申し出に驚いているんだね」

膝に手をつき勝人は立ち上がった。華は身を引く。その様子を恥じらいとでも受け取ったのか、勝人は照れたように微笑む。

「泣くほど嬉しかったのかと思ったけど、戸惑っているんだね。そうだろ？」

泣いた理由をそんな風に解釈されたのかと思うと、華の全身に鳥肌が立った。

「昨日のことで怒らせたのなら謝るよ」

昨日のこと――。フラッシュバックのようによみがえる記憶。

華は首の後ろを手のひらで押さえた。今なお残るチリチリと焼け付く痛み。

「何度も痛い想いをさせて悪かった。なにしろ時間がなくて、ああするよりほかになかったんだ。車を換えなきゃならなかったし、すぐにここへ向かうのは避けたかったから。昨日は華さんのアパートに寄った後うちのマンションで過ごした。最上階の部屋でね。華さんはずっと眠っていて覚えていないだろうから、今度二人で見に行こう。マンションはもう完成していて、あとは入居を待つだけだ。もし華さんがこの別荘よりマンションの方がいいって言うなら――」

「――わたしのアパート？」

勝人はにこやかに答える。

「こうして二人で過ごす時間が必要だった。大丈夫、ハルナさんにはしばらく休むって連絡をしておいたから」

「ハルナさん――」

勝人がにっこりと笑う。華は胸が寒くなる。

「ラインでやり取りしていただろ？」

バッグを探そうと咄嗟に視線を走らせた華に、勝人は、

「スマホを探してる？　ここにはないよ。アパートへ置いてきたから。俺が必要だったのはこれだけ」

そう言ってポケットからなにかを取り出した。手のひらに収まっているのはお守りだ。二つは重なっている。

華は勝人の手から視線を外した。

「スマホ……どうやって……？　ロックをかけて――」

勝人が笑みを広げる。

「華さん、俺の前で何度か解除しただろ？　俺だからよかったけど、ちょっと無防備

すぎるよ」

たしかに一緒に居る時何度かスマホを取り出したが、勝人に画面を向けて操作をしたわけではない。そうかと言って細心の注意を払っていたわけでもない。指先の動きを注視されていたとしても気付かなかった。

「——さんは」

「ん？」

お腹が空いた？　というような調子で勝人は振り向いた。

「西さんは？　彼になにをしたの」

微笑みをたたえていた勝人の顔が一瞬で変化する。つまらない話を聞かされた時にひとが見せる、うんざりした表情だ。

「彼、なんて呼ぶのはやめてほしい。仮にも俺は華さんの婚約者なんだから。ほかの男の話なんて聞きたくないし、したくもない」

勝人はくるりと背を向け、全面ガラス張りの窓から庭に目をやる。窓ガラスに雨粒が弾ける。

「西さんがあなたのパソコンを覗いたから？　だから殺したの？」

パソコンの画面が見えた。西はそう言っていた。そこに見た、勝人の異常性も。

問いかけに勝人が答える様子はない。

「京香は？　美加さんは？」

背中はぴくりとも動かない。

窓にあたる雨粒があっという間に数を増す。

「わたしの親友になにをしたの」

華は立ち上がろうとするが、膝に力が入らない。座ったまま、精一杯背筋を伸ばした。

「殺したの？」

勝人は答えない。

雨は窓を叩き、風が咆哮する。

「人殺し」

心外そうな顔をした勝人が振り返る。

「人聞きの悪いこと言わないでくれよ、華さん」

「あなたの財布の装飾――あれ、殺した人たちから奪ったものでしょう？　Kが描かれたガラス細工、あれはまちがいなく京香のものだわ。初めてあなたに会った時に気付いたもの。ピアスは美加さんね。あとは？　凝った装飾が山ほどされていたけれど、あとはだれのものなの？」

勝人はすっと視線を上へ向けると、なにやら考え込むような素振りを見せた。

「ああ、なるほど」

クックッと笑い出す勝人を、華は呆然と見つめた。

「もしかして華さん、俺の財布を見てた？　初めて会った時――正確には二度目だけど――会計する時に俺の手元をじっと見てたのは、財布の厚みじゃなく装飾？」

我慢できない、というように勝人は笑い出す。華はそんな勝人を驚愕の想いで見つめた。

「なにが――なにがおかしいの。何人も殺しておいて、なにがそんなにおかしいの？　狂ってる――あなた、狂ってるわ」

急速に萎む笑顔の後に表れたのは無だった。勝人の顔には一切の感情がなかった。

「僕が？　まさか。狂っているのは僕以外のその他大勢だ。だから処分した。二度と、あんな眼で僕を見られないように」

「処分……？　人を殺したことを、そんな風に思っているの？　物かなにかみたいに」

「物？　物はいいよ。感情がないからね。でも人間は違う。疎ましそうな顔、嫌悪の浮いた顔、軽蔑を露わにした顔、どれもこれも不快で不要なものだ。あんなものは世の中から消してしまわないと。そうでないと」

勝人の瞳に感情が灯《とも》る。それは怒りの激情だった。

「華さんとこんな会話はしたくない」

「あなたが言う〝その他大勢〟にはそれぞれの人生があったのよ。そのひとを大事に想うひとたちがたくさんいる。ずっと帰りを待ってるひとたちがいるの」

「そんなの知らないよ」

子どものような口調だった。

「言っただろ？　僕以外はその他大勢なんだ」

華は天を仰ぎたい気持ちを堪え、辛抱強く言った。

「あなたにも大事なひとがいるでしょう？」

勝人は、凍えるほど無垢な笑顔で答えた。

「当たり前だろ。華さんがそうだよ」

華は必死に訴える。

「だったらわかるでしょ？　大事なひとを失ったらどれほど辛くて悲しいか」

笑顔を引っ込めた勝人は真面目な顔で、

「わからないな」

と言った。

「だって、処分してきたのは華さんじゃないから。華さんのことは僕が全力で守るよ」

「そうじゃない、どうしてわからないの――」

「どうでもいいじゃないか、僕たち以外のことなんて。華さんは僕と結婚する。ずっと一緒だ。それ以外に大事なことなんてないだろう？

華さんが一緒にいてくれたら――華さんが、い、い、いやめて欲しいって言うなら――もうしない。それでいいだろ？」

「なに……なに言ってるの……？　一体なにを――」

「スイッチが入るんだ。その瞬間が来ると、そうとわかる。沈んでいくような、昇っていくような……喧騒が遠くなり、独りになる。世界に独り、取り残されたように。思考は停止し、信じられないくらい頭がクリアになる。すべてのものを見透かせそうなほどに。でも、その状態は長くは続かない。処分の対象が明確になる時だけ訪れる感覚だ。自分じゃ止められないし、処分の対象は自ずとサインを送ってくる」

華の喉元でゴクリと大きな音が鳴る。

「サイン——？」

「ひとに向けるべきでない感情を宿した眼だ。彼女たちは一様に同じ眼をしている。ひとをひとと も思わない、蔑みに満ちた眼。眼差しは、言葉より確かなものだよ。なにもかも表れる」

感情が欠落した目に捉えられ、華は心底震える。口腔はカラカラに乾き、胃が捩れるように痛んだ。華は、目の前の男を見上げた。

「さっきからあなたが言ってる、蔑みがどうとか……まさか、そんなことが原因で？京香や美加さんも、そんなことが——」

「そんなこと？」

「京香になにか恨みでもあったの？どうして京香なの、どうして」

「華さん。華さんがさっきから言っている京香、ってだれのこと？」

華は、全身の血が冷えるのを感じた。

このひとは、なにを言っているのだろう——？

勝人は「ほんとうにわからない」という顔をしている。

「なに——？あなたが殺した——」

「処分した。処分の対象には、名前も顔もない。僕に向けたあの眼が問題なんだから」

わたしの親友を殺した人物は、彼女の名前も知らない。

胸に落ちた事実に、華は愕然とした。

あの時――。

二人の関係を確かめようと、京香と一緒に写った写真を見せた時。勝人は華の隣で笑顔を咲かせる京香を見ても、まるで初めて彼女を見たような反応だった。

当然だ。勝人はほんとうに京香の名前も知らず、顔も覚えていなかったのだから。

華は身体の震えを抑えられなかった。それは怒りだった。激しい怒りだった。やっとのことで声を絞り出す。

「なに……あなたのことを蔑むような眼で見たから？　そんなことが……そんなことが理由なの？」

「『そんなこと』じゃない。重要なことだ。それに、これまでに処分されたのは条件が合ったからだ。華さんの言うように『待ってるひと』が大勢いたら今頃日本中が大騒ぎだろうね。でも、どう？　だれも騒いでない。だれも捜さない。それって、世の中からも見捨てられた不用品だからだ」

「なにを――なにをバカなこと――」

「バカなこと？　あいつらは世の中からも見捨てられた不用品だ。そのくせ僕の世界を侵そうとする。僕は自分自身を守らなくちゃならない。二度と壊されないように、殺されないように」

「なに言ってるの？　あなた、さっきからなにを言っているの？」

「そんな眼で見るのはやめてくれ」

突如勝人が激高した。

「そんな眼で見るな！」

両手を耳の上に押し当て、勝人は叫んだ。

「違う、違う、華さんは処分の対象じゃない、違う、違う！」

悶えるような表情で、勝人は頭を抱え丸くなった。

唸る風にのって降りしきる雨。二人きりの別荘。

華は、殺人鬼を前になす術もなかった。

第五章　楽園

1

格子状に組まれた薪《まき》の周りを、男女に分かれた生徒の列が二重に取り囲んでいる。火の神に扮した教師が松明《たいまつ》を掲げ、湿った夜気の中を縫うように進んでくる。炎に照らされる生徒たちの顔は緊張したように引き締まっている。教師がなにやら唱えながら妙な踊りを始める。普段なら爆笑ものの見せ物だが、だれ一人笑う者はいない。火の神が、掲げていた松明に祈りを捧げ足元の焚きつけに点火する。薪が爆《は》ぜ、火の粉が舞い上がる。勢いよく燃え出した炎が天を舐めるように揺らぐ。周囲が一気に明るくなり、生徒たちの顔が浮かび上がる。

それを見た勝人は、ヒトが初めて火を熾《おこ》した時も同じ表情をしていたのではないかと思った。ヒトが、進化の手がかりとした火を取り囲む。男女が組になる。すべてが自然の摂理のように思える。タップダンスを続けていた心臓は、踊ることをやめ、炎の揺らぎに合わせ鼓動を打っている。

突然陽気な音楽が流れ始め、生徒たちが破顔する。男女は手をつなぎ、聞き慣れた音楽にのって踊り始める。

はじめのパートナーが近づく。恥ずかしそうに手を差し伸べる彼女の頬が赤いのは、炎に照らされているためだけではなさそうだ。その思いが胸に走ると、いいようのない幸福感に包まれた。しかしそれはあまりにもあっけなく、また、これから起こる悲劇——見ようによっては喜劇——に助走をつけただけだった。彼女と手が離れた時、勝人はまだ幸福の中にいた。次にやって来た女子の眼を見るまでは。

彼の一つ後ろで踊り始めた時、転校後間もない彼女ははじめの女子のように恥ずかしそうに、しかしウキウキと踊っていたはずだった。なぜなら、次なるパートナーが勝人だと認めた瞬間にそれは起こったからだ。彼女の、天の星さながらに瞬いていた瞳が、一瞬にして無感情を呈し、死んだような色の中に蔑みと嫌悪が同時に走った。それはあっという間、時間にしてわずか一秒足らずの出来事だったが、勝人の胸を刺し貫くには充分な時間だった。はじめの女子が「手を差し伸べた」と形容するなら、彼女の場合は「指先を伸ばした」程度だった。

　勝人はその指先に触れるのが怖くなった。ジャージ姿の教師が微笑ましそうな表情で「ちゃんとやれよー」と注意してくる。後ろの組が中学生ならではの誇大妄想を膨らませ、からかいの声を上げる。それを受けた彼女がチラリと勝人を流し見る。「わたしを好きなの？　やめてよ、冗談でしょ」その眼はそう言っている。

　彼女はただのクラスメイトだ。勝人は叫びたい気持ちになる。前後の進みに合わせるだけで精一杯、手を——指を——触れることなどとてもできない。触れずじまいで次の組に移る際、彼女はあからさまに安堵の表情を浮かべていた。それがまた彼を深く傷つけた。次のパートナーはクラスの中心人物、勝人に「痩せすぎでキモイ」と暴言を吐いたこともある中学校の女王だ。

　女王が歩み出る。勝人は顔を上げられない。前後の組が動き出す。立ち尽くしている勝人の目の前に女王が迫る。こんな想いが渦巻く。逃げたい、消えたい、無くなってしまいたい。ふいに、女王が勝人の手を取り、強く握りしめる。勝人は驚きのあまり身体が棒になってしまったように感じる。女王が勝人の顔を覗き込む。「男子がちゃんとリードしてよ」そう言って、勝人を引き寄せる。女王の手はしなやかで、そして熱かった。彼は手足をぎくしゃくと動かし、なんとか踊り切る。乗り越えた。やり切った。助かった。安堵以上の安堵を感じ始めた時、女王が笑いながら言う。「あんたの手、骸骨みたい」

パートナーが替わる度、その眼から、強張った指先から自分への嫌悪を感じ取ってしまいそうで、勝人は顔を上げられなかった。火焔の龍を囲み、火の神は踊り狂い、ヒトビトは勝人を指さし哄笑《こうしょう》し続けている。そんな妄想に囚われながら地獄のような時間を過ごした。

女王「あんたの手、骸骨みたい」せせら笑って。

教師「ちゃんとやれよー」ニタニタと。

ただのクラスメイト「やめてよ、冗談でしょ」終末世界で生き残ったのがお互いとわかった時の表情で。

勝人は、自分という人間を全否定されたようで、世界中どこにも居場所がないような、どこへ行っても笑われる存在のようなどうにもならない哀しみ、やり場のない怒りが一挙に込み上げ、火柱にでも飛び込んでしまいたい気分だった。

その日以降、「ただのクラスメイト」は、勝人に侮蔑の念がこもった眼を向けてくるようになった。手をつなげなかった理由を、周囲が勝手に決めつけ校内中に広めたからだ。勝人は転校生のその子に好意があるから——大好きだから——恥ずかしくて手をつなげなかった、と。

事実は真逆だが、勝人は沈黙した。必死に否定すればするほど、なぜだか噂は真実味を増し一人歩きしてしまうからだ。

厄介だったのは、男女別とはいえ部活動が同じということだった。授業時間が終わり、やっと狭い檻から出られても、屋外の囲いの中に囚われるのは一緒だった。遠目でも、数人のかたまった女子がちらちらとこちらに視線を投げてくるのがわかった。だから勝人は、極力女子の方を見ないよう意識した。さらに視界を狭めるため、前髪も伸ばした。

部活動の練習は毎日のようにあり、せっかく始まった夏休みも彼女を避ける理由にはならなかった。

「テニスの練習？」

朝練に向かおうと玄関を出た時、背後から詰問口調の寿子の声。

「おはようございます」

家を出るタイミングを間違えた。勝人は後悔しながら振り返る。

寿子は胸の前で腕を組み、勝人に視線を走らせる。

「入部を許可した条件は覚えているわね？」

忘れるわけがない、と勝人は心の中で毒づいた。入学して間もなく、部活見学を終えた勝人がテニス部に入部したいと言うと（実際に勝人と話したのは浩司だったが）翌朝、自室の机の上に念書が置いてあった。子どもに念書を書かせる親がどの程度いるのか勝人には知りようがなかったが、それが普通でないことはだれに教えてもらわなくてもわかった。

「もちろん覚えています」

「秋に新人戦があるのでしょう？」

普段、勝人の生活にまったく興味を示さない寿子だが、「成績」がつくことに関しては地獄耳を持っていて、時折このような会話が繰り広げられる。

「はい」

「一位でなければ即退部よ」

念書には「一位になること」ではなく「優秀な成績」とあったはずだが——。そう思っても口にはしない。寿子の内なる感情は常に沸騰していて噴き出したがっている。それを抑えるためには「一位」という差し水が必要なのだ。

母さんは満足できないのだ。常になにかと戦ってトップに立てばそれらに打ち勝てると思っているようだが、実際の敵は自分自身だから、戦えば戦うほど傷を負うだけだ。

いつまで経っても勝てっこない。母さんは永遠の負け戦をしている。

「わかっています」

「休み明けにはテストがあるわね」

「はい」

寿子はとっくりと勝人を眺める。その顔はこう言っている。言いたいことは山ほどあるけれど言わずにおいてあげる。

「わかっているのならいいわ」

遠ざかるヒールの音は、『怪我しないように気を付けてね』『いってらっしゃい』『がんばってね』どれにも聞こえない。

寿子は勝人に一瞥もくれず派手な色の車に乗り込むと、颯爽と門を潜る。毎度のことにため息も出ない。

ひんやりとした朝の空気を吸い込むと、多少気分がましになる。家の周囲は畑とたんぼに囲まれていて、この時間はまだひと気がない。自宅前の一本道を寿子の車が下ってゆく。その向こうから、だれかがやって来る。朝日の煌めきに勝人は目を細めた。

ラケットバッグを肩にかけ、しっかりとした足取りで坂道を登って来る人物。里田中学のジャージを着ている。勝人は細めていた目を見開いた。例のクラスメイトだった。俯き加減の彼女はなにかを口ずさんでいるようで口元が動いている。二人の距離が縮まる。彼女は最近のヒットソングを歌っていた。丁度サビの部分にさしかかった時、気配を感じたらしい彼女が驚いたように顔を上げた。中途半端に開かれていた口があんぐりと開く。目玉が飛び出そうな彼女に、勝人はぎこちない笑みを向けた。見て見ぬふりをするより、こうした方が自然だと思ったからだ。

一瞬で彼女の唇が見えなくなる。永遠に開かないのではないかと思わせるほど強く引き結ばれた唇、赤く染まった頬、膨らんだ鼻孔。

勝人は彼女に向けた的外れな笑みを消した。

羞恥心を隠すためか、彼女は勝人を睨みつけてくる。固く閉じられていた唇が割れる。

「なに見てんの」

唾を吐きかけるように言い捨てると、クラスメイトはなにごともなかったかのように坂道を登ってゆく。勝人の口から勝手に言葉が漏れる。

「おまえが」

怒ったような足取りのクラスメイトの動きが止まる。

「おまえがいつも見てるんだろ」

クラスメイトが振り返る。

「冗談やめてよ。だいたい、あんた気持ち悪いのよ」

勝人の「スイッチ」を押したのはそれではなかった。通り過ぎ際に投げた一瞥が問題だった。

全身を怒りと嫌悪の炎で包んだ彼女は、冷え冷えとした視線を勝人に投げた。それは、ひとをひととも思わない、害虫でも見るような視線だった。侮蔑のこもった最低最悪のものだった。

あの眼は。

——毎晩毎晩、わたしの睡眠時間を削るためにわざと粗相をするの？

——どうしてできないの。その頭はお飾りなの？

——一位でなければ即退部よ。

——せっかく男に産んでやったのに。

——なぜ生まれてきたの。

カチッ。

それは、揃えた人差し指と中指で力一杯押し下げるようなものではなく、やわらかい手で優しく撫でるような作業だった。

目元を前髪で隠し目が合わないようにしたことも、極力目立たないよう存在を消すように振る舞ったことも、すべてが何億年も前のことのように感じた。

そんな眼で僕を見るな。

「え」

声を発した彼女が横ざまに倒れていく様を、勝人は両手を突っ張ったまま見た。肩を押した感触が手のひらに残っている。クラスメイトは手をつく間もなかったのか、ゴッ――という くぐもった音と共に頭から地面に倒れた。

蜩《ひぐらし》の声。

それ以外はとても静かだ。

倒れたクラスメイトのそばへ寄る。彼女の目はしっかりと閉じられている。

ああ、だから静かなのか。

蜩の声だけが、カナカナと。

膝をつくと、クラスメイトの肩に手をかけ揺すってみる。彼女は目を開けない。

甲高い声で鳴き続ける蜩。カカカカ、カカカカ。
倒れた女子は目を開けない。
でもこれで安心だ。僕は安全だ。
蜩の声は高まり、音量を増す。
僕は守らないとならない。僕自身と心を。そうでないと――。
カカカカカカカカカカカ
うっすらと開き始める女の眼。狭い隙間の向こうから、左右別々に揺れていた瞳がこちらに向けられる。処分したはずの不用品が片手を持ち上げ、指をさす。
「お――にい――」
ちがう！　うそだ、うそだ!!
カカカカカカカカカカ
うそだ、ちがうこれはちがうあれはじこだぜんぶせんせいが
カカカカカカカカカカカカカカカカカカカカカ
カカカカカカカカカカカカカカカカカカカカカカカカカカ
ごめんなさいごめんなさいごめんなさいごめんなさいごめんなさ

2

玄関に入るなり、リビングから巴が顔を出した。帰って来たのが星也だとわかると、期待に染まった顔から色が抜ける。

「――遅かったわね。華のこと、なにかわかった？」

星也は、華の同僚が何者かに襲われたこと、聞き込みに来た刑事に華の話をしたことなどを話した。リビングのソファーで、巴は身じろぎ一つせず話を聞いた。いつもは煩いくらいに打つ相槌も、詮索しようという目の輝きも、今日は一切が消えていた。ただ、瞳の奥は恐怖で満たされていた。

「華は――華は無事よね？」

当たり前だろ、と言ってやりたかったが、どうしても言葉が出てこない。巴はそれを感じ取ったのか、縋るような目をぎゅっと閉じ、自分に言い聞かせるように「大丈夫」と繰り返す。

「斎藤君、手が空いたら来てくれるって」

華が帰って来た時のために、家にはだれかいた方がいいと斎藤に言われたそうだ。

巴に留守を頼むと、星也は家を出た。

巴の車に乗り込んだ時、ポケットのスマホが着信を告げる。葉月だった。巴が葉月の母に話したようで、彼は華の行方がわからないことを知っていた。

「おばさんのこと心配だから、母さんがこれからそっちに行くって」

星也が礼を言うと、葉月は、

「おまえ、大丈夫か？」

と訊いてきた。

「これから華を捜しに行く」

わずかな間の後、

「捜すって……あてはあるのか？」

「わからない。とにかく行かないと。華が危険なんだ」

葉月が絶句する。

「もう行かないと」

葉月の縋るような声が星也の耳に届く。それはまさに今、親友からかけてもらいたい唯一の言葉だった。

「俺も一緒に行くよ」

星也の話を聞いていた葉月が途中から相槌を打たなくなった。ハンドルを握っている星也は、葉月を巻き込んだことを後悔し始めていた。信号待ちで車が停まる。星也は助手席の葉月に目を向けた。彼はマウンド上にいる時の顔をしていた。勝敗を分ける一球を手にしている時の顔だ。

「絶対に見つけないと」

葉月は言った。星也に目を向けると、

「彩り建設へ行くつもりか？」

と訊いた。

「追い返されるのはわかってるけど、今はそこしか手がかりがない」

葉月はなにやら考えこんでいる。後続車が短いクラクションを鳴らす。いつの間にか信号は青に変わっていた。

彩り建設に着いた二人は早速中へ入ったが、矢羽田の人間には会えなかった。そればかりか、警備員に投げ出されんばかりに追い返された。受付嬢は、今日は一切笑顔を見せなかった。

警備員は、二人が乗った車が敷地内から出ていくまでじっと監視していた。どうやら、寿子から全社員に徹底した指示が出ているようだ。

彩り建設のビルを後ろに見ながら、葉月が、

「こうなることはわかってたけど——さて。どうする？」

「里田村へ行って——」

着信音。あわてて画面を見ると「非通知」となっている。

「もしもし」

なにも聞こえない。

「もしもし」

きつく押し当てた向こうから、囁くような声。

「——指《ゆび》きり峠《とうげ》」

それきり電話は切れた。

3

発信者不明の電話の後、星也たちは峠へ向かった。降り出した雨はあっという間に

勢いを増し、ワイパーを最速で動かしても前方の確認が困難なほど激しい風雨が吹き荒れていた。

「姉ちゃん、ほんとにこんなところにいるのかな」

助手席の葉月が不安そうに言う。

「今はここしか手がかりがない」

「あの電話だって……だれからなのかもわからないし」

それについて思い当たる人物は一人しかいないが、ともかく今は華を救い出すのが先だ。

「とにかく行ってみよう」

激しい雨のせいかこれまでにすれ違った車は数台で、峠に近づく頃には見かけなくなった。真っ黒な雨雲が空を覆い、風雨は激しさを増していた。

星也が生まれた時から活躍している巴の愛車は、よく手入れはされているが急な坂道を登るには歳を取りすぎていた。ぜいぜいと喘ぐエンジン音と風の音。さながらホラー映画のワンシーンのようだ。

峠の中腹辺りで星也は異変を感じた。最前から嵐の手で揺り動かされていた車体が別の力に包まれた。ハンドルが細かな振動を捉えたかと思うと、どんという音と共に身体がシートから浮いた。吹き荒れる嵐のうなりをも上回る轟音が車体を震わせる。ブレーキを踏み込もうとした星也に、葉月は噛みつくような叫び声を上げた。

「止まるな！　アクセルを踏み込め！」

星也はなにが起きているかわからないまま、半ばパニック状態でアクセルを踏み込んだ。ポンコツ車は悲鳴のような咆哮を上げ坂道を駆け上がる。ともするとハンドルをとられそうになりながら星也たちは生死の分かれ目を疾駆した。

曲がり角が迫る。星也は慌ててブレーキを床まで踏み込んだ。老体の車が抗議の声を上げ急停車する。星也たちの身体が投げ出されんばかりに傾ぐ。

薄暗い車内で二人は顔を見合わせた。葉月の顔に驚愕と恐怖を見てとると、星也は首を後方に向けた。たった今駆け抜けてきた道は、大量の土砂で塞がれていた。

葉月がしゃっくりのような声を上げる。それがヒステリックな笑い声だと知っても、星也はまったく驚かなかった。星也もまた、同じように笑っていたからだ。

4

黒いＳＵＶの後ろに車を停めると、星也は家を見上げた。峠に建つ建物はこの一軒だけ。真っ白な外壁は矢羽田家の屋敷を彷彿とさせたが、屋敷とは正反対のモダンなデザインで、建物の前には広いイングリッシュガーデンが存在した。

「ここで待っててくれ」

葉月は面食らった顔で星也を見つめ返す。

「刑事さんに言われただろ、入るなって」

ここへ向かう途中、星也は斎藤に連絡を取っていた。ハンズフリー越しに聞こえる声は、困ったような顔をしている斎藤のものとは思えないほど厳しかった。警察をそちらに向かわせるが、先に建物に着いても決して中には入らないように。斎藤はそう言った。

「ここで待つだけなら来た意味がない。それに、俺は待てなかったから来たんだ」

それを聞く前から葉月は観念したような顔をしていた。

「わかった、俺も行く」

「これ以上危険な目に遭わせられない。もしものことがあったら、葉月の家族に合わせる顔がないからな」

葉月の瞳が揺れた。唇を真一文字に結んだ後、決心したように葉月は口を開く。

「そうはいくかよ。前に言ったろ、星也の姉ちゃんは俺にとっても姉貴みたいなものだって。それに――」

葉月は迷いのない眼差しでしっかりと星也を見つめた。

「お前を一人で行かせたら、俺はきっと一生後悔する」

星也は親友の顔を見つめ、精一杯の微笑みを浮かべた。

「俺は玄関。星也は裏口」

二人は嵐の中に飛び出した。走りながら葉月に目をやると、足の速い彼はすでに玄関付近に着いており、シャッターが下りた車庫前を通るところだった。葉月は一度も振り返らなかった。

壁一面がガラス張りになっていて、そこから煌々と灯りが漏れている。打ちつける雨の中、風に身体を弄ばれながらも必死に脚を進める。耳元で風が炸裂する。風音とは別の物音に目を向けると、赤いバラが巻き付いたガーデンアーチが激しく揺れていた。

窓にはカーテンが引かれておらず中の様子が窺えた。執拗に顔を打つ雨粒を払うと、星也は両手を目の上にあてがい、手の側面を窓につけた。そこはリビングのようだ。だれもいない。段差の小さい数段の階段下が円形状のリビングスペースになっていて、重厚なソファーとテーブルが置かれている。隅にグランドピアノが鎮座し、部屋の周囲は天井までの高さの本棚で囲まれている。

ぬかるんだ地面に足跡を残しながら裏口へ向かう。ドアハンドルは抵抗なく押し下げることができた。

そこはきれいに片付いたキッチンだった。ドアを後ろ手に閉めると、星也は足を進めた。嵐の音が遠ざかる。真っ白なL字型キッチンに目を走らせる。電子レンジやコーヒーメーカーはカウンターに載っているが、ナイフやハサミの類は見あたらない。手あたり次第に棚や引き出しを開けてみるが、入っているのはコーヒーなどの飲料、缶詰や箱の食料品だけだった。せめて葉月には武器になりそうなものを持たせるべきだっただろうか。車にレンチがあったはずだ——同時にこんな想いも過る。ナイフやレンチがあったとして——。

俺たちは躊躇いなくそれを使えるだろうか？　防衛とは言え相手を傷つける武器として？

キッチンにある扉は一つだ。金色のドアノブを回す。扉の向こうは通路になっていて、その先がリビングに通じているようだった。細長い廊下の左右にはいくつもの扉があった。ひとの気配はない。

葉月はどうしただろう？　玄関が開かず、裏口へ回っただろうか？

キッチンから近い順に扉を開けてゆく。手前の部屋は洗濯室だった。向かいのドアを開けた時、髪から雫を滴らせた男が間近に現れた。咄嗟に身構えた星也は、向かい合った男も同じタイミングで身構えるのを見た。それは鏡に映り込んだ自分だった。そこは、洗面所とトイレが併設された広い浴室だった。

浴室の隣は書斎のようだ。大きなデスクセットと本棚が部屋の大半を占めている。薄暗い部屋に仄かな灯りを見つけ、星也は書斎に入った。灯りの源はデスク上に置かれたパソコンだった。しばし躊躇ったが、パソコンの方に回ると開かれたままの画面を覗いた。

正方形の白い紙の上にピアスが一対置かれている画像が映っている。実際に耳に着けたら肩の辺りまで垂れ下がりそうに長いピアスだ。小さな石が連を成す中、一粒が星型の光を放っていた。

マウスをクリックする。

なにが映っているのかわからなかった。画面三分の一を占めるペールオレンジ。それがカメラに映り込んだ指だと気付いても、残り三分の二に映る紅白のねじれたホースのようなものがなんなのかわからなかった。咄嗟に思い浮かんだのはホルモンだ。巴は、焼き肉店に行くと必ずホルモンを注文するが、あのぐにゅぐにゅした歯ごたえが苦手でどうにも好きになれない。なぜパソコンに血まみれのホルモン画像が——。

後じさった足が椅子を押し、背もたれの部分が壁にあたって音を立てた。星也は声を殺すために口を腕で覆った。

今では、それがひとの腸の一部に見えた。そう思った途端、戦慄が身体を貫いた。逃げ出したい、この部屋から出たい、こんなものは見たくない。だが、星也の目は画面を凝視し続けた。逃げ出したい感情とは裏腹に、ほんとうにひとの身体の一部なのかを確かめなくてはならないというプレッシャーが星也を留まらせた。

マウスに置いた手が震える。人差し指でクリックすると次の画像が現れた。驚愕で星也の身体が後方に飛んだ。膝裏が椅子の座面に勢いよくあたり、意図せず腰かける恰好になった。星也は自分の腕に歯を立てた。そうしなければ、奔流する悲鳴を抑えられそうになかった。

それは女性の遺体画像だった。両手を広げた女性は首を傾げ、顔だけ見ると眠っているように見える。しかし写真の女性は眠っているのではないし永遠に目覚めることはない。なぜなら先ほどの紅白のホースは女性の腹からはみ出たものであり、全裸の女性は大きく腹を裂かれていたからだ。

「ぐううう——」

星也は、漏れる呻きをなんとか抑えた。身体から血の気が引き、怖気《おぞけ》が止まらない。本能が見るな、逃げろと喚《わめ》いている。それなのに腕はマウスに伸びる。

真っ赤なランニングシューズ。銀色の縁取りが施されたシューズはきちんと揃えられこちらを向いている。

ランニングウエアに身を包んだ女性はポニーテールの髪をなびかせ腕を振り、走るポーズを再現させられている。青いビニールシートの上で、青白い顔の女性は目を閉じている。死後なお、彼女はどこへ走らされているのだろう？　必要な足がないのに？

星也の呼吸が止まった。

ガラス細工のストラップ。歪な水玉模様の中央にＫの文字。

京香、のＫ。

戦利品。

そう思い至った途端、激しい嫌悪と恐怖が星也を襲った。

矢羽田勝人の財布に付いていたガラス細工。

長いピアス、真っ赤なランニングシューズ、ストラップ……。

写真の数はいくつある？　一体、何人分ある？

さらにフォルダを開こうとした時、半開きのままのドア前を通り過ぎる人影が目に入った。星也は廊下に飛び出した。向かいのドアが閉まるところだった。ドアを引き開け、勢いよく部屋に飛び込む。

ベッドの上に横たわる華を見た直後、首に激しい痛みが走る。

華の姿が薄れていった。

5

「目が覚めた？」

目が回る。首筋が、焼かれたように熱く痛む。

「やっぱり身体の大きな男には効きが甘いみたいだな」

矢羽田勝人は星也の前で屈みこみ、手にしたスタンガンをためつすがめつしている。

星也は両手を後ろに回され、両足も縛られていた。解こうと躍起になっている星也

に、勝人は、

「腕力にはそこそこ自信があるけど、星也君には敵わないだろうから縛らせてもらったよ。ああ、華さんはまだ眠っているよ」

華、の一言で頭が澄み渡る。

「華になにをした」

声がざらつく。縛られ、床に転がされているのも忘れ星也は勝人ににじり寄ろうとした。

片眉を上げた勝人はじっと星也に視線を注いでいる。

「華にもそれを押し当てたのか？」

勝人は表情を変えない。前髪から垂れた雫が眉に落ちる。勝人の髪は洗髪後のように濡れ、服はたっぷりと水分を含み身体に張り付いている。

「静かにしてもらうために使ったことはあるけど、星也君がされたのとはずいぶん違う。彼女へは安全を考慮したけど、君の場合は——」

勝人は軽く肩を竦めた。

「死んでもおかしくなかった」

星也がなにか言うより早く、勝人は立ち上がった。

「君たちは悪運が強い」

「君たち……？」

勝人はスタンガンをサイドテーブルに置くと、短い階段を駆け上がり通路へ消えた。グランドピアノの近くに転がされていた星也は首を回し、目で行方を追った。

勝人が引きずってきたのは葉月だった。星也と同じように縛られている。

勝人は握っていた襟首から手を離すと葉月を階段の上から蹴り落とした。二度弾み、葉月はごろごろと転がった。

「葉月！」

うつ伏せの葉月が顔を上げた。葉月は星也と目が合うと、しかめていた顔を申し訳なさそうに歪めた。

「――ごめん、星也」

「葉月！　なにをされた？　怪我は？　――ごめん、ごめんな」

二人の間に割って入った勝人は無表情だ。

「葉月は関係ないだろう！」

勝人は小首を傾げる。

「お行儀のいい葉月君には悪いけど、しばらくはこのままでいてもらうよ」

「葉月にもスタンガンを――」

勝人は可哀そうなものでも見るような目で星也を見下ろした。

「外は大雨だ。水に濡れた手でスタンガンを使ったら俺が感電する。しかも電圧を上げたスタンガンだ。死ぬかもしれない。でもまあ……君は身体が濡れていたにもかかわらず感電死しなかった。ショートしたのかな。つくづく悪運が強い」

勝人はサイドテーブルにちらりと目をやった。それから二人を見渡せるソファーに腰を下ろすと背もたれに身体を預けた。

「華をどうする気だ」

それを聞いた勝人は愉快そうに笑った。

「結局、親友より愛する人を選ぶってわけだ」

前屈みになった勝人は星也の顔を覗き込む。

「俺が気付いていないと思ったか？」

上体を起こすと、勝人は組んだ両手を膝に置いた。

「いくら血が繋がっていないとはいえ、姉に恋焦がれるなんていただけないな」

勝人は反応のない星也から葉月へと視線を移した。葉月が咄嗟に目を逸らしたのを見て、勝人は嬉しそうに笑う。

「親友も君の気持ちに気付いていたみたいだ」

笑みを引いた勝人は、

「もっと上手く立ち回らないと。君の心はガラス並みに透けて見える。それともわざとそうしているのか？　周りに気付かせたくて。君の叶わぬ恋は年季が入っているのだろうけど、華さんも迷惑だったろう。だから華さんは家を出て一人暮らしをしているんだろう？　君と距離をとるために」

なにか楽しいことでも思いついたように勝人は顔をほころばせた。

「巴さんは気付いているのかな？　ずっと一緒に暮らしてきた母親が気付かないわけがないか。だとしたら複雑な――」

「あんたの母親は知ってるのか」

勝人は薄ら笑いの固まった顔を星也に向けた。

「なに？」

星也の目には、惨殺された女性たちの姿が視《み》えていた。腹を裂かれ、腸をはみ出させた女性。両足を切り落とされ、それでも走らされている女性。

「息子が殺人鬼だと、母親は知っているのか」

勝人は小動《こゆるぎ》もしない瞳を星也に向けている。

「お前、これまでにいったい何人殺した？　あんなに残忍なやり方で女性ばかり狙って。橘京香もお前が殺したんだろ？　フォルダの数だけ殺したのか？　華を何人目にするつもりだ？」

勝人の瞳になにかが灯ったような気がした。

「なにを言っているのかわからないな」

「母親の虐待が原因か？　それとは無関係に殺人衝動が起こるのか？　同級生の林琴子もお前が殺したのか？　それが始まりか？　中学生がいったいどうやって――。遺体の処理は。まさか……」

葉月がぎょっとしたように目を剝く。

「どこへやった？　遺体を、どこへ隠した？　母親が手を貸したのか？　母親はいつから知っていた？」

それまで呆れたような表情を浮かべていた勝人の顔が一瞬にして翳る。仄暗《ほのぐら》い双眸《そうぼう》には底知れない闇が横たわっている。それを見つけた星也の胸におそろしい閃《ひらめ》きがよぎった。

「まさか――まさか、はじめから知っていたのか――？　お前がすることを、母親はずっと黙認してきたのか――？」

額から流れ落ちる雨粒が、勝人の瞬きしない睫毛に雫となって留まる。勝人が一つ瞬きをすると、睫毛の雫が濡れそぼった頰に落ちた。

「虫から始まって、猫に——犬も殺した？　犬猫じゃ満足できなくなって殺人に手を染めたのか」

勝人はなんの反応も見せない。

星也の脳裏にふいに浮かぶ顔があった。橘だった。顔色の悪い男は昼夜を問わず待っている。手がかりを。娘が帰って来るのを。二度と帰ることはないという結末を聞くまでは、おそらく命尽きるまで待ち続けるのだろう。決して帰ることのない我が子を。

「理由はなんだ。お前、橘京香と接点があったのか？　林琴子も橘京香も、お前に命を奪われなければならないほどのことをしたのか？　命が代償の罪とはなんだ。彼女たちに相手にされなかったからか？　それとも理由なんてないのか？　人殺しができれば相手はだれでもよかったのか？」

勝人の表情は変わらない。それが星也の怒りを増幅させた。

こいつは後悔していない。なに一つ悔いていないのだ。

「お前は——悪魔だ。女性たちをあんなにひどい目に遭わせて平気で生きていられるなんて。後悔一つしないなんて。なぜ生まれてきた？　彼女たちは死んだのに、なぜお前が生きている？　お前が生きている意味はなんだ」

　その時初めて勝人の表情が動いた。

「そのセリフが、どれだけ毒を含んだものかわからないだろう」

　勝人がゆらりと立ち上がる。

「箱にしまって心の隅に置いてあるのに、それには棘が生えているから心は常に血だらけだ。今、星也君が吐いた言葉は僕の命を脅かすほどの猛毒を含んでいる。これ以上僕の心を壊さないでくれ」

「なにを言っている？　お前たちが多くの人生を破壊したんだ！」

「破壊した？　僕が？　破壊されたのは僕だ。心を凍らされ、砕かれ、踏みにじられるのは破壊じゃないのか。命が代償の罪？　罪という名を与えるなら、僕の命を脅かした罪だ。やつらは僕の胸にナイフを突き刺した。忘れたくても忘れられない、思い出すと死にたくなるような過去に。――ほらみろ。もう、毒が回り始めている」

　わなわなと震える手を、勝人は顔の前に掲げた。

「親や、育った環境のせいにするのか。すべてひとのせいか」

「君のような連中から身を守っただけだ。それに、処分したのは不用品だ。僕に害を為す、その他大勢」

距離を詰めた勝人が腕を伸ばす。

「その眼のせいだ。そのせいで、身体に回った毒が抜けないいんだよ」

星也の首に手がかけられる。

「眼を閉じてくれないか」

首への圧迫が始まった。

6

後ろ手に回された手が頭上を通過する。しなやかな肩を持つ葉月が拘束された手を胸の前に回すのを、星也は視界の隅で確認した。勝人の手が頸に巻き付き、締まる。本能が助けを求め葉月の方へ視線が流れそうになるのを、星也は必死に堪えた。

気道が塞がる。泣きたくなどないのに、まるで絞り出されるように目尻から涙がこぼれる。

勝人の背後によろよろと近づく葉月の影。

「手を離せ」

弱まりはしないものの、勝人の手はそれ以上締め付けようとはしなかった。

「早く！」

勝人が背後に顔を向ける。

葉月は拘束されたままの両手でしっかりとスタンガンを摑み、それを勝人の首に押し当てている。

「星也から手を離せ！」

葉月は必死の形相だが、勝人は落ち着き払った表情だ。

これじゃあ、どっちが武器を持ってる人間かわからないじゃないか――。星也は、朦朧とする意識の中でそんなことを思う。やっぱり武器にはできないんだ。俺たちにはできないんだ。

急に頸の圧迫感が消え呼吸ができるようになる。激しく咽《むせ》る星也を尻目に、勝人が片膝を立てた。それに気付いた葉月が慌ててスタンガンのスイッチを押す。

カチッ。

乾いた音が星也の耳にも届いた。

カチッ、カチッ。

「な――」

泡を喰った葉月は作動しないスタンガンを押し続ける。悠々と立ち上がった勝人は、

「言ったじゃないか。ショートしたかも――って」

言うが早いか勝人はスタンガンを奪い、葉月に向かって素早く振り下ろした。

「やめろ！」

星也の叫びと同時に黒い台座が葉月のこめかみをしたたかに打った。驚愕に見開かれた目がぐるりと上を向き、葉月は昏倒した。

「葉月！　葉月！」

葉月はぴくりとも動かない。

勝人がこちらへ向かってくる。星也はできる限り身体を丸めた。

柔道の寝技を習い始めた頃、星也は道場の師範に教えられたことがある。「人間の身体の中で最も大きい筋肉はどこにあると思う？」まだ幼い星也にはわからなかった。師範は太腿を指さし言った。「ここだ。大腿四頭筋。寝技では特に脚を使って防ぐ、攻める」

防ぐ、攻める。

勝人が近づくタイミングを狙いすまし、星也は縛られた両足を突き出した。背中が

反るほどの勢いだった。泥だらけのスニーカーが勝人のみぞおちに埋まる。

「ぐ、あ」

苦悶の喘ぎをもらし、勝人は身体をくの字に曲げた。落ちてきた顎を目がけ、星也は足を繰り出した。勝人が大きくのけ反る。口から吐き出した血のシャワーを浴びながら勝人は倒れた。星也は腹筋を使い上体だけ起こすとすぐさま葉月に寄った。

「葉月！　葉月！」

思いきり葉月の身体を揺さぶりたかったが、両手は身体の後ろだ。葉月の胸を注視すると上下しているのが確認できた。濡れたTシャツが胸に張り付いているせいで、その呼吸が規則正しいものではないことも見て取れた。

葉月と華を病院へ運ばなければならない。

星也は、縛られた両手が葉月の身体に沿うように体勢を変えた。葉月はいつもボトムスの後ろポケットにスマホを入れていた。背中を押し付け、なんとか葉月の半身を浮かせ後ろポケットを探ったが、指先は生地を撫でるだけだった。

勝人は仰向けに倒れたまま動かない。開いた口から血だらけの歯が覗き、真っ赤なルージュでいたずらされたように唇から血がはみ出している。

よろめきながらなんとか立ち上がる。跳ねるように一歩踏み出した時、なにかに足首を取られる。正面から倒れるのを避けるために身体を捩った。顔面強打は免れたが、右半身を下にして倒れたために肩を激しく打った。痛みに悶えながら、足を捉えたものに目をやった。足首を摑んでいるのは勝人だった。いつの間にかうつ伏せの体勢になった勝人はしっかりと腕を伸ばし、力強く星也の足首を摑んでいる。星也は闇雲に暴れる。それがわかっているかのように、勝人はもう片方の手で星也の脚を押さえる。反抗も空しく勝人の手がどんどん上がってくる。もがいても暴れても、どうにもならない。星也は馬乗りになった勝人を見上げた。

「さようなら、星也君」

勝人の手が伸びる瞬間、星也は一気に上体を起こした。勢いをつけた頭が、迫っていた勝人の額にぶちあたる。ふいを突かれた勝人は痛みにもがき、のけ反った。その隙を逃さず勝人の身体の下から這い出ると、星也は勝人に体当たりした。勝人はソファー前まで吹っ飛んだ。フローリングに敷かれた絨毯は毛足が長く、多少なりともクッションとなったが、勢いよく倒れた勝人は脳震盪《のうしんとう》でも起こしたのかすぐに起き上がる気配はない。この機を逃すまいと星也はにじり寄る。腹筋を使い両足を持ち上げる。そして、勝人の胸目がけて振り下ろした。

勢いをつけた足が何者かに捉えられる。星也は、目を回している様子の勝人から自分の足へと目を移した。そして、そばに立ち、足を摑んでいるのは矢羽田寿子に違いないと確信を持って見上げた。だが、それは――。

勝人の父、矢羽田浩司だった。

眉を八の字に下げた浩司は、汚いものでも投げ捨てるように星也の足を放ると手のひらについた土を払った。星也は呆然として浩司を見上げた。

「勝人」

膝を折った浩司は呼びかけながら介抱を始めた。抱き起こされた勝人は父親の腕の中で目をしばたたき、頭突きのせいで腫れ上がり始めている右瞼に手をやった。痛みに声をもらすと、父親の腕から離れた。

「父さん……」

よろよろと立ち上がる勝人を追い越すスピードで浩司は膝を伸ばした。状況を把握しようというのか、浩司は星也を見た後、倒れたまま動かない葉月に目をやった。その時、ようやく星也の思考が働き出した。

「助けてください」

星也は言った。

浩司は葉月に目を向けたまま振り向かない。

「勝人さんは——あなたの息子は殺人者です。何人もの女性を殺している！」

星也は反応を待ったが、勝人の父親は肩を規則正しく上下させるだけだ。

「姉がここへ連れて来られました。友人は殴られて倒れたままです。二人とも病院へ連れて行かないと！　俺の拘束を解いてください！　早く！」

反応はない。

「あなたが——あなたが俺に電話したんでしょう？　あなたも気付いたから……姉を攫ったのが勝人さんだと気付いたから——」

ゆっくりと、浩司が首を巡らせる。視線の先にいるのは勝人だ。

「口を塞がなきゃだめだろう」

ぞ——っ、と恐ろしい予感が背中を這い上がってくる。

ちょっと待て——。浩司は息子の凶行を止めに来たのではないのか？

華の行方を訊ねられた時に、息子の犯行を疑ったのでは？

だからこの場所を知らせて——。

浩司の服は一切濡れていない。峠までの道は土砂で埋まっている。浩司は、いったい、いつからここにいる？

「お前はいつも詰めが甘い」

星也の鼓動は耳元で感じられるほどに強くなる。そしてある光景が思い出される。ここへ着いた時、巴の車は黒いＳＵＶの後ろに停めた。その後、葉月と二手に分かれた。星也は葉月が心配で何度か振り返った。葉月は一度も振り返らなかったが、彼の後方にシャッターの閉まった車庫が存在していた。車一台分の車庫。

「僕は、父さんに指示してほしいだけで――」

「それなら指示してやろう。三人とも、〝処分〟するんだ。その後は、いつも通りわたしが処理してやるから」

極めて冷静に、優しく、浩司は言う。その場を動かない勝人を流し見ると、浩司は繰り返す。

「聞こえなかったか？　わかっていると思うが、そっちの男はまだ生きているぞ」

「だけど父さん、彼らは足止めするだけで充分――」

「処分するんだ」

勝人の犯行を知っていたのは矢羽田寿子ではなかった。

矢羽田家のインターホンから聞こえた蚊の鳴くような声。囁きの電話。同じ声、浩司の声。勝人の行動、言葉。大雨の中、葉月を無傷で捕らえたのは勝人だろう。

『星也君がされたのとはずいぶん違う』『死んでもおかしくなかった』全身ずぶ濡れの星也にスタンガンを押し当てたのは浩司だ。

俺たちは浩司におびき出された――。

「さあ」

唐突に、腹を裂かれた女性が思い浮かび、星也は嗚咽を漏らした。それを聞きつけた浩司が、

「ほら、対象の男も己の行く末を悟っているようだ」

「あんたたちは――」

星也は声を絞り出した。身体の奥底から湧き上がるのは、恐怖を超越した怒りだった。

「なにを言ってんだ？　処分？　それが殺人の呼び名か」

浩司の顔は何一つ変化しない。今では、下がった眉のせいで微笑を浮かべているようにさえ見える。

「星也君に理解してもらおうとは思わないよ」

浩司の言葉が鋭く飛ぶ。

「勝人！　対象を名前で呼ぶな！」

それまでの、か細い声の持ち主とは思えない胴間声だった。カッと目を見開いた浩司は別人のようだ。勝人は肩を落とし、星也から視線を逸らした。星也は噛みつくように吼《ほ》える。

「なぜだ！　名前で呼ぶと不都合なことでもあるのか!?　殺す『対象』が人間だと自覚するのが怖いのか？」

突然、浩司が破顔した。声を出さずに笑っている。

星也の怒りが燃え上がる。

「いつからだ？　林琴子が発端か？　あんたは初めから知っていたのか」

浩司がわざとらしい渋面を作る。

「そんなことを知ってどうする？」

星也は浩司を睨みつけたまま返事をしなかった。浩司は大儀そうに息を吐き出すと、

「勝人が対象を選び、処分する。わたしは後処理をするだけ」

「林琴子、橘京香――彼女たちを殺したのは矢羽田勝人、お前なんだな？」

星也の射るような視線を、勝人は正面から受け止めている。

「それを、父親であるあんたが隠した。どこへ隠した？　自宅の庭か？　かつて息子がそうしたように」

浩司が、探るような目を向ける。

「なんの話かな？」

「あんたが息子の異常性に気付いたのはいつだ？　勝人が林琴子を殺した時か？」

「勝人が庭に隠したものとはなんだ？　お前はなんの話をしている？」

「息子がひとを殺す前に、その異常性に気付かなかったのかと訊いてんだよ。家政婦ですら気付いたことを、両親共まったく知らずにいたっていうのか？」

「家政婦からなにを聞いた？」

「夜の儀式のことか？　それならすっかり聞いたよ。息子を虐待する妻に盾つく勇気もなく、首をたれて従ってたってな。いったいどんな気分だった？　助けを求める息子の手を振り払うのは」

著《いちじる》しく感情を欠いた顔で、浩司は言った。

「お前には関係ない。それよりも」

浩司は容姿に似つかわしくない力で星也の身体を乱暴に起こすと、パッと手を離した。星也はソファーにどさりと倒れ込んだ。

「勝人が庭に隠したものとはなんだね？」

覗き込むように浩司は訊ねた。口元には作ったような笑みを浮かべている。

「林琴子はどこにいる」

一瞬の沈黙後、

「交換条件のつもりか？」

そう言って、浩司は向かいのソファーに腰を下ろした。ケンカの仲裁役のように、勝人は一人掛けソファーに座る。星也は上体を起こすと浩司と対峙した。

「自宅の庭だよ。空木《うつぎ》を移植する時、わたしが埋めた」

勝人が素早く浩司に顔を向けた。星也には、それが長年の秘密を暴露された驚きだけのようには見えなかった。勝人は、なにも知らなかった、という顔をしている。

「社が手掛ける建物の基礎部分へ隠すことも考えたが、それだとリスクが高すぎる。移植はわたし一人で行ったから露見する可能性は限りなく低かった。わたしの読みは正確だっただろう？　未だに見つかっていない」

勝人の口がなにか言いたそうに開かれ、結局閉じられる。

「それで？　勝人は庭になにを隠した？」

「猫だよ」

星也が答えると、浩司は呆れ顔で、

「猫？」

「そう、腹の大きな雌猫だ。正確に言えば、死骸を見つけた家政婦が離れの松の木の下に埋めた。あんたの息子は母猫の腹を裂いて子猫を引っ張り出し、それを躑躅の裏へ隠した」

浩司はただ可笑しそうに笑うだけだ。奇妙なのは、話を聞いている勝人の反応だった。浩司が現れてからどことなく落ち着きのない勝人だったが、今では冷静さを欠いているように見える。

「家政婦、か」

クツクツと笑う浩司を、勝人は怯えたように見つめるばかりだ。

「猫！　そんなもののために貴重な時間を割かせたのか？」

浩司は両手を広げ、ソファーにもたれた。

「そんなもの、じゃないだろう？　その時すでに勝人には生きものを殺すという異常性が見られたんだ。あんたたちがそれに気づいていれば――」

「そうしたら？　その後のことは起きなかった――そう言いたいのか？」

からかうように、浩司は星也の目を覗き込む。

「ちがうね。見当違いだ。お前の推理は全部的外れだよ」

悠々とした態度で浩司は言う。

「勝人の衝動は本人ですらコントロールできない。それを抑制するなんて、親であってもわたしにできるはずがあるまい？」

「だから殺しは好きなようにさせて、後始末をする……そういうことか？」

浩司は答えず、胸の前で両手を組んだ。父親の顔を凝視している勝人に、

「あんなに残忍なことをするなんて、いったい、お前は――」

「残忍？」

勝人が切り返す。冷静さを取り戻している。

「どこが？　あれほど静謐《せいひつ》な世界がほかにあるか？」

星也の目に浮かぶのは、無残極まりない遺体の女性たちだ。

「僕が処分したものを見たこともないくせに――」

「見たよ」

三人の間に激しい風雨の音が響き渡る。

「母猫を殺した時、快感だったのか？　だから同じように女性を切り刻むのか」

勝人の目になにかが灯った。星也がそれを見るのは二度目だ。

「君が言っているのは――」

「女性を傷つけるだけじゃ飽き足らず、ポーズをとらせて遺体の写真まで撮るなんて狂気の沙汰としか思えない」

勝人はなぜか浩司に目を向ける。

「何人殺した？　橘京香はどこだ」

勝人は答えない。ただじっと、浩司を凝視している。浩司は身体を起こすと、言った。

「彼は見てしまったんだよ、勝人。お前が犯した殺人の証拠を」

勝人は浩司から目を離さない。数秒間そうした後、ソファー横に置かれたテーブルの引き出しを開けた。

7

勝人がサイドテーブルから取り出したのは財布だった。

「これのことか？」

星也は財布にちらりと目をやると鼻で笑った。

「ああ、それも殺人の証拠だろうよ。被害者が身に着けていたものを戦利品として残してあるんだからな」

「ほかになにがあると――」

「今さらしらばっくれるつもりか⁉　自分のしたことを正義だとでも思ってるのか？　だから遺体の写真を撮ったのか」

「写真――？」

勝人は父親に目をやった。浩司はくつろいだ体勢でうっすらと笑みを浮かべている。

「わざと書斎のパソコンをつけっぱなしにして俺に見せたんだろ？」

財布をサイドテーブルに置くと、勝人は身を翻し、リビングの短い階段を駆け上がった。勝人の姿が見えなくなると、星也は浩司へと視線を移した。浩司は相変わらずリラックスした体勢で顔には微笑みを浮かべている。

「償わせず、罪を重ねさせたのはなぜだ？」

「なぜか？　勝人が妻の子だからだ。矢羽田の跡取りだからだ」

当たり前のことだと言わんばかりに浩司は言う。

バタバタと廊下を駆ける音。リビングの階上に立つと、勝人は言った。

ている。

勝人の声が震えている。震えているのは声だけではない。腕も、脚も、身体中震えている。

「なんだ、あれは」

浩司の表情は変わらない。細長い脚を組むと、真っ赤な靴が片方浮いた。

「おかしなことを訊く。お前が殺してきた対象だよ」

「ばかな！　僕は殺していない！」

僕は殺していない、い、い――。星也の頭の中で、その言葉は谺のように響いた。

「なにを言うかと思えば。いまさらなんだね？」

「あれ全部、父さんがやったのか」

「わたしがなにをしようと問題ないだろう？　後始末を頼んだのは勝人、お前だ」

「後始末――そう、父さんはそう言った。ずっとそう言っていた。だけどどうしてあんな――あんなやり方で――」

「い、い、い、あんなやり方が好きだからだよ、意気地のないお前とちがって。お前は昔から血が苦手だった。だからあの男のことも殺し損ねたんだろう？　電話では冷静そうに話していたが、わたしにはわかったよ。お前が顎まで恐怖に浸かっているのが。奴の意識が回復したらどうするつもりだ？　そう言えば初めての時もずいぶん長い間塞ぎ込んでいたな。まだ小学生だったたし、仕方ないが――」

「だれのことだ？」

――僕は殺していない。

真実はどこにある？

「だれの話をしているんだ!?　殺し損ねた男って言うのは西恭介のことだな？　小学生ってなんだ、林琴子は中学の同級生だろう！」

言ってから、星也はハッとした。

「――佐藤博希か……？　佐藤博希もお前が殺したのか!!」

「ちがう……あれは事故だ、僕が殺したんじゃない。事故だ、事故だったんだ」

勝人は見るからに狼狽《うろた》えている。

「佐藤博希の次が林琴子か」

「あの男の子は事故だった、僕が殺したんじゃない、事故で――」

「うるせえ！」

爆発した怒りが部屋に降り注ぐ。その破片を避けるように勝人は肩を竦めた。

「無実の人間に罪を着せて、その後も殺人を繰り返した。なにが事故だ、ふざけんな！」

「ちがう、そうじゃ――」

「矢羽田千景もお前が殺したのか？」

「な――」

「お前のばあちゃんだよ、佐藤博希と同じ日に死んだ」

勝人の足がよろよろと前に進む。

「ちが――ちがう。ちがう、ちがう！　僕じゃない！　猫も――対象を切り刻んだのも、写真を撮ったのも……僕じゃない!!」

それまで無言だった浩司がソファーから身体を起こした。

「なにがなんでも全員を殺したことにしたいようだが、残念ながら義母は病死だよ。素晴らしいタイミングで死んだ。あの時死んでくれなかったら勝人は大変なことになっていた。そうだろう？　勝人」

やれやれといった様子で浩司はソファーから立ち上がった。

「すべて勝人がしたこと」

「ちがう！　僕は対象を『処分』しただけ」

勝人は星也に顔を振り向けた。必死の形相だ。

「『処分』は殺しじゃない！　眠らせるだけだ、なぜなら僕にはそれで充分だったからだ。あの眼が——あの眼さえ閉じることができればよかった。たしかにその後は父さんに頼んだが、まさかあんな方法で——しかも、僕が選んだ対象以外にも父さんは——」

「じゃあ、お前が持っているものはなんだ。戦利品だろう？　殺した女性たちから奪ったものだろう」

「ちがう、いや、そうだが——」

勝人はサイドテーブル上の財布を手に取った。

「これは父さんがくれた。ここについているもの全部父さんがくれたものだ！」

『僕は殺していない』後処理は父さんが。女性たちの所持品も全て。

「つまりこういうことか？　ターゲットを決めるのも攫うのもお前の役目だが、殺人は父親の仕業だと？」

頷く勝人を見て、星也は言う。

「どっちにしろお前が原因であることは間違いない。直接手を下さなかっただけだ。お前がしたことは餓えた虎に肉を放るのと同じ行為だ」

勝人は項垂れていたが、やがて、

「これ——」

掲げた財布から垂れ下がるストラップ。Kの文字がゆらゆら揺れる。

「華さんの親友のことも、これがそのひとのものだということも――知らなかった、ほんとうに知らなかったんだ！　華さんにも訊かれたが、僕に答えられるわけがない。僕が決めた対象ではなかったのだから！　さっきも言っただろう、父さんは僕が選んだ対象以外にも沢山の女性を手にかけている。財布の装飾に――と、父さんからなにかをもらう度、だれかが処理されたのだとは思ったが……華さんの親友のことは……僕じゃない、父さん一人でやったことだ！」

「お前が悪い！」

突如、浩司が激高した。

「女は初めから気付いていたんだろう？　それが目的でお前に近づいた。お前はそれにも気付かず――」

「華だ、華！　名前がある、人格もある、家族もある！　橘京香も林琴子も佐藤博希も、みんな名前を持った人間だ！　お前たちが処分とか後処理とか呼んでいるのは殺人だ！」

叫ぶ星也に、浩司が向き直る。

「名前などない！　殺しじゃない！」

ぜいぜいと息を切らし、浩司は勝人をねめつける。

「これまでわたしがどれだけ苦労してきたと思う？　お前が飲ませる薬の分量が少ないせいで、ここへ来る途中目を覚ました対象がどれだけいたことか。きちんと飲ませていれば作用している時間は起きないはずなのに、お前のせいで何度危険な橋を渡ったことか！　そもそもお前が悪いんだ。運んで来る対象が少なすぎる！　あんなものでわたしが満足できると思うか？　何十年と積み重なった鬱憤《うっぷん》を、数年に一度の処分で収め、我慢しろと言うのか？　尾行と追跡は簡単じゃなかった。それはお前の仕事だからな。思うようにいかず、理想の処理ができなかったものもある」

浩司はチッ、と一つ舌打ちした。

「顔は傷つけたくなかったのに、そのストラップの女が暴れるから――」

「橘京香のことか？」

星也は押し殺した声で言った。そうしないと、身体が怒りで裂けてしまいそうだった。

「ああそうだ、それだ」

歯冠が破折しそうなほど、星也は奥歯を噛みしめた。

浩司は眉をひそめ、露骨に嫌悪の表情を向ける。

「お前もあれを知っているのか」

「あれじゃねえ！」

星也は吼えた。怒りの制御ブレーキはとっくに壊れていた。

「それ、でも、あれ、でもない！　彼らにはちゃんと名前があってそれぞれの人生があった！」

実につまらなそうな顔で、浩司は星也を流し見た。

「だったらなんだ？」

「林琴子の両親は今でも娘の帰りを待ってる。同じ村だ、もちろん知ってるだろう？　お前ら、いったいどんな気持ちで琴子の家族を見ていた？　二度と帰ることがない娘を待つ両親の姿は滑稽だったか？　彼らは十年以上、娘のポスターを張り続けてる。橘京香の父親は毎日、毎時間、毎秒、娘からの電話を待ってる。その気持ちが——引き裂かれるような痛みの中で、それでもわずかな希望に縋って生きるしかない気持ちが、お前らにわかるか!?」

「気が済んだかな？」

浩司は腕時計に目をやると大袈裟にため息を吐いた。下げた腕を腰に置いた時、着ている薄いカーディガンの前が割れた。その胸元に。

『お父さんをイメージして考えた刺繍よ。世界中探しても同じものはないんだから』

凝った刺繍。橘が着ていたものにも同じ刺繍が。

『メッセージでも謝れない時はこれの出番でね。市販されているシャツやタオルにオリジナルの刺繍をして、プレゼントしてくれるんだ』

「なんで――」

声がかすれる。喉が焼かれるように熱い。

「なんであんたがそれを着てる？」

京香が父親のために施した刺繍。殺人者の左胸で輝く、親子の絆。

導かれるように視線が下がる。浩司の足元。真っ赤な靴。銀色の縁取りが施された真っ赤なランニングシューズ。死後なお走らされる、足のない女性。

足元に視線を落とした浩司は、ニカッと笑う。

「あげないよ」

「――は――？」

「足の大きな女は背も高い。これは過去最高に大きな対象だった。これはさっき話した一番手こずった対象。これも、これも、勝人にだって譲れない」

なんで。なんでこいつは生きてる？　なんでこんなやつに、京香や女性たちは殺されなくちゃならなかった？

「殺した女性たちから奪ったものを身に着ける。……それで彼女たちを支配したつもりか？　そんなことで征服できるとでも？」

浩司が馬鹿にしたような目を向ける。

「これ以上の支配があるか？　死んでも逃れられない、永遠にわたしのもの、思うがまま。圧倒的な支配だ」

浩司は両手で自身の身体をきつく抱いた。快感に酔っているような表情だ。おぞましさに、星也の胸は焼けるようだった。

「奪った中から好みのものを選ぶのか。それとも、好みのものを身に着けている女性を選ぶのか。橘京香は。必要なのはストラップだけだったからスマホは捨てたのか」

「スマホ？　ああ、捨てたかもしれないな。その方が、あのモノ『らしく』見えると思ってのことだったが――かえって事件性を疑われたかな？　そうだとしたら今度からはタイプの区別なくきちんと処分しなければ」

今度。本来なら希望や後悔を感じる言葉だ。これほどまでに激しい怒りと深い絶望を感じるのは、その言葉を発しているのが殺人鬼だからだ。目の前の殺人鬼はこの状況を切り抜け、その上まだ犯行を重ねるつもりでいる。

星也は叫び出したい気持ちを抑え、必死で思考を働かせる。

女性たちの持ち物は、一つは浩司が身に着け、もう一つは勝人の財布の装飾に変化している。一人につき、少なくとも二つの所持品が奪われているはずだ。勝人の言っていることが正しければ、浩司はなんのために貴重な戦利品を息子に渡すのか。

息子に罪をなすりつけるため。支配力を誇示するため。――だれに？　手にかけた女性たち？　息子？　そもそも、浩司はなぜ女性を支配したがる？

浩司は自らを抱いていた腕を下げると、星也に近づく。

「さあ、もういいかな。勝人、手を――」

「矢羽田寿子は」

星也の声に、浩司は動きを止める。

「あんたたちの犯行を、彼女は知っていたのか？」

浩司はニヤリと笑った。

「まさか。彼女にとって自宅は城だ。そこに破滅の元を置いたりするものか。そんなことを許すはずがないだろう？　彼女は女王であり支配者なのだから」

浩司が意地の悪い愉悦の表情を浮かべていることに星也は気付いた。

「この別荘は素晴らしいだろう？　家も、庭も、どこもかしこも――」

突然、浩司がクスクス笑いを始める。

「彼女は知らない。断末魔が響いた浴室でシャワーを浴び、写真のある寝室で眠っていることを。時には、対象から養分を吸った花を食卓に飾り、食事をすることすらあるのに！　なにも知らない！　破滅の上を歩いているのに！」

恍惚のベールに包まれた浩司は忍び笑いを続ける。

「それがどれほど胸のすく光景かわからないだろう。ふ――うふふ」

京香と女性たちの殺害、遺棄場所。星也はぐるりと首を巡らせる。

別荘の浴室。こちらを見ている男。自分だ。鏡に映った星也の姿が老齢の女に変化する。骨太の身体を支えている皺の寄った足が浴室に入って行く。モダンなタイルにシャワーが弾ける。白髪に流れる透明な水がいつしか深紅に変わる。それでも彼女は気付かない。シャワーから降り注ぐ血を全身に浴び、気持ちよさそうに目を閉じている。立ち込める水蒸気で姿が消える。真っ白な世界から突如、飛び出してきたのは血まみれの京香だ。片手を突き出し、痛みと恐怖でこぼれんばかりに目を見開いている。

目を転じた先の庭は夜が去り、朝陽が花園を照らしている。裸足の女王は墓地を歩く。花々を避けながら隈なく歩く。裸足の足裏はちっとも汚れない。白い衣の裾を手繰り女王は屈みこむ。足元の花を一輪手折《たお》ると、持ち上げた茎からどんどん赤い液体が流れ落ちる。むき出しの腕に生温かい血が伝おうとも、彼女は目を瞑り花の匂いをかいでいる。

露見した浩司の殺人の動機に、星也は眩暈《めまい》を覚えた。

8

「うふふ」

自身が殺した女性たちの持ち物に身を包み、笑い続ける浩司。

「父さんは僕を救ってくれた。僕があの子を――あの子を死なせてしまった時から、ずっと。様子がおかしいと気付いてくれたのは父さんだけだった。事情を話した僕に、父さんは言った。『勝人は悪くない。悪いのは家庭教師だ。おばあちゃんは寿命だった。だからお前はなにも心配しなくていい』『わたしだけが味方だ』と。クラスメイトを押し倒した時だって――」

吸い込んだ息が勝人の喉元でひゅっと音を立てる。

「あの時――クラスメイトは死んでいたの？　トランクに押し込めた時、もしかして彼女は生きて――」

「バカなことを言うんじゃない。もちろん死んでいたさ。お前が殺した。お前が――」

「そう言い聞かせてきただけなんじゃないのか」

うなるように星也は言った。

「虐待されてきた息子、殺人を犯したと思い込んでいる息子を支配下に置き操ることは、そう難しいことじゃなかっただろう」

心外そうに顔を顰めた浩司が星也に向き直る。

「なにを――」

「勝人は、西恭介も、俺の親友も、俺のことも、傷つけはしたが殺せなかった。だが、あんたは違う。女性を痛めつけ、切り刻み、すべてを支配する。――だれの代わりだ？」

浩司の眉がピクリと動く。

「彼女たちはだれの身代わりをさせられた？」

浩司の表情が一変する。

星也は確信する。

「ほんとうに殺したい相手、心の底から切り刻んでやりたいと願う人物には決して手を出せない。なぜなら彼女は支配者であり女王だからだ。だが同時に庇護者《ひご》でもある」

星也は真っ直ぐに、燃えるような目を浩司に向けた。

「あんたのような獣《けだもの》は、主人に噛みつくよりも従順なペットでいる方が楽だったろうよ」

浩司は微動だにしない。

「お払い箱にされるのは自分だけだとあんたはわかっていた。彼女は決して勝人を手放さない。なぜなら勝人は大事な会社の後継者だからだ。あんたが消えても痛くもかゆくもないだろうが、後継者を失ったら築き上げてきたもののすべてが無駄になる。佐藤博希の事件から、あんたたちの奇妙な関係は始まったんだな。事件の真相を知ったあんたは罪を償わせることもせず、その弱みにつけ込んで息子をコントロールするようになった。殺人を犯したと信じ込ませるほどに」

浩司の目は、敵を見る眼差しだ。

「的外れなことしか言わない奴だと思っていたが――」

壊れた笑みを顔面に張り付かせ、浩司は何度も星也を指さした。

「そうだ。その通り！　わたしはね、彼女にすべてを捧げた。身を粉にして働き、魂までも捧げた。だが彼女は満足しない。それどころか屍になっても働けと言う。彼女と同じになれと言う！　無理に決まっているだろう？　彼女は女王蟻で、わたしは所詮働き蟻なのだから！　そうこうするうちに勝人が生まれた」

勝人に鋭い視線を投げると、浩司は再び星也を見下ろす。

「『やっと成功させたわね。これだけが目的で一緒になったのに、まさかタネつけまで低能だとは思わなかったわ』妊娠がわかった時の彼女のセリフだ。それまで、毎月生理が来る度、わたしは頭を下げた。妊娠させられなかったわたしが悪いのだと蔑まれて。冷たい床に額をこすりつけ、何度も何度も謝った。彼女は赦してくれない。真冬には、裸のまま延々と立たされ責められた。屈辱に耐えられたのは、歪んではいるが、わたしとの子を欲するが故の不満のぶつけ方なのだと思ったからだ。だから、妊娠がわかった時は心の底から嬉しかった。それなのに」

浩司の笑みは星也を震え上がらせた。

壊れている。この男は、壊れている。

「わずかなりとも彼女に必要とされているのだと自分に言い聞かせてきた。社長である彼女が、特別優秀でもないわたしを選んだのはそれなりの理由があるからだと。しかし、彼女がわたしに求めたのは子を生《な》すことだけ！　それなりの理由がそんなことだなんて！　わたしは彼女に言った。だったらもっと優秀な男を選べばよかった、と。彼女はせせら笑いながら言った。『子どもに父親は必要ないが、会社の体裁を保つために夫は必要だ』『優秀な男なんかと下手に結婚したら、会社を乗っ取られるかもしれない』と。唖然とするわたしにこうも言った。『役職は与える。なにが不満なの？』子どものことは『半分はわたしの血が流れているのだから問題ない。教育次第でなんとでもなる』

言葉通り、彼女は後継者を育てることに心血を注いだ。愛情以外のすべてを注いだ。不思議そうな顔をしているね。理解できないか？　彼女の中に愛は存在しないのだよ。いや、そうじゃない――愛は存在する。だが、彼女は自分自身しか愛せない！」

「妬《ねた》ましかったか？　彼女に必要とされる勝人が」

眩しいものでも見るように、浩司は細めた目を勝人に向けた。

「勝人が生まれた時、この子はわたしのために生まれてきたのだと思った。彼女の破滅に、息子はなくてはならないものだったから」

※

両手に感じる重みと温もり。たったこれだけのもののために毎夜立たされ、罵倒されてきたのか？　自我を殺してきたのはなんのため？　煩いだけの生きものが、わたしより優れ必要とされていると？

女王は言った。完璧な複製品が必要だと。

お望みならば、そうしよう。いくらでも手を貸そう。わたしは従順なペットであり続けよう。

この子は希望だ。女王が歩く成功の道を、破滅へと導く希望だ。

いつか訪れる好機を逃さず、わたしこそが味方なのだと教えてやろう。わたしだけが唯一頼れる味方だと。

そのためなら喜んで「父親」を演じよう。

9

「なにをしている」

その声は別の惑星から届いたように感じた。今、勝人は自分だけの星にいた。蜩の鳴き声が止んでから、世界は再び静謐に沈んだ。僕だけの居場所、僕が僕でいられる唯一の。

「勝人」

僕に名前はない。この星では、なににも名前などないのだ。

「勝人」

名前は必要ない。僕が基準、僕がすべて。あとはその他大勢。あるとすれば、いるもの、いらないもの。僕に害を為すもの。それは処分しなければならない、なぜなら僕の星を守らねばならないから、僕の居場所を――。

「勝人！」

頬を張られたように、勝人は覚醒した。

声の方に顔を向けると、門扉に立つ浩司の姿があった。アイドリングしたままの車の傍らでじっと勝人を見ている。

「なにをしている。一体なにを――」

浩司の足が止まる。見開かれた目は地面に倒れて動かない少女に釘付けだ。その途端、勝人の身体に震えが走る。

「あ――あ……僕――父さん、僕――」

坂道の下から話し声が上がってくる。

素早く視線を下方に巡らせたのは浩司だった。呆けたように立ち尽くす息子の前を通り過ぎ、倒れている少女に駆け寄った。

「持ちなさい」

鼓動を確かめるでもなく、心肺蘇生を施すでもなく、矢羽田勝人の父は息子にそう命じた。

勝人は、クラスメイトの脇に両手を差し入れた。浩司が足を摑むのを待って同時に持ち上げる。ぐにゃりとした身体は捉えどころがなく、ひどく重かった。

坂道を上がって来る囁き程度だった声が囀《さえず》りのように音量を増す。

数メートル進む間に二人の息は切れた。浩司と勝人は車体の脇に少女を下ろした。

浩司は後部ドアの前を素通りし、トランクのドアを開けた。

「――父さ――」

「早く」

「父さん、病院に――」

「間に合わない」

「病院に連れて――」

「死んでるんだぞ？　死人を病院に連れて行ってどうする。さあ、早く」

「そんな……僕、そんなつもりじゃ」

「さあ！」

二人は少女をトランクへ押し込む作業を開始する。彼女の身体を持ち上げるのは、おそろしく大変な作業だった。

声が明瞭に聞き取れるくらい近くなる。男たちは昨夜のナイターの話で盛り上がっている。悔しがる巨人《きょじん》ファンらしき男に対し、もう一人の男がやっぱり中日《ちゅうにち》は強い、中日が一番だと吼えている。

クラスメイトは膝を抱えるような体勢でトランクに収まった。勝人が声の方に首を巡らせた時、落ちていたものが目に飛び込んでくる。

彼女のラケットバッグが落ちていた。

拾いに行かねばならないのはわかっていた。だが、脚が震えてどうにもならない。見かねた様子の浩司が走り出す。確認するように坂の下へ視線を走らせると踵を返し、一目散にこちらに戻って来た。浩司が持っていた物をトランクへ放り投げると、ぽすんと間の抜けた音がした。

トランクが閉められる。それと同時に、坂を上がって来た人物たちと目が合う。大柄な男性が、

「おはよう」

と、被っていた中日のロゴが入った帽子のつばを持ち上げた。

「おはようございます」

「朝練かい？」

勝人はななめにかけていたラケットバッグを身体の後ろに回した。

「……はい」

「俺たちは仕事の前の畑仕事だ。貧乏暇なしだ。矢羽田さんは貧乏とは無縁なのに早朝からえらいねえ」

ワハハと笑ったその目が、一瞬冷ややかな妬みをまとって浩司に向けられたことに勝人は気付いた。視線が車のトランクへ泳ぎそうになるのを勝人は必死で堪える。

「娘も朝練へ行ったよ。見かけなかったかい？」

ぎょっとしたような顔をしたかもしれない。勝人が焦っていると、隣の浩司が、

「いいえ。わたしたちは今出てきたところですが、だれにも会っていませんよ。ええと
――」

相手が自分を知らないことに気分を害したような口調で、

「琴子だ。林琴子」

中日ファンの男はそう言った。

「ああ、林さん。失礼しました。いや、見かけなかったと思うが――なあ、勝人」

急に話を振られ、勝人は飛び上がりそうになった。

「え、あの――」

三人の視線を一斉に受け、勝人は、

「林さんもテニス部ですよね。でも、男女の集合時刻は違うので――」

そうか、うちのはもっと早く出たから――琴子の父はそう言って笑った。

遠くなる男たちの背中を見ながら、浩司は言った。

「いつだったか、猫を片付けてくれただろう？」

「え」

「わたしが殺した、腹の大きな雌猫だよ」

勝人はその猫を可愛がっていた。

雨の中様子を見に行くと、母猫の腹は裂かれ、子猫も無残に切り刻まれていた。一旦は母猫を持ち上げたが、その感触に耐えきれず取り落としてしまう。切り開かれた腹から流れ出る血が両手と袖口を染めていた。泥の上に横たわる母猫は光が消えた眼で怨むようにじっと勝人を見上げていた。開いたままのその眼が恐ろしくて結局そのままにしてしまった。

「僕――」

さっ、と浩司が顔を向ける。

「今度はわたしが片付けよう。大丈夫。絶対に見つからない遠いところへ隠しておくよ。安心していい、だれにも言わない。あの男の子の時と同じ、わたしだけはずっと勝人の味方だよ」

10

星也は、歪で瑕《きず》だらけの親子を代わる代わる見つめた。ほんとうの支配者はだれだ？　勝人は浩司に操られ、浩司は内に悪魔を飼っていた。この小さな王国に、主君は存在したのか？

「さあ、時間だ」

迎え入れるように腕を広げた浩司が近づいてくる。

「すべての罪を勝人に着せ、寿子を破滅させる。それがあんたの計画か」

さも残念そうに、浩司は、

「勝人以外は死んでもらう。それがわたしの計画だ。そんな目で見るんじゃないよ。お前はわたしに感謝すべきじゃないか？　姉を愛しているのだろう？　決して結ばれない女と一緒に逝ける。これ以上の幸福がほかにあるか？」

「だったらあんたはもっと早く、寿子と自分を殺すべきだった」

ああ、傷ついた――。浩司は大袈裟な表情で胸に手をあて、言った。

「面白い奴だがお前は不用品だよ」

浩司がスラックスの後ろポケットからジャックナイフを取り出す。刃《やいば》が鈍い光を放つ。星也は素早く勝人に視線を走らせた。濁った目をした勝人がこちらを見ていた。

「もうすぐ、警察が来る」

視線を浩司に戻しながら、星也は言った。

「ここへ来る前に通報しておいた」

浩司は耳を澄ますポーズを取ると、

「風の音以外、なにも聴こえないが」

そう言い、肩を竦めた。

「ニュースを見ていない？　ああ、そうか、携帯は取り上げたんだった。今、指きり峠は土砂崩れで完全に孤立状態だ。救助はこない。諦めることだ」

ナイフが揺れ動く。死は、確実に近づきつつあった。だが星也は、自らの死より恐れるものがあった。

勝人は階段の上に立ち尽くし、項垂れている。

「どんな筋書きがいい？　あの女を巡って殺し合いになった？　それなら辻褄《つじつま》が合いそうだ。勝人と女は愛し合っていたのに、お前が横恋慕してきた。親友も巻き込み女を連れ戻しに来たが、戻らないと言う女と説き伏せる親友をお前は殺した。そして自らも――――」

クックッと浩司は笑う。

「さあ、勝人。お前がやるんだ」

浩司はナイフの柄を勝人に向けた。拳を握りしめた勝人がゆっくりと顔を上げる。

「どうした？　怖気づいたのか」

勝人は虚ろな目でじっとジャックナイフを見ていたが、やがてしっかりとした足取りで階段を下りてきた。浩司は満足気に息子を見つめ、ナイフを渡す。

「好きな順序で片付けるといい。わたしだったらまず、この煩い男をやるがね」

勝人は無言でナイフを受け取ると星也を立たせ、背後に回った。

「顔を見なくていいのか？」

面白がるような浩司の言葉は星也の耳に入らない。

華と葉月だけは助けてくれ。星也は精一杯祈る。どうか、華と葉月は――。

背後で、勝人が「終わり」を始める気配がした。星也の身体が硬直し、脂汗が吹き出す。

ギッ――。

星也は、固く閉じていた目を開いた。愉悦に浸る浩司の顔が驚きに染まるのが見える。両手が自由になった感覚があった。続けて両足も。泡を喰ったように浩司が呟く。

「勝人、お前なにを――」

自由になった両手に、ずしりとした感触。星也が状況を理解するより早く、耳元で勝人が囁いた。

「すまない」

今度は浩司に向け、決然と、

「華さんに手出しはさせない」

そう言うと身を翻し、飛ぶように階段を駆け上がる。一歩を踏み出した浩司に、星也はナイフの切っ先を向けた。

「動くな」

浩司の動きが止まる。一気に空気が張り詰める。耳の奥で、轟々《ごうごう》と血が巡る音がする。

ドアの開閉音。コンマ数秒、星也は気を取られた。その隙を突き浩司がナイフに飛びついた。奪われまいと抗うが、自由を奪われていた両腕は思うように力が入らない。揉み合いになった末に星也は倒れた。抑え込むように馬乗りになった浩司の手にはしっかりとナイフが握られている。

天井の灯りが瞬く。

星也の胸を目がけ、ナイフが真っすぐに振り下ろされる。

部屋が暗闇に包まれ、その瞬間、凄まじい破壊音と共になにかが部屋になだれ込んできた。目を開ける余裕はなかった。冷たく尖ったものが頬を切る。重みが消える。叫び声を聞いた気がするが、それが浩司のものなのか、荒れ狂った風の声なのか星也にはわからなかった。

吹き込む雨の中、星也は身体を横にした。おそるおそる目を開ける。闇しか見えなかった。闇の中で風が吼えている。風だけではない、雨も、家具も、すべてのモノが叫んでいる。一際大きな声なのは——。

猛烈な風に気圧されながら星也は音の方を見上げた。千切れんばかりの勢いで泳いでいるものが見えた。カーテンだ。窓から、荒れ狂った暴風が悲鳴のような声を上げ次々と家の中に飛び込んでくる。なにかが窓ガラスを突き破ったのだ。

暗闇に慣れ始めた星也の目が滅茶苦茶になったリビングを映す。嵐の触手によって行われた模様替えは散々な結果で、レザーのソファーはひっくり返り、壁際の本棚の一つは本を抱えたまま卒倒している。グランドピアノは大きな体を揺すり、ガタガタとステップを踏んでいる。

星也は恐怖にかられ葉月を捜した。倒れた本棚やソファーの下敷きになったのではないかと思ったのだ。床に伸びた影を見つけた時、星也は泣き出したい気持ちになったが、その近くにもう一人倒れているのを発見すると叫び出しそうになった。その一人の上には巨大な蜘蛛のようなものが覆いかぶさっていたのだ。

星也は無我夢中で進んだ。そんな星也を嘲笑うかのように風が咆哮を上げる。影の一つは葉月で、もう一つは浩司だった。

蜘蛛だと思ったものはガーデンアーチで、脚の一つが左肩を貫いていた。

星也は駆け出した。風に背中を押され、危うく葉月の上に倒れるところだった。

「葉月！　葉月！」

葉月が意識を取り戻す様子はない。星也はすぐそばに転がる長細いものに気付いた。拾い上げたそれは懐中電灯だった。スイッチを入れ何度か振り動かすと、光の輪の中で反射するナイフを見つけた。葉月の結束バンドを切るとナイフは投げ捨てた。意識のない葉月を抱え、引きずるように階段へ向かう。上がりきった時、星也は振り返った。肩を貫かれた浩司は完全に意識を失っているように見えた。風の力で抜けたガーデンアーチが窓を突き破り、星也に馬乗りになっていた浩司の肩を貫いたようだ。アーチに巻き付いた真っ赤なバラは花を落とすことなくその姿を保っている。

星也は風の届かない廊下に葉月を寝かせると寝室に駆け込んだ。寝かされていた華の姿はない。室内は空だ。星也は自身のハーフパンツのポケットを探った。車の鍵も消えていた。

星也はリビングへ急いだ。勢いを弱めることのない風が吹き込み続け、散乱した家具を揺すっている。下敷きになった浩司は同じ場所から動いていないが、ガーデンアーチが風に押される度、肩が上下する。

星也は階段を降り、懐中電灯を左手に持ち替えると浩司のスラックスのポケットを探った。巴の車か、車庫にあるはずの車の鍵を、この男は持っているはずだ。前ポケットにはなにも入っていなかった。後ろポケットへ手を差し入れようとした時、浩司の腕が蛇のような俊敏さで伸びた。一閃する光の筋を星也は肘で防いだ。焼きごてをあてられたような熱さが左腕に残り、手の中の懐中電灯が飛んだ。再びガラス片が舞う。星也は肘で防御の体勢をとったまま飛び退いた。落ちた懐中電灯の光が浩司の上半身を照らす。浩司の手の中のガラス片が狂った蝶のごとく闇を飛ぶ。その様子を星也は魅せられたように見つめた。獲物が去ったことに気付いたのか、ふいに乱舞をやめた蝶が床に砕け散る。

雄叫《おたけ》びが嵐の渦を切り裂いた。浩司が無事な方の右手を使い、肩から鉄の塊を引き抜こうとしていた。星也は信じられない想いでそれを見た。

大きな鉄の塊が浩司の肩から抜け、後方に傾ぐ。星也を救ったガーデンアーチは派手な音を立て倒れた。星也は懐中電灯を拾い、明かりを向けた。上体を起こした浩司は口から血を滴らせ、眩しさに目を眩ませるでもなくこちらを睨みつけていた。

浩司が立ち上がる。星也は足元のガラス片を素早く拾い上げると切っ先を向けた。

浩司は血まみれの歯を剥き出しニヤリと笑った。

「お前にわたしは殺せない」

そう言うと、浩司は飛ぶように近づいてきた。風の抵抗も散乱した家具も行く手を阻む材料にはならなかった。星也はガラス片を握った右手を滅茶苦茶に振り回した。その動きを読んでいるかのように、浩司は切っ先から身を逸らせる。鉄の塊に貫かれた左肩はぽっかりと穴が開いているのにまるで痛みなど感じていないようだ。右手は後ろに回されている。星也は手を振り回すのを止め、両手でしっかりと構えた。

「それでわたしを刺すのか？　それとも喉を掻っ切る？」

足を止めた浩司が嘲るように言う。

「どれだけの血が出ると思う？　それはそれは想像もできないくらいの血が噴き出るぞ！」

喉を震わせ、浩司は笑う。

「お前にはできない。お前には無理だ」

突如、浩司が右手を振りかざした。その手に光るものを見た刹那、星也は握っていたものを捨てた。星也は膝を曲げながら身体を半回転させ、浩司の懐に飛び込んだ。星也に致命傷を負わせようと、浩司はあらん限りの勢いをつけていた。それが有利に働いた。

浩司の右脇に自身の右腕を差し込み、がっちりと摑んだ。すぐ目の前でナイフが振り下ろされていく。それを目で追いながら膝を跳ね上げる。つかの間、浩司の身体が背中に乗り上げた。弧を描き、浩司は宙を舞った。どうっという音と共に浩司は床に落ちた。背中を強打した拍子に、持っていたナイフが手から離れた。

「ぐはッ――」

隙を与えず、星也は息を詰まらせている浩司の身体を跨いだ。膝をつき、右腕を顎下にかませ、左腕を顔の横に置く。左腕を右手でしっかりと握り、腕を下ろしていく。絞め技を施された浩司は目を見開き、喘いだ。

「勝人も殺すつもりだろう」

星也は浩司の目を覗き込み、言った。

ぐ――ッと、浩司が口の端から血の泡を吹く。

「おま、えになにがわ、かる」

「寿子を破滅させるにはその必要があるからだ。彼女自身を殺すより効果的だ」

浩司は不敵に笑った。

直後、伸びてきた右手が星也の左腕の傷を摑んだ。浩司の指が傷口から入り込み肉をかき回す。星也は絶叫した。離れようとしたが、浩司は傷口から手を離そうとはしない。星也は右膝を浩司の穴の開いた左肩にのせ体重をかけた。今度は浩司が絶叫する番だった。

左手が自由になった星也は、両手を浩司の首に回した。身体の奥深くで目覚めるものがあった。

こいつは何人もの命を奪ったことを後悔していない。今止めなければ、さらに被害者が増えるかもしれない。

華の隣で弾けるような笑顔の京香。彼女が父親のためにした刺繡は、今、この男が息をする度に胸の上で上下している。彼女は冷たい土の中なのに、なぜこいつは生きている？　殺されたひとびとはなにをされた？　まさか——生きたまま傷つけられた？　どんな痛みを、どれだけの時間味わわされた？　おそらくは死を望むほどの痛みと絶望を味わったはずだ。

落ち窪んだ目。娘がくれたポロシャツに身を包み、寝る間も惜しんで行方を探す父親。

真新しいポスター。帰りを待ち続ける家族。

知人、家族、彼女たちを大事に想うひとたち。もう二度と帰らないと伝えられても諦められないひとたち。生涯苦しむひとたち。

星也の両手に力が入る。心の中の野獣が目を開こうとしていた。

俺は後悔するだろうか？　この男を殺した後に。

「星也」

いつかはするかもしれない。だが――。

光の輪が動き、やがて星也を照らす。

「星也」

星也は夢から覚めたように顔を上げた。暗闇の中にぼうっと白い影が浮かんでいる。

「星也、やめて」

風のうなりの中にあっても星也には華の声が聴こえる。懇願する華の声が。

「同じにならないで」

――人殺しにならないで。

星也の耳にはそう聞こえた。

「星也。お願い」

腕から力が抜ける。浩司がひゅうひゅうと喉を鳴らし、酸素を貪る。

「華――」

光が近くなる。華の持つ手元の灯りがぼんやりと顔を照らす。華の無事な姿に安堵した星也は、無意識に手を伸ばした。

「華」

華の髪が風に煽られ顔の周りで踊っている。泣いているように見えるのは雨のせいかもしれない。

これからは泣かせない、ぜったいに。

「は、な――」

カメラが横倒しになったように視界が変わる。華の驚愕した顔を見た直後、世界が闇に沈んだ。

11

目を覚ました時、華はだれかに抱えられていた。冷たい雨と風に頬を張られ目を開ける。胸の内で膨れ上がる恐怖が記憶をよみがえらせる。

「離して!」

勝人の腕から逃れると、華は自らの身体を抱くように腕を回した。

「あなたは――」

哀しみで崩壊する人間を華は初めて見た。それが、かつては愛を覚えた人物だという事実が華を苦しめた。

「逃げるんだ」

勝人は、ポケットから取り出した鍵と重なった二つのお守りを華に握らせた。踵を返した勝人に思わず華は言った。

「あなたは――?」

振り返らず、勝人は答える。

「――やり残したことがある」

ドアを開けると勝人は中へ消えた。雨に打ち付けられ、華はますます強く身体を抱いた。手の中の感触だけが確かなものだった。

風雨を避けるように片手で視界を確保する。ここがどこなのか、華にはわからない。矢羽田家の別荘なのは間違いないようだが――。

視線の先に見えたもののせいで歩き出していた華の足は止まる。建物から離れた場所に車が二台停まっている。一台は見たことのない黒い車。もう一台は見間違えようがない、巴の車だ。

どうして。

辺り一帯が暗闇に包まれる。直後、凄まじい破壊音。

考えるより前に身体が動く。元居た場所へ戻ると華はドアを引き開けた。風のうなり以外聞こえるものはない。見えるのは底なしの闇だけだ。

手のひらで壁を伝う。唐突に勝人と手をつなぎ歩いたお戒壇巡りが脳裏をよぎる。手のひらに温もりを感じた気さえして、華は慌てて両手を握り合わせた。

「――！　葉月！」

星也の声だ。間違いない、星也の声。葉月――？　葉月君もここに――？

華が声を上げようと息を吸い込んだ時、どこからともなく現れた手に口を塞がれる。

「静かに」

勝人の声。彼の力は抗いようのないほど強いが、同時に包むように優しい。そのことに、華は状況も忘れ泣き出したくなる。

「ごめん。全部——全部、ごめん」

耳元で、勝人の声。勝人が置いたらしいランタンが近くで燃える。

言葉にも、背中から伝わる熱にも息遣いにも、手のひらからさえも伝わってくる。

愛してる、愛してる、愛してる。

瞼が震え、瞑った目から次々と涙が溢れる。


獣のような咆哮が耳をつんざく。

華は目を開けた。


すべてはあっという間だった。


言い争うような声を辿ると、倒れている葉月を見つけた。揺り動かすと、ランタンの光に反応したのか葉月がうっすらと目を開けた。葉月をその場に残し、声の方へ。

惨憺たる光景の中に星也を見つけた。

「星也」

何者かを組み敷いている星也は顔を上げない。下になっているのはだれだろう？

「星也」

星也が顔を上げる。華は、そこに獣を見た。

這い上がってくるのは恐怖だ。星也が星也でなくなる、彼を失う恐怖だ。

「星也、やめて」

華は、殺人者になろうとしている弟の目に微かな希望を見て取る。

「同じにならないで」

彼と同じにならないで。

「星也。お願い」

星也がこちらに戻って来るのを、華ははっきりと感じた。

「華――」

安堵したような顔の星也がこちらに手を伸ばす。

「華」

星也の下から影が立ち上がる。腕を伸ばそうとした瞬間、華の直ぐそばを疾風のように駆け抜けるものがあった。ひとの形となった影が両手を振り上げる。その手はなにかをしっかりと把持《はじ》している。駆け抜けていったものが星也を突き飛ばす。

影が一つになり、やがてまた二つに分かれる。

掲げたランタンの光が映したのは、蹲《うずくま》る勝人。彼の後ろに立っている男は、なぜ、自分がここにいるのかわからないというような顔をしている。蹲っていた勝人がよろよろと立ち上がる。覚束ない足取りで男を窓の方へいざなうが、数歩進んだところで男が足を止める。男は我に返ったように勝人を見ると、腕を振り解く。抗う男の腕を摑もうとした勝人が、なにかに気付いたように視線を下げた。驚きに染まった顔が、一瞬泣き出しそうに歪む。彼がなにを見ているのか、華にはわからない。彼に見えているものが華には見えない。

それまで抵抗していた男が躓いたように足を出す。男はびっくりしたように背後を振り返る。キョロキョロと後ろを見回すその様子は、まるで自分を押しただれかを探しているように見える。

再び、男がつんのめるように足を出す。彼の驚愕の表情は、意思に反して前進させられているとしか思えない。

二歩、三歩。無理矢理進まされているかのような足取り。男が不明瞭な声を上げるが、勝人は男を見ていない。勝人が見ているのは男の後方、男の腰のあたりだ。操り人形のようにぎこちない動きの男。華には、男が見えないだれかに腰のあたりをぐいぐい押されているように見えた。

勝人が男の腕を摑む。

勝人の顔は安らいで見えた。長い間彷徨って、やっと望んだ目的地に辿り着いた。そんな表情を浮かべていた。大きく割れたフランス窓から二人が消える時、華は勝人の腰の辺りから突き出た黒いものを見る。

ハッとして、華は星也に駆け寄った。ランタンを床に置く。

「星也！」

それに呼応するように、星也の胸が上下する。

「よかった……」

肩に手を置かれ、華は顔を振り向けた。

「大丈夫ですか」

葉月だった。

「星也をお願い」

華はランタンを手にすると窓辺に移動した。そしてガラス片を踏みしだき表へ出た。

辺りに勝人の姿はない。

庭は見るも無残に荒れている。離れたところから声がする。

闇の中で一層濃い闇が動いていた。それはなにかに導かれるようにゆっくりと進む。

「――――」

ぼそぼそと呟く声。

「――――」

耳を澄ますと、同じことを言っているのがわかった。その声は勝人のものに違いない。どこかへ向かう、動く濃い闇も彼であるらしい。

「――――」

つかの間、空に垂れ込めた黒雲が割れ、満ちた月が顔を出した。

月明かりは皓々《こうこう》と下界を照らし、動く闇の正体を露わにした。それは目を疑う光景だった。

勝人ともう一人の男らしき闇が崖に近づいていく。だが、そこにいたのは彼らだけではなかった。

二人の身体には黒い塊がびっしりと纏わりついていた。数千、数万もの昆虫が二人の全身を鎧のように覆い、蠢いていた。

一人が昆虫に覆われ倍以上に太くなった腕を下方に差し出し、まるでなにかに手を引かれるかのように——小さな子どもに手を引かれるかのように——進んでいた。

「今度はつがいを採ってやるから」

「お兄ちゃんに任せとけ」

そう言いながら。

その時見聞きしたものを、華は生涯、だれにも話さなかった。

第六章　夏の日

寒い。
ああ、雨が降っているんだ。ずぶ濡れだからこんなに寒いのか。
近くで赤い傘が揺れている。あれは母さんだ。母さんのお気に入りの傘だ。
母さん！
傘が止まって、母さんの白い顔が覗く。けれど僕を入れてはくれない。
母さんはいつもそうだ。僕を置いてきぼりにする。
肩に落ちる雨粒が重すぎる。
待ってよ、母さん。僕を見てよ。ちゃんと見てよ。
どうしてこんなに悲しいんだろう。僕はもう大人なのに。
――ぼく？
広げる両手の小ささ。短い脚。

子どもだ。僕は子どもに戻ってる！

いくつだろう？　いくつに戻った？　また、母さんに痛いことをされるのかな？

寒いのはいやだな、痛いのも、苦しいのもいやだ。あの家政婦さんがまた来てくれるといいけど。

寒い、寒いよ。

からだを丸める。

寒い、寒い――。

足首に感じる感触。なつかしい感触。これって。

お腹の大きな猫。ぐるぐるとのどを鳴らしている。

あ！　おまえ、生きてたのか！

膝の上に飛び乗った猫を、ぎゅっと抱きしめる。

よかった。ほんとうによかった。

今度こそ、父さんから守ってやるからな。

ぼたぼた降ってくる雨。とうとう母さんの傘が見えなくなる。

大丈夫だ、お前がいてくれれば。これからはずっと一緒だ。
あれ？　あそこにいるのは――。
黄色いTシャツの男の子。
おおーい！
背中に背負った黒いランドセルがやけに大きく見える。
あの子だ。
あの子も生きてる！
やり直せる、やり直せるんだ！

おーい！　お兄ちゃんはここだぞ！

黄色いTシャツを着た男の子がゆっくりと振り返る。

担任の梶原《かじわら》は太く短い腕を組み、じっと勝人を見つめている。だれもいなくなった教室で小さな机を挟んで向き合っているが、勝人は息苦しくて仕方ない。

「ポスターか感想文、どっちにするか決めたか」

「え、あの――」

「俺の話を聞いてなかったのか？　そういやホームルームの間中眠そうだったな」

寿子に出された課題を深夜まで解いていたせいだ。

夏休み前までに、人権ポスターか読書感想文のどちらかを提出するように。ホームルームで梶原が言っていたような気がする。

「……ポスターにします」

「だろうな。お前には本を読み解く力も文才もないからな。ついでに言うなら画力もないが」

皮肉に歪んだ唇を、勝人は見つめた。この唇は勝人の学校生活のほぼすべてを壊した。

小学校に入学したての頃、慣れない環境の中で緊張続きだった勝人は、授業中にお漏らしをしてしまった。内腿に広がる生温かい感触、張り付くズボンの生地、よみがえる真夜中の教育――。教科書を手に机の間を歩いていた梶原が勝人の真横で足を止めた。縋るような想いで梶原を見上げる。顔面蒼白の勝人に向かって唇が動く。

「なんだ、お前。一年生にもなってお漏らしか？」

弓なりになった唇からこぼれる笑い声。それに続くように教室が爆笑に包まれる。

それ以来、梶原はことあるごとにその話を持ち出してくるようになった。その都度教室は失笑に包まれた。それだけでなく、他愛のないことで難癖をつけられるようになった。やれ字が汚い、音読が遅い、音程がとれていない、足が遅い。どれだけ完璧に宿題をこなしても——勝人より字が汚く音読が遅く音楽の才能に見放された、足の遅い生徒がいても——梶原が勝人を標的から外すことは決してなかった。学校に行かない、という選択肢はなかった。勝人の不登校を寿子が許すはずがなかった。だから、勝人は担任が替わるまでの辛抱だと自分に言い聞かせた。しかし、願いも空しく悪夢は六年間続いた。

「課題は家庭教師にやらせるのか」

勝人は努めて無表情を保つ。

「——自分でやります」

「やらせるんだろう？　金払ってさ。お前ん家の常套手段だ」

勝人の不出来を責めた後、梶原は必ず矢羽田家にケチをつける。初めは傷ついていた勝人も、徐々に無感情になった。

「お前ん家の会社、評判悪いぞ。高い金ぼったくって手抜き工事するって」

そんなこと知らないよ。それに。

なにごとにおいても寿子が手抜きなど許すはずがない。工賃が高いのはそれに見合った仕事をするからだろう。

十二年間同じ屋根の下で暮らせば先生にもわかるよ。

寿子の「夜中の教育」三時間コースを受ければ、金と幸福は必ずしも比例しないのだと理解できるはずだ。捻じ曲がった梶原の根性を（文字通り）叩き直す寿子の画が浮かび、勝人は吹き出すところだった。

「しっかし、お前はばあさんから産まれたのか？」

一瞬にして心が冷えるのがわかった。会社のことをどんなに悪く言われようと傷つくことはもうないのだが、突かれて痛い箇所はもちろんあって、最近ではそこがどんどん過敏になっている気がする。少し突かれた程度でも飛び上がるほど。

「学校行事も懇談会も個人懇談も、ずうーっとばあさんが来てるが、お前ん家には社長はいても母親はいないのか？」

先生、うまいこと言うじゃないか。

つつかれた心の傷から、じゅくじゅくと膿んだ汚らしい粘液が溢れ出る。心が心臓だとすれば、それらが体中に回り、僕は間もなく死ぬだろう。

「父親もずっと不在だな。お前の父ちゃん、いったいなにやってるんだ?」

なにしてるって、そりゃ——。見てるんだよ。ただ、見てる。もしかしたら、僕が死ぬのを待っているのかもしれない。どこかへ埋めるために。

「なあ、黙ってちゃわからないだろ。なにか言えよ」

「あの……」

なんだ、言ってみろ。梶原の目がそう言っている。

「今日は家庭教師の先生が来る日なので——」

「ハッ!」

その一息に梶原の軽蔑が詰まっていた。

「それは気付かず申し訳ありませんね。どうぞ、お帰り下さい」

仰々しく言った後、梶原は厚みのある手を廊下に向けた。勝人はため息をつかないよう自制していた。そんなことをしたら初めからやり直しになってしまう。勝人はランドセルを背負うと梶原に頭を下げた。

「すみませんでした」

毎月行われる梶原からの「指導」。最後はこうして勝人が頭を下げるのが常だ。それを、梶原は満足そうに眺めるのだ。

「おい」

廊下に出る寸前、横柄で、蔑みの滲んだ声に呼び止められる。振り返りたくなかったが、勝人はゆるゆると顔を向けた。

喜色満面の梶原は言った。

「おねしょは治ったのか？」


昇降口にひと気はない。残っていたのは勝人だけのようだ。

下駄箱に上履きをしまいながら、勝人は表に目を向けた。げんなりするほど強烈な日差しが降り注いでいる。我慢していたため息を深々と吐き出すと、勝人は一足一万円のスニーカーに足を滑り込ませた。それは千景に頼まれ浩司が買ってきたものだ。いつも高価な物を与えられるのは、それが愛情だと勘違いした千景によるものなのか、罪滅ぼしのために浩司がしていることなのか勝人にはわからなかった。わかっているのはそこに寿子は関わっておらず、また、勝人の意思など関係ないということだった。

寿子が勝人になにかをするのは決まって会社のため。彼女は息子になにが必要なのか気付いていない。勝人は十二年間、ただ一つのものを欲してきたが、寿子がそれに気付くことはないだろう。

　通学路にもひと気はない。皆、暑さが応えて家にいるのかもしれない。足を止めた勝人は帽子を脱いだ。こめかみから顎まで流れた汗を手首で拭う。アスファルトの地面から陽炎《かげろう》が立ち昇っている。生きものの姿は見当たらない。風もなくうだるような暑さに、鳥や虫たちも涼を求めているのかもしれない。勝人は帽子を被り直すと歩き出した。

　前方からひんやりとした空気を感じ、勝人はつま先から目を上げた。どんぐりの道だ。夏の早朝にはカブトムシやらクワガタが多く集まるが、勝人はわざわざ虫捕りのためにここを訪れたことはない。虫なら家の庭にわんさといたし、虫を飼っても翌日には死骸になってしまう。勝人が可愛がるものは、虫も、猫も、じきに死骸になってしまう。だから、いつからか、勝人は生きものと距離を置くようになった。

　木蔭に入ると全身の熱気がひいていく。ランドセルの肩ベルトを摑み、勝人は進んだ。

　左手前方に男の子の姿があった。黄色いTシャツを着た彼はクヌギの樹の下に立ち、顔をぐいと上げている。帽子をあみだに被り、挑むような顔つきだ。勝人は少し離れた場所から観察した。やがて彼の見ているものが洞《うろ》に集まる虫だと気付く。登校班が違うので名前までは知らないが一年生だ。小さな身体を精一杯伸ばしているが、樹によじ登らない限り洞には手が届かないだろう。小枝もないクヌギの樹を一年生が登るのは至難の業《わざ》だ。見れば樹の下にランドセルが放ってある。下校中に虫捕りに夢中になったのだろう。勝人は微笑を浮かべ、男の子の方へ歩き出した。近距離で男の子を見ると腕や膝にできたばかりの擦り傷があることに気付く。勝人の身長は百五十五センチ。洞の高さまでは、腕を伸ばしても届きそうもない。

ごめんな。

心の中で呟くと、勝人は男の子の後ろを通り過ぎた。

「あっ！」

声に驚いて振り返ると、勝人目がけてなにかが飛んでくる。小さな黒い物体は翅《はね》を広げた虫だ。Tシャツの裾にとまった時、勝人はそれがオスのオオクワガタだと気付いた。

歓声と喝采の間のような声を上げた男の子が駆け寄って来る。太い大顎に半光沢のカラダをしたオオクワガタを、勝人はつまみ上げた。

「ねえ、それ――」

息を切らした男の子が勝人を見上げる。勝人はクヌギの樹の気持ちがわかる気がした。男の子はまたしても挑むような顔をしているのだ。

「僕が先に見つけたんだよ」

勝人は吹き出した。男の子は気分を害したようだ。

「ほんとだよ！　洞のところにいるのを見つけて何度もつかまえようとしたんだ。だけど……」

威勢の良かった声が急に小さくなる。

「だけど、手が届かなかったんだ」

男の子は俯いたが、すぐにオオクワガタに視線を戻す。彼が膝と腕に擦り傷を作っているのが今度はしっかりと見えた。

「帽子」

「え？」

勝人は空いている方の手で男の子の帽子を取った。男の子はびっくりしたように頭に手をやる。

「なにするの」

帽子の中にオオクワガタをそっと下ろすと、つばの部分を内側に折り畳んだ。機関車の絵が露わになる。

「逃げないようにしないと。ほら」

帽子を差し出すと、男の子は目を輝かせた。

「ありがとう！」

嬉々として帽子を受け取ると、男の子は帽子の隙間から黒いダイヤモンドを見つめた。

「すごいや。近くで見るとすごく大きい！　康太《こうた》に見せてやろう。びっくりするだろうな」

「コウタ？」

「弟。まだ赤ちゃんなんだけど、僕が虫とか見せてやるとすごく喜ぶんだ」

「へえ」

夢中でオオクワガタを見つめる男の子に、勝人は訊ねた。

「下校中だろ？　早く帰れよ。家のひとが心配するぞ」

「だいじょうぶ。お母さん、康太の世話でたいへんなんだ。僕が早く帰るとまたたいへんだから」

「でもさ……君が早く帰って弟の世話をしたら、お母さん、喜ぶんじゃないかな」

それは考えたことがなかった！　という表情をしたかと思うと、男の子はすぐに顔を曇らせた。

「お母さんは、僕が康太を落っことしちゃわないか心配なんだって。いつもこう言うんだ。博希がもうちょっと大きくなったらお願いねって」

「ふうん」

「でっかいヤツだなあ。そうだ、夏休みの研究こいつにしよう」

博希が独り言を言っているのだと気付いた勝人は、「気を付けて帰れよ」と言い置きその場を後にした。最後に聞こえたのは、

「メスがいれば完ぺきなのになあ」という博希の声だった。


勝人が帰宅したのは三時四十五分だった。五時にならないと家庭教師の坂上は部屋に上がってこない。坂上はいつも青いスポーツカーに乗って少し早めにやって来る。離れの千景に挨拶と進捗状況を報告して、それから母屋へ移動する。

勝人はベッドに身を投げると、立てた左膝に右の足首をのせた。両手を頭のうしろに組み、一番リラックスできる体勢になる。エアコンが効き始めた室内は快適で、勝人はあっという間に眠りの世界に引き込まれた。

勝人は明晰夢を見ていた。

寿子の寝室で、勝人は全裸で立たされている。すぐ脇に正座をした寿子がおり、その手には竹の定規が握られている。入口に背を向けるようにして正座しているのは浩司だ。

全裸の勝人は寒さで震える。夢の中はおそらく冬なのだ。寿子が早口に勝人を責め立てる。念仏を百倍速にしたようなそれは、心を重く沈ませる。夢だとわかっていても、あの時間を再体験するのは辛かった。厄介なのは、夢だとわかっているのに自分の意思では目を覚ませないことだった。

使い込まれた定規は寿子の手にしっくりと馴染んでいる。しなった定規が勝人の臀部を一撃する。熱さが弾ける。夢なのに、実際に痛みを与えられているかのようだ。勝人は歯を食いしばり痛みに耐える。込み上げる嗚咽を歯の隙間から逃がす。悲鳴も泣き声もこの場では禁忌だ。万が一だれかに聞かれたら大変なことになる。

大変なこと？　それはだれにとって？　僕？　母さん？

そんなこともわからないの？　もちろん会社にとってよ。寿子の声が頭に響く。

そうだ、会社にとって。母さんにとって。僕より自分の命より大事な会社にとって。

だれもたすけてはくれない。父さんですら。

浩司は、どんなに勝人が打たれても決して助けてはくれなかった。いつも首を垂れ、膝に置いた手から目を上げることはなかった。

そう。だれもたすけてはくれない。

勝人は視界の隅になにかを見た気がして必死にそれを探す。入口のドアが開け放されたままなのは、部屋の温度を下げるためだ。

凍える寒さの中、あまりにも長い時間立たされ勝人は漏らしてしまったことがある。恥辱と、与えられるであろう制裁への恐怖で失神しそうだった。勝人は這いつくばり頭を床にこすりつけた。

「ごめんなさい、ごめんなさいごめんなさいごめんなさいごめんなさい」

勝人は延々と謝罪を繰り返した。日付けが変わり、年が明け、何年も経過したのではないかと思うほど長い時間が過ぎた。反応がないことに耐えられなくなった勝人はとうとう顔を上げた。寿子は、勝人の作った水たまりを凝視していた。

「立ちなさい」

寿子がポケットからなにかを取り出す。洗濯ばさみだ。

入り口に紫色を見て取った時、勝人は寒さを忘れた。

たすけて！　おばあちゃん！

心の中で必死に叫ぶ。だがすぐにこんな考えが浮かぶ。

これがバレたら――？　会社がなくなる。母さんがいなくなる。父さんもいなくなる。そしたら僕はおばあちゃんと暮らさなきゃいけなくなる。それも叶わないかもしれない。どこか他所へやられる。知らないひとたちと暮らす。だれと？

紫色の見える範囲が広がり、それが千景のカーディガンだと認識できるまでになる。ドアの向こうから現れた顔を見て、勝人は悲鳴を上げる。紫色のカーディガンを着ていたのは梶原だった。ニヤニヤ笑いながら、梶原は寝室へ入ってくる。浩司も寿子もまるで気付かない。寿子は呪詛を続け、浩司は首を垂れ続けている。勝人の目の前まで進んだ梶原は、

「お前ん家の会社評判悪いぞ」

そう言って両親を流し見る。それから勝人の陰部を指さし、

「あー。やっぱり。俺の言った通り。おねしょが治らないんだろう？」

梶原は哂う。

寒さの中でも――夢の中でも――頬がカッと熱くなるのを勝人は感じた。両手で陰部を隠した途端、定規が一閃する。それを見た梶原が愉快そうに笑い声を上げる。

「わたしの許可なしに動くな」

寿子が胴間声を上げる。それはもちろん勝人に言ったものだが、どういうわけか梶原が反応する。

「それはそれはどうもすみませんでしたね」

仰々しく言った後、

「どうぞ、お帰り下さい」

梶原にぐいぐいと背中を押され、勝人はよろめいた。首を垂れていた浩司が顔を上げる。目の前の息子に、浩司は眉を顰《ひそ》めた。

「なんだ。まだ生きていたのか」

心底がっかりしたように、浩司は続ける。

「お前が死ぬのをずっと待っていたのに。竹の定規で長さも計って、ぴったりの墓穴を掘ってやったのに。殺ったらすぐに埋めないと。放っておいたら女王に見つかる」

いつの間にか立ち上がった寿子が詰め寄る。

「どうしてわたしのようにできないの。どうしてお前はわたしになれないの。どうしてお前は生まれてきたの、なぜ生きているの」

「やっぱり、お前ん家には社長はいても母親はいないんだな。父親は墓穴を掘るしか能がない」

勝人は三人に背中を押され、開け放されたドアの前まで来ていた。一歩先の足元には谷底が広がっている。深すぎて底が見えない。嫌がる勝人を大人三人が力任せに押してくる。

「やめて――」

勝人は浩司に縋る。

「大丈夫、きちんと墓は掘ってある」

「たすけて」

今度は寿子に。

「二度とわたしの元に生まれてこないで頂戴」

「たすけてください」

担任の梶原に。

「心配するな。俺がこの家の息子になってやる」

どこからともなく伸びた手に肩を押され、勝人の裸足の踵が床を蹴る。三人の顔が視界に収まる。皆一様に無表情だ。

悲鳴を上げる間もなく、勝人は深い闇に落ちていった。

高所から落ちた感覚を伴って勝人は目を覚ました。心臓が飛び出しそうに打っている。

最後に肩を押したのはだれだったのだろう。そんなことを考え、しばらくは体勢を変えることもできず勝人はただじっと天井を見上げていた。

「――さい」

昼寝などしなければよかったと後悔しながら、勝人はゆっくりと起き上がった。ベッドの脇から足を下ろす。

「けて――さい」

どこからか声がする。まだ夢を見ているのかもしれない。その思いつきに、勝人は乾いた笑い声を上げた。

「だれかいませんか」

今度こそはっきり聞こえた声に、勝人は口を閉じた。

時計を見ると四時十分だった。千景は離れにいるのだろう。家政婦は用事があるらしくまだ出勤してきていない。

「たすけてください」

玄関へ向かおうとしていた勝人は、ドアノブに伸ばしかけた手を止めた。

たすけてください？

夢の続きのようなセリフに、勝人の心臓は再び速いリズムを刻み出した。

三和土にいたのはどんぐりの道で会った一年生だった。幾筋もの涙の痕が頬に残っている。服は土にまみれ、膝のすり傷もさきほど勝人が見た時よりひどくなっているようだ。

「まだ虫捕りして――」

勝人の姿を見て安心したのか、博希が泣き出した。家に上げるべきか学校に連絡すべきか迷った勝人は、とりあえず上がり框に座らせた。それから博希が落ち着くのを待って話を聞いた。

勝人が帰った後（博希は勝人を「お兄ちゃん」と呼んだ）やっぱりどうしてもメスのオオクワガタが欲しくなり、捕まえようと樹に登った。洞に手が届かず何度も滑り落ちた。諦めきれずによじ登ろうとしていたら突然身体が浮いた。

「浮いた？」

「そう、浮いた。フワッて」

どうやら、どんぐりの道を通りかかった大人が博希を持ち上げてくれたらしい。だが――。

「でも、僕びっくりしちゃって。あばれて落っこちちゃった」

「それで土だらけ、傷だらけなのか」

博希はうんうんと頷いた。

「男のひとにカブトムシが欲しいのかってきかれて。だから、メスのオオクワガタが欲しいって答えたら、そのひと、大人なのにどれがメスかわからないって。下から支えるから登ってごらん、て言われて——」

「……それで？」

「登った……」

その後、博希はなぜか黙り込んでしまった。

「それで？」

勝人が促しても、博希はなかなかしゃべろうとしなかった。

開け放された玄関扉から青いスポーツカーが見える。

先生、もう来てるのか。今日はやけに早いな。

「……あのさ、悪いんだけど、この後用事があるんだ」

博希がさっと顔を上げる。切羽詰まったような顔をしていた。

「一緒に、どんぐりの道まで行ってくれる？」

「まだ虫が――」

「ちがうよ！」

声を張り上げた博希はすぐに肩を落とす。

「――ランドセル、置いてきちゃったんだ。あそこに、まだ男のひとがいるかもしれないし」

そう言ったきり、博希は俯いてしまった。勝人は、

「たすけてなんて言うからびっくりしただろ」

そう言って三和土に下りた。

「ほら、行こう」

弟がいたらこんな感じだろうか。勝人は夢想する。お兄ちゃんと呼ばれ、頼りにされ、一緒に遊んでやる。博希のような弟がいたら――。

どうして生まれてきたの。

ふいに谺する寿子の声に、勝人は心の中で反抗した。

守ってやる。絶対に、傷つけないように。

博希はとぼとぼと勝人のうしろをついてくる。その姿は一年生よりもっと幼く見え

た。

「なあ」

勝人は前を向いたまま博希に声をかけた。

「その男のひとになにかされた？」

返事はない。

もっと具体的に言わないと伝わらないのかもしれない。そう思い直した勝人が質問を変えようとすると、

「——触られた」

思わず止まりそうになる足を、勝人は動かし続ける。質問攻めにしたい気持ちを抑え、博希が話すのを待った。

「入学する時、お母さんに言われたんだ。水着でかくすところは人にみせちゃだめだし、だれにも触らせちゃだめだって」

思いもよらぬ時に思いもよらぬ過去がよみがえり、勝人は呼吸が苦しくなる。

「特に大人には気をつけなさいって」

大人に——しかもそれは両親だ——全裸にされ、さらに水着で隠す部分を痛めつけられた経験のある勝人には、それはなんとも苦い忠告だった。

「……お母さんの言う通りだよ」

そう言うのがやっとだった。

「樹に登ってたら下から僕を支えてくれたんだけど、その――なんかへんなんだ。僕、気持ちが悪くなってあわてて下りたんだ。よくわからないけど、なんだかこわくなって逃げなくちゃと思った。そしたら男のひとがあわてて僕をつかまえようとして。だから、僕、腕をひっかいてやったんだ。男のひとがびっくりしてる間に走って逃げてきた」

勝人は足を止め、初めて振り返った。今や恐怖を抑え込んだ博希は誇らしげに胸を張っている。

「よく頑張ったな」

「お兄ちゃん」に褒められ、博希は堪らなく嬉しそうな顔をする。

「でも、家のひとと学校の先生には今日のこと言った方がいいと思う。そういう悪いやつは警察に捕まえてもらわないといけないから」

しばらく戸惑ったようにしていた博希だが、決心したように力強く頷いた。

博希のランドセルはクヌギの樹の下に置かれたままだった。勝人はホッとした。博希を襲った変質者が持ち去った可能性を危惧していたのだ。

「あっ！」

博希が駆け出す。ランドセルの近くに膝をつくと、落ちていた帽子を手に取り忙しく振り動かしている。

「どうした？」

「お兄ちゃんにもらったクワガタ逃げちゃった！」

今にも泣き出しそうな顔で博希は言った。

「メスのクワガタをつかまえる時、逃げないようにこうやって置いといたんだ」

博希は実際にやってみせる。それは帽子を地面に置いただけの檻だった。

「ここから逃げちゃったんだよ、きっと」

勝人は、機関車の絵が描かれた帽子を持ち上げ、アジャスター上部の隙間を指さした。

肩を落とした博希を見るうちに、勝人の中でなにかがむくむくと大きくなっていく。

もしも弟がいたら――。

勝人は洞を見上げた。帽子から逃げてしまった大きさのクワガタはいないが、まだ数匹は洞の近くにいた。しかもつがいだ。

勝人はつま先立ちになり腕を伸ばした。到底届きそうにない。木登りは得意ではなかったが、諦めきれない勝人は登る決意をした。掴むところがないクヌギは登りにく く、ジャンプしてしがみつくのが精いっぱいだった。地面に下りた勝人はもう一度洞を見上げる。虫たちは「捕まえられるものなら捕まえてごらん」と平然としているように見える。

「お兄ちゃん――」

勝人がしていることが自分のためだと理解したようで、博希は潤んだ瞳を勝人に向ける。

「ちょっと待ってて。採ってあげるから」

その後勝人は幾度も試みたが、どうやっても洞までは登れなかった。幹に飛びつこうとした勝人を、博希は止めた。

「もういいよ」

切なそうに言う博希に、勝人はなんとしてもクワガタをあげたかった。洞を見上げる。

「――そうだ。肩車したら届くかもしれない」

勝人の思い付きに、博希はにっこりとして答えた。

小さな一年生を肩に乗せるくらいなんともないと思っていた勝人は、意外な重さに内心驚いた。ふんばってなんとか立ち上がったが、バランスが取りにくい。

「だいじょうぶ？」

心配そうな博希の声。勝人はそれには答えず、問う。

「届きそう？」

「もうちょっと」

勝人の肩の上で上体を伸ばし、博希は奮闘しているようだ。勝人はできるだけ幹に近づき、片手で博希の足を、片手で幹を押さえバランスを取った。長い時間が経過したように思われた。肩の重みがふいに消える。

勝人は魔法にかかったような気分だった。顔を上げると、博希が幹に飛びついていた。

「ほら！　お兄ちゃん！」

博希が片手を幹から離す。その手にはしっかりとクワガタが摑まれている。

「やった！」

勝人は声を上げた。「お兄ちゃん」らしいことをしてやれたようで、勝人の心は満たされた。嬉しそうに笑った顔のまま、博希の上体がぐらりと傾き、身体が幹から離れる。博希の真下に駆け寄った勝人は、支える体勢で待ち受けた。

「わ、わ――」

クワガタを掴んだ腕をバタつかせ、博希は落下を免れようと躍起になる。幹を掴む右手が蝶番の役割を果たし、博希の身体は開閉を繰り返すドアのように動いた。

「僕が下にいるから大丈夫だよ！」

勝人は声を張り上げた。

そうだ、僕が受け止める。僕が助ける。僕ならできる。

勝人が根拠のない自信を漲らせ始めた時、博希の身体が幹に張り付いた。折り曲げた肘と膝は昆虫のそれのようで、洞の真下の博希はさながら巨大クワガタのようだった。

「大丈夫か？」

博希は答えない。今の体勢を崩さないよう必死なのだろう。しばらくすると、

「だいじょうぶ！」

威勢のいい返事が返ってきた。落下の危機にさらされながらも博希がクワガタを掴んだままなのに勝人は気付いた。ホッとするやら呆れるやらで、勝人は笑った。

「君、すごいな」

勝人の言葉に応えるように博希が手首を振ってみせると手の中のクワガタが左右に揺れた。

「気を付けて、ゆっくり降りて来いよ！」

またしてもクワガタが揺れる。

博希のつま先が幹の表皮を探る。窪んだ筋を足掛かりにしようというのか、つま先を深い筋にねじ込むようにして移動を開始する。ゆっくりとだが、博希は着実に洞から離れていく。その様子を見た勝人は気を緩め、数歩後ろに下がった。

博希が足を滑らせた時、勝人の身体は無意識に動いた。両手が博希の重みを捉えた時、勝人は安堵のため息を吐き出した。

弟のような男の子を助けた。

その想いはこれまで勝人が抱いたことのない感情を発露させた。言葉の暴力を浴びせられ心身ともに砕かれた勝人が、生まれて初めて感じた自尊心だった。噴き出した気持ちは一気に脳内を駆け巡った。

僕が助けた！　僕にしかできなかった、僕が――。

直後、勝人はあり得ないものを目にする。それは勝人の自尊心を瞬時に粉砕した。一片の温もりも残らなかった。

博希は蔑みの眼で勝人を見下ろしていた。それはいやというほど馴染みのある、寿子から向けられ続けた眼だった。

それは勝人を刺し貫いた。直後に巻き起こったのは怒りだった。怒りで身体が燃えた。

勝人は、図らずも触れてしまった博希の臀部と陰部から手を離すと、黄色いTシャツの裾を力任せに引いた。頭の中は真っ赤な炎に包まれていた。ぐしゃり、という音がしても勝人はなにも感じなかった。ただその場に突っ立って、仰向けに倒れた博希を見下ろしていた。

「――お――に、い――」

博希が呻き声を上げる。後頭部から何かが流れる。激しく感じていた怒りは嘘のように消え、狼狽と恐怖が勝人を襲った。地面に埋まった石の上に頭を打ちつけた博希は、後頭部から血を流していた。合わない枕を敷いているように首が傾いでいる。

「あ、あ――どうし――どうしよう」

狼狽える勝人を、博希は半開きの眼で見上げている。その目は濁っていて、なにか言いたげに唇が開いている。

「どうし――」

『そんなこともわからないの？』
ハッとして勝人は辺りを見回した。たしかに寿子の声がしたのだ。
「母さ――」
『どうしてそんな簡単なことがわからないの』
必死に首を巡らすが、寿子の姿はどこにもない。
「母さん、僕、どうしたら――」
樹々の葉のざわめきを縫うようにして声は降って来る。
『どうしていつもそうなの』
『問題はご免よ』
『大事な会社に迷惑がかかるでしょう。あなたよりよっぽど大切な会社にね』
ざわざわ、ざわざわ。
「お兄ちゃんは、わざと僕を触った」「肩車の時も僕を触った」
博希がそう言ったら？
『あなたのせいで会社は潰れる。小さな子にいたずらしたせいで』
『どうすればいいかわかるわね？』
勝人はゆらりと立ち上がった。頬には川のように涙が流れ、どうしようもなく身体は震えた。

わななく両手を勝人は見下ろした。手のひらはきれいなままだったが、勝人には血で染まっているように見えた。叫びそうになったまさにその時。

『なんてことをしたの』

勝人は声の方を見上げた。生い茂った葉の向こうから一筋の光が射るように降り注いでいる。

『どうしていつもそうなの』

『どうして生まれてきたの。なぜ、わたしの元に生まれてきたの』

「母さ――」

弁明の余地はない。声はどんどん降って来る。

『なぜあなたが生きているの。あの子が死んで、なぜあなたは生きているの』

引力に引かれるように視線が博希に向かう。黒い塊が目に入った瞬間、勝人は息を呑む。

ずっといたのだろうか、ずっと離さずにいたのだろうか、まさか最期の時まで?

博希の右手にのっていたクワガタが翅を広げる。それは空を目指し飛んでいく。高く、高く飛んでいく。

『勝人は牢屋行き』

びくりとして勝人の身体は固まる。寿子の声ではなかった。

『勝人は牢屋に入れられる』

『入れられる』

女の声、男の声。

『牢屋に入れられ、毎夜毎夜定規を振るわれる』

『振るわれる』

低い声、高い声。

「――や、やめ――」

『勝人は牢屋に入れられる』

ざわざわ、ざわざわ。声は混じり合い、間断なく勝人を責め立てる。耳を塞ごうとするが、両手が血に濡れていることに気付き悲鳴を上げる。ひときわ大きな声が頭上から響く。その声は聞き間違えようもなかった。

『一生牢屋に入れられる。勝人は牢屋に入れられる』

それは勝人自身の声だった。

転がるようにして家に帰り着いた時、一番に目についたのは坂上の青い車だった。

しまった！

三和土には一足の靴もでていない。勝人はスニーカーを脱ぎ捨てると洗面所へ向かった。途中、リビングにかかる時計で時間を確認する。四時五十五分。

洗面所で皮が剝けるほど手を洗う。着替えようとTシャツの裾を捲り上げた時、ふいに「あの時」のことがよみがえる。

黄色いTシャツの裾を引っ張ると、「あの子」は声も上げずに落ちた。嫌な音がして——。胸がムカついて吐きそうだった。なんとかそれを抑えると服の点検にかかった。着替えるのは危険かもしれないと思い直したのだ。着替えた理由を訊かれたら？　Tシャツにも、ズボンにも変わったところはなかった。あることに気付き、勝人は玄関に取って返した。

靴！

勝人が辿り着く前に、開けたままの玄関の向こうから話し声がした。千景と坂上だ。勝人は急ブレーキをかけた。

千景が勝人を見つけ、あらという顔をする。

「どうしたの、勝人」

一瞬、声が出ないのではないかと思った。

「――喉が渇いて」

言ってから、リビングの扉の前に立っていることがものすごい幸運に思えた。

「後で麦茶を持って行くわ」

「ああ、うん」

サンダルを脱いだ千景が三和土を見回しているのに気付き、勝人は心臓が止まるかと思った。

「――ゆかりさん、まだ来ていないのね」

言いながら腰を折り、千景は勝人のスニーカーを揃えた。

「だいぶ汚れてきたわね。新しいのを用意しないと」

立ち上がった千景を見て、勝人は慎重に息を吐き出した。

「勝人君、こんにちは」

「――こんにちは」

脱いだ靴を揃えようと坂上が背を向ける。その背中が汚れているのを勝人は不思議に思い、見つめた。土汚れのように見える。

「大変な目に遭われたんですって」

視線に気付いたらしい千景が言う。

「え？」

振り向いた坂上を見て勝人は驚いた。坂上は、左腕に包帯を巻いていた。千景はそれを言ったらしい。

「先生、カメラが趣味でしょう？　いつも首からカメラを提げているじゃない」

たしかに坂上はカメラを手にしていることが多かった。里田村の自然を撮りたいと言っていた。

「さっき、どんぐりの道でね――」

「えっ」

思わず声を上げてしまった勝人は、口を塞ごうとして上げかけた手をすんでのところで止めた。千景は首を傾げたが、特別訝しがっている様子はない。

「写真を撮ろうとどんぐりの道へ行ったら、虫捕りをしている子がいたんですって」

体中が心臓になった気がした。どくどく鼓動を打って破裂してしまいそうだった。

「洞には沢山の虫がいたけれど」

坂上が口を開いた。自分で話すつもりのようだ。

「その子は小さかったし、洞は高い位置にあったから手伝ってあげようと思って持ち上げたんだ」

坂上が言っているのは間違いなく博希のことだ。そして、博希が言っていた大人の男というのも間違いなく坂上のことだ。

勝人が黙っているのを、驚いて声も出ないと勘違いしたらしい千景が、

「ねえ、突然持ち上げられたらびっくりするわよね」

坂上は苦笑いしている。その顔を見て、勝人は心のどこかがすっと冷めるのを感じた。心臓も、元の位置で元通り打っている。

「その時暴れられて、それでこんなことに」

包帯が巻かれた腕を上げ、坂上は笑った。

「その子は」

勝人は呟いた。

「え？」

「暴れたその子は、その後どうしたんですか」

沈黙が落ちた。数秒のことだったが、坂上の動揺を感じるには充分な時間だった。

「どうした――って、そりゃ……」

突然声の小さくなった坂上は早口に答えた。

「そのまま帰って行ったよ」

勝人はなにも言わず坂上を見つめた。

あの子の話と違う。先生はあの子を触ったはずだ。腕の傷をつけられたのはもっとおかしなことをしようとしたからだ。

勝人の視線から逃れ、坂上は居心地悪そうに目を泳がせる。

「すごく深い傷だったのよ」

なにも知らない千景が言う。

「獣にでも引っ掻かれたみたいな傷だったわ。長い筋になって、痛そうで」

「千景さんに手当てをしてもらったんだ」

勝人の方を見ないまま坂上が言った。

「そんなに深い傷なら、病院へ行った方がいいんじゃないですか」

そう言うと、千景も、

「わたしもそう言ったのだけれど、先生が大丈夫だっておっしゃるから」

「あの、僕のことでしたらご心配なく」

変態オヤジ。

勝人は坂上をねめつけた。勝人は自分が犯した罪を棚に上げ、坂上がひた隠しにしている小児に対する異常な性欲を蔑んだ。

元をただせば坂上のせいでこんなことになったのだ。小児性愛者のほとんどが、その一生を妄想の——ファンタジーとさえ言える——世界で生きる中、この男は己の欲望を抑えることができず、博希に手を出した。直前のその出来事さえなければ博希は今も生きていた。勝人が彼のデリケートな部分を不可抗力で触ってしまったとしても、坂上の件がなければ博希があんな眼をすることはなかった。寿子の眼で見られなければ、我を忘れて怒りのせいで博希を引きずり下ろすようなこともしなかった。

坂上が我慢してさえいれば、博希が見舞われた悲運はクワガタを採れなかったことくらいで済んだはずだ。膝のすり傷は増えたかもしれない。夏の研究材料が手に入らず、弟をびっくりさせることもできなかったかもしれない。そのせいで肩を落としたかもしれないが、それでも家へ帰ったことだろう。死ぬことはなかった。

すべてはこの男のせいなのだ。

「さあ、始めよう」

坂上に急き立てられ、勝人は二階へ上った。

坂上が帰った後、急に辺りが騒がしくなり始めた。救急車とパトカーのサイレンが近くなったかと思うと続けざまに家の前を通り過ぎる。千景が部屋にやって来た時、勝人はベッドに寝転がり天井を見つめていた。

「勝人」

勝人は左膝を立て、そこにのせた右足を小刻みに動かしていた。

「勝人」

「なに」

勝人は足の動きを止めた。

「勝人」

苛立った勝人はドアの前に立つ祖母を見遣った。千景は色のない顔でもう一度孫の名を呼んだ。

「なに」

苛立ちをぶつけるように答えると、千景は震える声で言った。

「博希ちゃんが亡くなったらしいの」

千景が、なんらかの反応を待っていることに気付いたが、勝人はなにも言わなかった。右足を動かし始めただけだ。それを見た千景はショックも露わな顔で、

「博希ちゃんが亡くなったらしいの」

同じセリフを繰り返す。勝人の足の動きが速まる。孫の反応が思いがけず淡泊なことに千景はショックから抜け出せないらしい。

「勝人も知っているでしょう？　佐藤さん家の博希ちゃんよ」

「知らない。全校生徒の顔と名前までわからないよ」

答えた後、勝人はちらりと祖母を見た。胸の前で不安そうに手を組んでいる。

「そう？　わたしは今朝見かけたわ」

千景は毎朝家の前に立ち、登校する子どもたちの見守りをしている。博希のこともその時見かけたのだろう。

「挨拶をしてくれて、あんなに元気な様子だったのに。背負ったランドセルが大きくて重そうで、まるでランドセルが歩いているみたいで――」

声を詰まらせた千景は組んでいた手を解くと口元に当てた。しばらくは込み上げる悲しみを抑えるのに苦心しているようだったが、やがてなにかに気付いたように顔を上げた。

「今朝博希ちゃんは、黄色いTシャツを着ていた。目がチカチカするくらい派手で目立つ色だったたからよく覚えてる」

千景が進み出る。その顔にはうっすらと期待のようなものが浮かんでいる。

「勝人、あなた学校から帰って来た後、出かけたわよね？」

勝人は首を回し祖母を見つめた。責めるような様子はない。むしろ懇願するような調子だ。

「どうしてそんなこと訊くの？」

千景の喉元でごくりと音がする。

「勝人と黄色いTシャツを着た子が、どんぐりの道の方へ歩いて行くのを見たからよ」

勝人は足の動きを止めた。

「一緒にいたのは博希ちゃんでしょ？　そうよね？」

「だったらどうだって言うの」

「どう――って……博希ちゃんは亡くなったのよ？」

勝人は上体を起こすと、ベッドの縁から両足を下ろした。

「あんなところに一人でいたから狙われたんだよ、きっと」

千景の表情が固まった。ショックを通り越し衝撃を受けた顔だ。気にせず勝人は続ける。

「昼寝してたら玄関から声がしたんだ。降りてみたら、男の子が立ってて。言われてみれば、黄色いTシャツを着てたかも。その子、どんぐりの道で虫捕りをしてたんだって。それで、突然だれかに身体を持ち上げられてびっくりして暴れたって。それで落っこちたらしい。たしかに服は汚れてたよ」

蒼白の顔の中で大きく目立っていた千景の目に、恐怖と狼狽が浮かぶ。

「それって――」

「うん。坂上先生だよね」

千景の、口元にあてがった手が小刻みに震えている。

「その後、その人に触られたんだって」

「――え――？」

「触られたんだって。怖くなって逃げようとしたら捕まえられそうになったって」

「触られた――ってそんな……頭を撫でられたとか、そういう――」

勝人は呆れ混じりのため息を吐いた。

「その子のお母さん、学校に上がる前に『水着でかくすところは人にみせちゃだめだし、だれにも触らせちゃだめだ』って話してくれたんだってさ」

千景は水をかけられたような顔をした。

「いいお母さんだよね。そんな話をしてくれるなんて」

僕のお母さんは真逆だったもの。勝人は心の中で思った。

「え――それで――それで」

「それで？　坂上先生は全部を話してないし、先生が腕を怪我した理由もちょっと違う。そういうこと」

千景が話の続きを待っているようだったので、勝人は、

「あの子に頼まれたんだ。一緒にランドセルを取りに行ってほしいって。一人じゃ怖いから」

「それで――」

「行ったよ。おばあちゃん、見てたんでしょ？」

顔に開いた黒い穴二つがじっとこちらを見返している。

「せっかく行ってあげたのに、あの子虫捕りに夢中になっちゃって。一緒にいてあげたかったけど、坂上先生が来る時間になりそうだったから、僕、先に帰ってきちゃったんだ」

勝人は、千景がほっとしたように見えた。

「僕が一緒にいてやればよかった」

今度、千景はほっとするどころか目に涙を浮かべている。博希のことを思ったのか、それとも孫の思いやりと優しさに胸を打たれたのか、勝人には判断がつきかねた。

「そうしたら、あんなところで殺されずに済んだのに」

一瞬にして空気が張り詰めたのを勝人は感じたが、なぜなのかはわからなかった。見ると、千景はすっかり血の引いた顔で口をパクパク動かしている。

「おばあちゃん？」

「あ、あんなところって……博希ちゃんがどこで亡くなったか知っているの？」

少しの間の後、勝人は答えた。

「どこって……どんぐりの道でしょ」

「どうして知っているの？」

「どうしてって――そっちの方に救急車が走っていったから」

「殺された、って、なぜ知っているの？」

勝人は口を閉じた。考える時間が必要だったが千景は続けざまに問いかけてくる。

「博希ちゃんがどうやって亡くなったか、それも知っているの？」

勝人は問いに対して正しい答えを口にしようとしたが、頭がごちゃごちゃして上手く考えられなかった。

「どうして勝人が――」

「うるさいなあ」

ぼそりと勝人は呟いた。千景は撃たれでもしたように一歩後退した。

「坂上先生が待ち伏せてたんじゃないの？　僕が帰った後、一人で虫捕りしてるあの子を木から落としたんだよ、きっと」

蒼白どころか今にも消えてしまいそうなほど色の薄くなった千景は、瞬き一つせず勝人を見つめている。

「男の子を触ったこと、バレたら困るの坂上先生でしょ。だから待ち伏せて――」

「先生じゃない」

「え？」

「博希ちゃんを殺したのは先生じゃない」

唇を結んだ勝人は、祖母を凝視した。

「先生が博希ちゃんにおかしなことをしたのはほんとうかもしれない。腕の傷を、わたしも見たから。でも、犯人は先生じゃない」

口の中が干上がっているのか飲み込む唾液もないようで、千景の喉元がひくついた。

「腕に傷を負った先生が離れに来た時、わたしは手当てをしてあげた。でも、腕の傷は深くて一度包帯を巻いただけじゃ血が染みてきてしまった。新しい包帯を取りに母屋へ向かおうと玄関を出たところで、だれかが門から出て行くのが見えた。それで、門の外に出たら」

ようやく話が見えてきた勝人はため息を吐いた。

「勝人の後ろをついて歩く黄色いTシャツの子が見えた」

もっともらしく聞こえる言い訳を百ほど言おうと勝人は口を開きかけたが、一つとして信じてもらえないことは千景の顔を見ればわかった。

「その後ずっと先生はわたしと一緒だった。先生に博希ちゃんを殺せるはずがない」

勝人はなにも言わず、じっと祖母を見返す。千景は鼻孔を膨らませ、唇を歪めた。

「それに、勝人。どうして博希ちゃんが木から落ちたって知っているの？」

勝人はすくい上げるように千景を見た。

「僕があの子と一緒にいたって知ってるの、おばあちゃんだけ？」

立ち上がった勝人は祖母の前へ足を進めた。

勝人の祖母を殺したのは胸の中にあるポンコツな心臓だ。

祖母を殺すつもりなど勝人にはまったくなかった。だが、追い詰められたように感じた千景は殺されると思ったのだろう、慌てふためき部屋を出ると転がるようにして階段を下った。裸足のまま庭に駆け出たが、門扉の前でバッタリと倒れた。

苦しみの中、明瞭な言葉を発せられる状態になかった千景が絞り出した最期の言葉は、

「おまえをしんじていたのに」

だ。聞き取れた範囲では。勝人がそうと信じたいだけかもしれなかった。実際には、「おまえがしねばよかったのに」かもしれないし「おまえはしんでいればよかったのに」かもしれない。

明らかなのは、千景が最期に向けた視線は寿子と同じものだった、ということだ。

勝人がしたのは門扉を閉めたことだけ。あとは二階に上がり、発見を見届けた。

もしもあの夏の日、博希のためにクワガタのつがいを採ってやれていたら。一緒に

帰っていたら。そうしたら、なにもかも違ったのではないか。

博希の家も無人になることはなく、子ども用の自転車は大人用に替わり、夏には庭のひまわりが家人を見守ったはずだ。あの時タガが外れるのを防げていたら、その後のこともしなくて済んだかもしれない。

あの時、つがいさえ採れていたら。


黄色いTシャツの子が振り返る。

やっぱり！　博希だ！

おーい！

ほら、元通りだよ。つがいが欲しいならいくらでも捕まえてあげる。なあ、帽子をかせよ。逃げないように、入れてやるから。


あ！

猫は、博希の元へ行ってしまう。

博希は、ただ悲しい顔をしているだけだ。
そうして、責めることもしないで背中を向けてしまう。

待って！　待ってよ！
博希も猫も、行ってしまう。

雨の中取り残される。
たった独り、取り残される。急に辺りが暗くなる。
蹲り、膝を抱える。冷たくて怖くて寒い。ずっと、ずっと。独り。だれもいない。

ふいに雨が止む。
空を見上げようと膝から顔を上げる。目の前にいたのは――。

僕を入れてくれるの？

女の人は、赤い傘の下で微笑んでいる。菩薩のような微笑みで。

差し出してくれた女の人の手を握る。あたたかい手だ。

僕は立ち上がる。女の人より背の高い僕は、傘を持ってあげる。女の人が濡れないように精一杯、傘を差し向ける。彼女は笑窪を深くする。僕らは手をつないだまま歩き出す。

ここはすべてが終わる場所。終わりに向かう場所。

このひとは、春のようなにおいがする。そうだ、彼女はあたたかい人々に囲まれて育った。彼女を愛し、幸せを祈る人々の。

ずっと一緒にいたい。でもそれは叶わぬ願い、出過ぎた願いだとわかっている。だから。

傘を返そうとするけれど、彼女は受け取らない。

ありがとう。

傘はもらっていくよ。

この先、また雨が降るかもしれないから。

彼女が笑う。

その笑顔を見られただけで——。

充分だ。

終章　黙認

斎藤は、今日も困ったような顔をしている。今回の件では本当に彼を困らせたはずだ——。星也は頭を下げた。

「ご迷惑をおかけしました」

斎藤は慌てた様子で星也に顔を上げるように言った。

星也は、柔道サークルが開かれている体育館を訪れていた。稽古を始めていた斎藤は額に汗を光らせながら言った。

「それより、体調はどうですか」

「おかげさまで問題ないです。葉月と俺はバイトを再開しましたし、ずいぶん休んじゃいましたけど大学も行っています。あの、斎藤さんに伺いたいことがあるんですけど……」

「はい」

「坂上等はどうなるんですか」

「坂上は再審請求をしたそうです。ただ、被疑者が死亡しているのでどうなるかわかりませんが」

「……そうですか……」

「お姉さんは」

「勤めていたコーヒーショップを退社して、今は実家に戻ってきています」

「退社？　どうして――」

「西さんがあんなことになったのは自分のせいだと責めて、塞ぎ込んでしまって」

「でも、彼は回復して――」

「それに、もっと早くだれかに相談していたら最後の被害者は助かったのではないかとも思っているようです。橘京香さんのことも、音信不通になっていなかったら助けられたのではないかと悔やんでいて」

「そんな」

「俺も、姉の気持ちがわからなくもないんです。葉月を危険な目に遭わせたのは俺だし、そのことはずっと申し訳なく思っているので」

　真剣な面持ちになった斎藤は、

「被害に遭われた方の多くがそうおっしゃいますが――」

「え？」

「自分のせいでだれだれは死んだ、自分のせいでこんなことになった、救えなかったのは自分の責任だ――」

斎藤は、星也の目をしっかりと捉えた。

「それは違います」

「――」

「すべては行った本人、本人のみの責任です」

きっぱりと、斎藤は言い切った。

「以前お話ししたと思いますが、僕は学生の頃いじめに遭っていました。当時、いじめられる僕にも原因があるんじゃないかと思っていました。でも、いじめの標的が僕から別のクラスメイトに変わった時、気付いたんです。いじめられる側に問題があるんじゃない、いじめる側に原因があるんだって。いじめと殺人を同じに見るつもりはありませんが、どちらも加害者の問題なんです。加害者の思考や心に芽が、あるいは創《きず》がある。それを育ててしまうのも開いてしまうのも本人で、被害者ではない」

いくぶん和らいだ口調で、

「星也君、君は被害者です。君がなにかを申し訳なく思う必要なんてなにもない。葉月君に対して抱くなら、謝罪の念ではなく感謝だと思います」

斎藤は笑みを浮かべた。

「華さんもそうです。彼女は生きたいように、自由になるべきです」

生きたいように、自由に。その言葉を今の華にかけても、おそらくすぐには響かないだろう。事件後、華は人が変わったように塞ぎ込み、自分を責め続けている。

「姉に伝えておきます」

でもいつか。星也は思う。いつか斎藤の言葉が、華の人生の指針になるだろう。

華は——事件の一端に触れた自分も、葉月も——被害者を想い苦しみ、被害者家族を想い悲嘆に暮れ、加害者を想い苦悩し、やり場のない怒りと胸の張り裂けそうな痛みを感じ続けるだろう。だが、生きていく。後悔も痛みも抱えながら、生き方を模索し続ける。

きっとそれでいいのだ。おそらく、そうやって生きるしかないのだ。

「以前、斎藤さんが話してくれた〝心の中の虎〟ですが」

斎藤は相槌も打たず星也を見つめる。

「俺の中にもいました。矢羽田浩司の首を絞めた時、俺はそれを見ました。それは俺でした。俺の顔をした化け物でした。斎藤さんはそれを抑えつけられた。でも、俺は——。あの時華が止めてくれなかったら、俺は化け物に呑み込まれて元には戻れなかったと思います」

星也の目をしっかりと見据え、斎藤は言った。

「おそらく、それはだれの心にも住んでいるのでしょうね。そんなものが自分の中にいるとは知らず一生を終えるひとは幸運だ。目を覚ました獣に自分自身が喰われてしまうと後戻りができなくなる。矢羽田浩司のように。星也君はそうはならなかった。そうならないよう止めてくれるひとが星也君の周りにはたくさんいる。それはきっとなによりの幸福です」

道場へ続く廊下に生き生きとした音が響く。それは足裏が畳を擦る音、投げ技が決まった時の畳を打つ音、気合の入った掛け声。どれも星也には懐かしい胸の熱くなる音ばかりだった。

優しみのこもった目を向けていた斎藤は、

「それじゃあ、僕はこれで。巴さんによろしくお伝えください」

そう言って星也の後方に視線を投げた。不思議に思って振り返ると、星也が逃げ続け、ずっと目を逸らしていた人物が立っていた。

矢口は目を丸くしている。お互いに突っ立ったままだったが、

「よう」

第一声を発したのは矢口だった。

「久しぶりだな」

息を止めていたことに気付いた星也は盛大に息を吐き出した。

「おッ、おう」

「サークルに来たのか？」

矢口は厳つい顔を道場に向け、言った。戸惑っている星也を眺め回すと、

「柔道着は？」

と訊ねる。まるで昨日も会ったかのような気軽さで。

「え、いや――」

「今度は持ってこいよ」

戸惑っている星也をよそに矢口は、

「その身体。筋トレくらいは続けてたんだろ？　まさか別のスポーツに鞍替えしてないよな？」

「してないよ、柔道以外になにが――」

その時初めて矢口が笑った。

「大丈夫、ブランクがあるのは承知の上だ。手加減してやるよ」

通り過ぎ際、矢口が肩をポンと叩いた。その温かさと重みに、星也は胸が詰まる。

「矢口！」

矢口が振り返る。星也は、ずっとずっと言おうと思っていた言葉を飲み込んだ。代わりに言ったのは、

「ありがとう！」

背を向けた矢口が、応えるように手を上げた。

体育館の出入り口に設置されたテレビに、賢そうな顔をしたアナウンサーが映っている。その下にテロップが映し出されていたが、星也が判読する前に画面が切り替わってしまう。切り替わった画面には見覚えのある建物が映っている。それがどこであるか理解するより早く、耳にやさしい声がするすると入り込む。

『——ながの彩り建設社長矢羽田寿子さん六十八歳が血を流して倒れているのを発見され、病院へ搬送されましたが、死亡が確認されました。

警察は矢羽田さんの胸や首をナイフで複数回刺したとして、長野市の会社員橘優容《すぐる》

疑者五十一歳を殺人の疑いで逮捕しました。

　橘容疑者は、すでに死亡している矢羽田浩司容疑者が起こした連続殺人事件の被害者家族で、妻である寿子さんの関与を疑い犯行に及んだものと見られています。

　矢羽田浩司容疑者と寿子さんの長男である矢羽田勝人容疑者は数日前に入院先の病院で死亡しており――。

　被害者の数は――』

　星也は腰が抜け、その場に座り込んでしまった。

　あの時。

　張り裂けそうな悲しみの中で橘は微笑んだ。

――私は娘のためならなんでもできる。なんでもだ。

　ちがう――ちがう、こんなことは。

　橘さん！

「ニュースで見たけど、橘って人、矢羽田寿子は夫と息子がしていることを知ってたはずだって。そう確信して犯行に及んだらしい。実際に娘を殺した犯人は死んだから、怒りの矛先がそっちに向いたのかもしれない」

翌日、星也と葉月は自転車を挟んで歩いていた。葉月が悔しそうに悲しそうに言うのを、星也は黙って聞いていた。

「その気持ち、俺、わからなくもない。だってさ、何十年も一緒に居て、殺人鬼が二人も同じ屋根の下にいたのに気付かないはずがないって、普通思うよ。矢羽田寿子が保身のために夫と息子の犯行を黙認していたって考えるのは当然って言うか。二人の犯行に気付いた時通報していれば、京香さんはもちろん、多くの女性が殺されずにすんだわけで。寿子が死んだ今、真実はわからないけど……」

星也はやっと口を開いた。

「一緒に住んでいるから、家族だから知らないことはないはずだ——って？」

葉月が勢いよく頷く。

星也は間を置いて言った。

「……それはどうかな」

冷たい空気が二人の間を吹き抜けた。

「俺、思うんだけどさ」

俯き加減の葉月が思い切ったように言った。

「矢羽田浩司は、ほんとうに息子を殺すつもりだったのかな」

浩司が振り下ろした刃は勝人が受けることになった。

勝人が星也を庇《かば》い、刺された――これは華が警察に話した目撃談だ。もっとも、初めは華もなにが起きたかわからなかったらしい。星也が組み敷いていた人物が何者なのかも華はわからなかった。影のごとく立ち上がったその人物と星也を突き飛ばした影が一つになり離れ、蹲る勝人を見ても事態を飲み込めなかった。勝人の腰から黒い物体が突き出していた、おそらくそれがナイフの柄だったのだと思う。事件後、華は語った。

突き飛ばされた星也は頭を打って気を失ったため、その後のことは華と葉月から聞いた。

「姉ちゃん言ってたけど、勝人を刺したって気付いた浩司は呆然としているように見えたって。本気で殺すつもりだったたなら、そんな顔するかな」

そのことについては幾度も考えた。勝人が自分を助けてくれた理由も。

「殺すつもりだった、と俺は思う。ただ――現実になってみるとショックの方が大きかったのかもしれない。土壇場になって父性みたいなものが生まれたのか……薄氷みたいな愛情が残っていたのか」

「だよな。そうでなきゃ、一緒に崖から落ちたりしないよな」

華が後を追った時、二人は崖に向かっていたそうだ。浩司は抵抗する様子もなく、おとなしく勝人にいざなわれたと言う。その話をする時、華は必ず相手から目を逸らした。

「浩司はその場で死亡が確認されたらしいけど、勝人は……予断を許さない状態だってことは斎藤さんから聞いて知ってた。でも、快復して、しっかり罪と向き合ってほしかった」

うんうんと頷いた葉月は、

「しかも、よりによってこんな近くの病院に運ばれるなんて」

と言った。駅裏の病院のことだ。星也と華の父親が亡くなった病院。華が巴に、大事なひとを失いそうで怖いから行かないでほしいと言った病院。

「あんなに拘《こだわ》った会社も、後継者も、自分の命さえも——寿子は失ったんだな」

なんのために。だれのために。言いかけて、やめた。寿子は会社のため、自分のためだけに生きたのだ。

「遺族の人たちのことを考えるとやるせないよ……」

葉月はそう言って深く項垂れた。押している自転車がやけに重そうに見える。

「姉ちゃんの様子は？」

実家に戻った華は、自室でただぼんやりと窓の外を眺め一日を過ごしている。その時、お守りのようなものを華が握っていることを星也も巴も気付いていたが、そのことを訊ねはしなかった。

「昨日、さ」

スニーカーの下で落ち葉がパリリと音を立てる。

「華が初めて笑ったんだ。そんな些細なことが嬉しくて大発見みたいで、母さんと俺、子どもみたいに飛び跳ねて喜んだ」

葉月は整った顔を空に向け、震える声で、

「そういうのやめろよ。最近、涙腺がおかしいんだよ」

と言った。

昨夜、リビングにいた巴が急にテレビを消した。巴の慌てぶりがおかしかったのか華が笑った。みんなで笑った。その時、華は囁き声で二言呟いた。

巴は、事件の報道を華の目に触れさせないよう気を配っていた。そのために新聞購読を止めたほどだ。華は、パソコンもスマホもアパートに置いたままだ。巴が言うには、華は昨日の朝自宅の電話でだれかと話をしていたそうだ。

巴がテレビを消す前に流れていたのは寿子殺害のニュースだった。巴も星也も、その話を華にはしていない。だが、華はまったく驚いた様子がなかった。

電話で話した人物。相手がだれだったのか、華は言わない。なんの話を、だれと。それに、あの微笑み、あの言葉。だれに向けて言ったのだろう？


「ありがとう」

「もう大丈夫」


星也も葉月に倣い、澄み渡った秋空に顔を向けた。

「姉ちゃんは大丈夫だよ。おまえとおばさんがついてるし、おまえには俺がいるし」

「ああ」

星也の吐息が空に吸い込まれていく。

「みんな。みんな、そういう風に生きていけたらよかったのにな。そうやって一歩ずつ、ちょっとずつ、ほんの少しずつ——」

つま先がなにかを弾く。星也は身を屈め、抓んだものを顔の前に持ってくると、

「一緒に行くか」

そう言ってポケットに押し込んだ。

「一緒に？　行くに決まってんじゃん。俺たち親友だろ」

「葉月に言ったんじゃないよ」

「じゃあ誰に言ったんだよ」

「葉月じゃないって」

「だから――」

星也のポケットで、小さなどんぐりの実がコロコロと転がった。

本書は二〇二一年七月、小社より単行本として刊行されました。

|著者| 神津凛子　1979年長野県生まれ。2018年、『スイート・マイホーム』で第13回小説現代長編新人賞を受賞し、デビュー。同作は、主演に窪田正孝をむかえ、齊藤工監督で映画化が決定している。他の著作に『ママ』がある。

サイレント　黙認《もくにん》

神津凛子《かみづりんこ》

2023年７月14日第１刷発行

発行者――鈴木章一
発行所――株式会社　講談社
東京都文京区音羽2-12-21　〒112-8001
電話　出版（03）5395-3510
　　　販売（03）5395-5817
　　　業務（03）5395-3615

Printed in Japan

講談社文庫
定価はカバーに
表示してあります

KODANSHA

デザイン―菊地信義
本文データ制作―講談社デジタル製作
印刷―――株式会社KPSプロダクツ
製本―――加藤製本株式会社

ISBN978-4-06-532428-8

講談社文庫刊行の辞

二十一世紀の到来を目睫に望みながら、われわれはいま、人類史上かつて例を見ない巨大な転換期をむかえようとしている。

世界も、日本も、激動の予兆に対する期待とおののきを内に蔵して、未知の時代に歩み入ろうとしている。このときにあたり、創業の人野間清治の「ナショナル・エデュケイター」への志を現代に甦らせようと意図して、われわれはここに古今の文芸作品はいうまでもなく、ひろく人文・社会・自然の諸科学から東西の名著を網羅する、新しい綜合文庫の発刊を決意した。

激動の転換期はまた断絶の時代である。われわれは戦後二十五年間の出版文化のありかたへの深い反省をこめて、この断絶の時代にあえて人間的な持続を求めようとする。いたずらに浮薄な商業主義のあだ花を追い求めることなく、長期にわたって良書に生命をあたえようとつとめるところにしか、今後の出版文化の真の繁栄はあり得ないと信じるからである。

同時にわれわれはこの綜合文庫の刊行を通じて、人文・社会・自然の諸科学が、結局人間の学にほかならないことを立証しようと願っている。かつて知識とは、「汝自身を知る」ことにつきていた。現代社会の瑣末な情報の氾濫のなかから、力強い知識の源泉を掘り起し、技術文明のただなかに、生きた人間の姿を復活させること。それこそわれわれの切なる希求である。

われわれは権威に盲従せず、俗流に媚びることなく、渾然一体となって日本の「草の根」をかたちづくる若く新しい世代の人々に、心をこめてこの新しい綜合文庫をおくり届けたい。それは知識の泉であるとともに感受性のふるさとであり、もっとも有機的に組織され、社会に開かれた万人のための大学をめざしている。大方の支援と協力を衷心より切望してやまない。

一九七一年七月

野間省一

講談社文庫 最新刊

東野圭吾
私が彼を殺した〈新装版〉
容疑者は3人。とある〝挑戦的な仕掛け〟でミステリーに新風を巻き起こした傑作が再び。

佐々木裕一
町くらべ〈公家武者 信平㈣〉
町の番付を記した瓦版が大人気！ 江戸時代の「町くらべ」が、思わぬ争いに発展する――！

伊集院静
ミチクサ先生(上)(下)
著者が共鳴し書きたかった夏目漱石。「ミチクサ」多き青春時代から濃密な人生をえがく。

小《こ》池《いけ》水《みず》音《ね》
〈小説〉こんにちは、母さん
あなたは、ほんとうに母さんで、ときどき女の人だ。山田洋次監督最新作のノベライズ。

武田綾乃
愛されなくても別に
家族も友人も贅沢品《ぜいたく》。現代の孤独を暴くシスターフッドの傑作。吉川英治文学新人賞受賞作。

森博嗣
馬鹿と嘘の弓〈Fool Lie Bow〉
持つ者と持たざる者。悪いのは、誰か？ ホームレスの青年が、人生に求めたものとは。

大山淳子
猫弁と幽霊屋敷
前代未聞のペットホテル立てこもり事件で事務所の猫が「獣質」に!? 人気シリーズ最新刊！

講談社文芸文庫

大西巨人

春秋の花

大長篇『神聖喜劇』で知られる大西巨人が、暮らしのなかで出会い記憶にとどめた詩歌や散文の断章。博覧強記の作家が内なる抒情と批評眼を駆使し編んだ詞華集。

解説＝城戸朱理　年譜＝齋藤秀昭

おU4
978-4-06-532253-6

加藤典洋

小説の未来

川上弘美、大江健三郎、高橋源一郎、阿部和重、町田康、金井美恵子、吉本ばなな……現代文学の意義と新しさと面白さを読み解いた、本格的で斬新な文芸評論集。

解説＝竹田青嗣　年譜＝著者・編集部

かP7
978-4-06-531960-4

講談社文庫　目録

京極夏彦　分冊文庫版　塗仏《ぬりぼとけ》の宴《うたげ》　宴の始末《しまつ》(上)(中)(下)
京極夏彦　分冊文庫版　陰摩羅鬼《おんもらき》の瑕《きず》(上)(中)(下)
京極夏彦　分冊文庫版　邪魅《じゃみ》の雫(上)(中)(下)
京極夏彦　分冊文庫版　ルー＝ガルー〈忌避すべき狼〉(上)(下)
京極夏彦　分冊文庫版　ルー＝ガルー2〈インクブス×スクブス　相容れぬ夢魔〉(上)(下)
北森　鴻　親不孝通りラプソディー
北森　鴻　花の下にて春死なむ〈香菜里屋シリーズ1〈新装版〉〉
北森　鴻　桜　宵〈香菜里屋シリーズ2〈新装版〉〉
北森　鴻　螢　坂〈香菜里屋シリーズ3〈新装版〉〉
北森　鴻　香菜里屋を知っていますか〈香菜里屋シリーズ4〈新装版〉〉
北村　薫　盤上の敵〈新装版〉
木内一裕　藁の楯
木内一裕　水の中の犬
木内一裕　アウト＆アウト
木内一裕　キッド
木内一裕　デッドボール
木内一裕　神様の贈り物
木内一裕　喧嘩猿
木内一裕　バードドッグ
木内一裕　不愉快犯
木内一裕　嘘ですけど、なにか?
木内一裕　ドッグレース
木内一裕　飛べないカラス
木内一裕　小麦の法廷
北山猛邦　『クロック城』殺人事件
北山猛邦　『アリス・ミラー城』殺人事件
北山猛邦　私たちが星座を盗んだ理由
北山猛邦　さかさま少女のためのピアノソナタ
北　康利　白洲次郎　占領を背負った男(上)(下)
貴志祐介　新世界より(上)(中)(下)
岸本佐知子 編訳　変《ヘン》愛《アイ》小説集
岸本佐知子 編　変愛小説集　日本作家編
木原浩勝　文庫版　現世《うつしょ》怪談(一)　主人の帰り
木原浩勝　文庫版　現世怪談(二)　白刃の盾
木原浩勝　増補改訂版　もう一つの「バルス」〈―宮崎駿と『天空の城ラピュタ』の時代―〉
喜国雅彦 国樹由香　メフィストの漫画
喜国雅彦 国樹由香　本格力〈本棚探偵のミステリ・ブックガイド〉
清武英利　石つぶて〈警視庁　二課刑事の残したもの〉
清武英利　しんがり〈山一證券　最後の12人〉
清武英利　トッカイ〈不良債権特別回収部〉
喜多喜久　ビギナーズ・ラボ
岸見一郎　哲学人生問答
木下昌輝　つわもの
黒岩重吾　新装版　古代史への旅
栗本　薫　新装版　ぼくらの時代
黒柳徹子　窓ぎわのトットちゃん　新組版
倉知　淳　新装版　星降り山荘の殺人
熊谷達也　浜の甚兵衛
倉阪鬼一郎　八丁堀の忍
倉阪鬼一郎　八丁堀の忍(二)〈大川端の死闘〉
倉阪鬼一郎　八丁堀の忍(三)〈遥かなる故郷〉
倉阪鬼一郎　八丁堀の忍(四)〈隻腕の抜け忍〉
倉阪鬼一郎　八丁堀の忍(五)〈討伐隊、動く〉
倉阪鬼一郎　八丁堀の忍(六)〈死闘、裏伊賀〉
黒田研二　神様の思惑
黒木　渚　壁の鹿
黒木　渚　本性

黒木　渚　檸檬の棘
久坂部　羊　祝葬
黒澤いづみ　人間に向いてない
久賀理世　奇譚蒐集家　小泉八雲〈白衣の女〉
久賀理世　奇譚蒐集家　小泉八雲〈終わりなき夜に〉
雲居るい　破《は》蕾《らい》
鯨井あめ　晴れ、時々くらげを呼ぶ
鯨井あめ　アイアムマイヒーロー！
窪　美澄　私は女になりたい
決戦！シリーズ　決戦！関ヶ原
決戦！シリーズ　決戦！大坂城
決戦！シリーズ　決戦！本能寺
決戦！シリーズ　決戦！川中島
決戦！シリーズ　決戦！桶狭間
決戦！シリーズ　決戦！関ヶ原２
決戦！シリーズ　決戦！新選組
決戦！シリーズ　決戦！賤ヶ岳
決戦！シリーズ　決戦！忠臣蔵
決戦！シリーズ　風雲〈戦国アンソロジー〉

小峰　元　アルキメデスは手を汚さない
今野　敏　ST警視庁科学特捜班 エピソード1〈新装版〉
今野　敏　ST 毒物殺人〈新装版〉
今野　敏　ST 警視庁科学特捜班〈黒いモスクワ〉
今野　敏　ST 警視庁科学特捜班〈青の調査ファイル〉
今野　敏　ST 警視庁科学特捜班〈赤の調査ファイル〉
今野　敏　ST 警視庁科学特捜班〈黄の調査ファイル〉
今野　敏　ST 警視庁科学特捜班〈緑の調査ファイル〉
今野　敏　ST 警視庁科学特捜班〈黒の調査ファイル〉
今野　敏　ST 為朝伝説殺人ファイル〈警視庁科学特捜班〉
今野　敏　ST 桃太郎伝説殺人ファイル〈警視庁科学特捜班〉
今野　敏　ST 沖ノ島伝説殺人ファイル〈警視庁科学特捜班〉
今野　敏　ST 化合 エピソード0〈警視庁科学特捜班〉
今野　敏　ST プロフェッション〈警視庁科学特捜班〉
今野　敏　特殊防諜班　諜報潜入
今野　敏　特殊防諜班　聖域炎上
今野　敏　特殊防諜班　最終特命
今野　敏　茶室殺人伝説
今野　敏　奏者水滸伝　白の暗殺教団

今野　敏　同期
今野　敏　欠落
今野　敏　変幻
今野　敏　警視庁ＦＣ
今野　敏　カットバック　警視庁FCII
今野　敏　継続捜査ゼミ
今野　敏　エムエス〈継続捜査ゼミ２〉
今野　敏　蓬莱〈新装版〉
今野　敏　イコン〈新装版〉
後藤正治　拗《す》ね者たらん〈本田靖春 人と作品〉
幸田　文　崩れ
幸田　文　季節のかたみ
幸田　文　台所のおと〈新装版〉
小池真理子　冬の伽藍
小池真理子　夏の吐息
小池真理子　千日のマリア
五味太郎　大人問題
鴻上尚史　あなたの魅力を演出するちょっとしたヒント
鴻上尚史　鴻上尚史の俳優入門

講談社文庫　目録

鴻上尚史　青空に飛ぶ
小泉武夫　納豆の快楽
近藤史人　藤田嗣治「異邦人」の生涯
小前　亮　趙《ちょう》匡《きょう》胤《いん》〈宋の太祖〉
小前　亮　始皇帝の永遠〈天下一統〉
小前　亮　劉《りゅう》裕《ゆう》〈豪剣の皇帝〉
香月日輪　妖怪アパートの幽雅な日常①
香月日輪　妖怪アパートの幽雅な日常②
香月日輪　妖怪アパートの幽雅な日常③
香月日輪　妖怪アパートの幽雅な日常④
香月日輪　妖怪アパートの幽雅な日常⑤
香月日輪　妖怪アパートの幽雅な日常⑥
香月日輪　妖怪アパートの幽雅な日常⑦
香月日輪　妖怪アパートの幽雅な日常⑧
香月日輪　妖怪アパートの幽雅な日常⑨
香月日輪　妖怪アパートの幽雅な日常⑩
香月日輪　妖怪アパートの幽雅な食卓〈るり子さんのお料理日記〉
香月日輪　妖怪アパートの幽雅な人々〈妖アパミニガイド〉
香月日輪　妖怪アパートの幽雅な日常〈ラスベガス外伝〉

香月日輪　大江戸妖怪かわら版①〈異界より落ち来る者あり〉
香月日輪　大江戸妖怪かわら版②〈異界より落ち来る者あり 其之二〉
香月日輪　大江戸妖怪かわら版③〈封印の娘〉
香月日輪　大江戸妖怪かわら版④〈天空の竜宮城〉
香月日輪　大江戸妖怪かわら版⑤〈雀、大浪花に行く〉
香月日輪　大江戸妖怪かわら版⑥〈魔狼、月に吠える〉
香月日輪　大江戸妖怪かわら版⑦〈大江戸散歩〉
香月日輪　地獄堂霊界通信①
香月日輪　地獄堂霊界通信②
香月日輪　地獄堂霊界通信③
香月日輪　地獄堂霊界通信④
香月日輪　地獄堂霊界通信⑤
香月日輪　地獄堂霊界通信⑥
香月日輪　地獄堂霊界通信⑦
香月日輪　地獄堂霊界通信⑧
香月日輪　ファンム・アレース①
香月日輪　ファンム・アレース②
香月日輪　ファンム・アレース③
香月日輪　ファンム・アレース④

香月日輪　ファンム・アレース⑤(上)(下)
近衛龍春　加藤清正〈豊臣家に捧げた生涯〉
木《この》原《はら》音《なり》瀬《せ》　箱の中
木原音瀬　美しいこと
木原音瀬　秘密
木原音瀬　嫌な奴
木原音瀬　罪の名前
木原音瀬　コゴロシムラ
近藤史恵　私の命はあなたの命より軽い
小泉　凡　怪談四代記〈八雲のいたずら〉
小松エメル　夢の燈《ほ》影《かげ》〈新選組無名録〉
小松エメル　総司の夢
呉　勝浩　道徳の時間
呉　勝浩　ロスト
呉　勝浩　蜃気楼の犬
呉　勝浩　白い衝動
呉　勝浩　バッドビート
こだま　夫のちんぽが入らない
こだま　ここは、おしまいの地

講談社文庫　目録

講談社文庫　目録

2023年6月15日現在